कल्पांतक योगी
ब्रह्मर्षि देवरहा बाबा

कल्पांतक योगी ब्रह्मर्षि देवरहा बाबा

अमित कुमार पांडेय

प्रकाशक
प्रभात प्रकाशन प्रा. लि.
4/19 आसफ अली रोड, नई दिल्ली-110002
फोन : 011-23289777 • हेल्पलाइन नं. : 7827007777
इ-मेल : prabhatbooks@gmail.com ❖ वेब ठिकाना : www.prabhatbooks.com

संस्करण
2026

पेपरबैक मूल्य
तीन सौ रुपए

मुद्रक
आर-टेक ऑफसेट प्रिंटर्स, दिल्ली

———— ★ ————

Kalpantak Yogi BRAHMARISHI DEVRAHA BABA
by Shri Amit Kumar Pandey

Published by **PRABHAT PRAKASHAN PVT. LTD.**
4/19 Asaf Ali Road, New Delhi-110002

ISBN 978-93-5562-896-1

₹ 300.00 (PB)

NOIDA INTERNATIONAL UNIVERSITY

NOIDA
INTERNATIONAL
UNIVERSITY

Vikram Singh, Ph.D.
I.P.S. (Retd.), Ex. D.G. (Police), U.P.
Chancellor

Date : 30.04.24

Recipient of

- President's Police Medal for Gallantry
- Bar to President's Police Medal for Gallantry
- President's Police Medal for Gallantry
  Bar to President's Police Medal for Gallantry
- President's Police Medal for Long & Meritorious Service
- President's Police Medal for Distinguished Service
- Kathin Seva Medal
- Bar to Kathin Seva Medal

शुभकामना संदेश

पूज्य गुरुदेव के ऊपर डॉ. अमित कुमार पांडेय, जो मेरे पुत्रवत् हैं, के द्वारा संकलित पुस्तक, जिसका शीर्षक 'कल्पांतक योगी : ब्रह्मर्षि देवरहा बाबा' है, जिसमें परम पूज्य गुरुदेव के शिष्यों के संस्मरण संकलित हैं। यह कृति बाबा के अप्रतिम आशीर्वाद का एक रूप है, अन्यथा इतने लोगों के संस्मरणों को इकट्ठा करना कठिन कार्य था। इस पुस्तक के लेखन के दौरान प्रिय अमित से मेरा वार्त्तालाप होता रहा और मैंने भी पूज्य गुरुदेव से संबंधित कुछ संस्मरण साझा किए (गुरुदेव से संबंधित इतने संस्मरण हैं कि उनको कोई किताब संकलित नहीं कर सकती)। मेरे बचपन से युवा अवस्था एवं फिर पुलिस विभाग में सेवा के दौरान लगभग हर पल गुरुदेव का सूक्ष्म आशीर्वाद अनवरत मेरे साथ रहा। आज भी जब कभी मार्गदर्शन की जरूरत पड़ती है तो पूज्य गुरुदेव का आभामंडल पथ-प्रदर्शक के रूप में सामने होता है। पुलिस-सेवा में आने से पहले प्रतियोगी परीक्षाओं की तैयारी के दौरान प्रयागराज में प्राय: गुरुदेव के झूसी स्थित मचान पर जाया करता था। गुरुदेव की मर्मस्पर्शी मुसकान और बोले गए शब्द मन-मस्तिष्क पर एक लहर छोड़ देते थे और फिर हम सभी अनुयायी उसी मुसकान की गंगा में अनवरत गोते लगाते रहते थे। पुलिस-सेवा में आने के बाद भी गुरुदेव के दर्शन में देरी होने पर मन व्यथित सा होने लगता था और जब भी कभी ऐसा हुआ, अगले ही दिन संयोग ऐसा बना कि गुरुदेव के दर्शनों का सौभाग्य प्राप्त हो जाया करता था।

नैनीताल में पोस्टिंग के दौरान जब दूरी कुछ ज्यादा (तब आज की तरह शानदार सड़कें और गाड़ियाँ नहीं होती थीं, रेलवे एकमात्र सहारा होता था) हो गई, तब पूज्य गुरुदेव का लिखित आशीर्वाद प्राप्त हुआ, जो मैंने प्रिय अमित से साझा किया है एवं उसकी प्रति इस पुस्तक में संलग्न है। संस्मरण तो बहुत है और जैसा मैंने कहा कि सभी को एक पुस्तक में संकलित करना कठिन कार्य है।

मेरा आशीर्वाद और शुभकामनाएँ प्रिय अमित के साथ हमेशा रहेंगी और मैं संस्मरण रूपी इस कृति के लिए उनको साधुवाद प्रेषित करता हूँ।

—डॉ. विक्रम सिंह

AMITY UNIVERSITY
UTTAR PRADESH

AMITY BUSINESS SCHOOL

Dr. Sanjeev Bansal
Dean, Faculty of Management Studies
Director, Amity Business School

शुभकामना संदेश

दिनांक : 1 मई, 2024

प्रातः स्मरणीय ब्रह्मर्षि देवरहा बाबा के बारे में मैंने कुछ पढ़ा और उससे ज्यादा मैंने प्रिय अमित से सुना। कभी-कभी ऐसा प्रतीत होता है कि मैं भी सरयू तट पर गुरुदेव के सान्निध्य में बैठा आशीर्वादस्वरूप अमृतपान कर रहा हूँ। इस पुस्तक की चर्चा अमित ने मुझसे लगभग हर दिन की है और इसमें लिखे ज्यादातर संस्मरणों से मैं अवगत हूँ।

ऋषि अपने योग के माध्यम से परमात्मा को प्राप्त हो जाते हैं और अपने सभी शिष्यों को आत्मज्ञान की प्राप्ति करवाते हैं। दधीचि, भरद्वाज, भृगु, वसिष्ठ जैसे ऋषियों को ब्रह्मर्षि कहा जाता है। ब्रह्मर्षि देवरहा बाबा उसी परंपरा के संवाहक थे। मईल तपस्थली देवरिया, देवरहा आश्रम वृंदावन, काशी, प्रयाग तथा हिमालय तक गुरुदेव से जुड़ी स्मृतियाँ और बाबा की लीलाओं का वर्णन डॉ. अमित कुमार पांडेय ने बहुत ही सरल और जनभाषा में किया है। मुझे पूरा विश्वास है कि यह पुस्तक बाबा के भक्तों के लिए अप्रतिम कृति होगी।

'कल्पांतक योगी : ब्रह्मर्षि देवरहा बाबा' शीर्षक कृति के सफलतम प्रकाशन के लिए मैं प्रिय अमित को शुभकामनाएँ प्रेषित करता हूँ।

—डॉ. संजीव बंसल

F-3 Block, Amity University Campus, Sector-125, Noida-201 313, Gautam Buddha Nagar, U.P. (INDIA)
Tel.: +91(0)-120-4392333 (D), 4392000
E-mail: sbansal1@amity.edu; Website: http://www.amity.edu/abs

कार्यालय
उ.प्र. ब्रज तीर्थ विकास परिषद
474/1, सिविल लाइंस, मथुरा
इ-मेल : ceo.upbtvp@gmail.com

पत्र संख्या : मीमो ब्र.ती.वि.प./2024-25
दिनांक : 5.7.2024
फोन नं. : 0565-2470190
वेबसाइट : www.upbtvp.in

शुभकामना संदेश

परम पूज्य श्री देवरहा बाबा का नाम भारतवर्ष के प्रख्यात संत एवं योगी के रूप में सर्वविदित है। मुझसे पूर्व मेरे तीन पीढ़ी के पूर्वजों के ऊपर भी पूज्य श्री देवरहा बाबा की अनंत कृपा थी और स्वयं मैं बचपन से ही पूज्य श्री देवरहा बाबा का नाम सुनते हुए बड़ा हुआ।

वर्ष 1988 से 1990 के बीच एस.पी., मथुरा के रूप में सैकड़ों बार मुझे पूज्य श्री देवरहा बाबा के दर्शन का सुअवसर मिला। मेरे बाबा-नाना, माता-पिता स्वयं मुझे और मेरे सारे परिवार को पूज्य श्री देवरहा बाबा द्वारा दीक्षा मिली, जो हमारे लिए अनंत गौरव का विषय है।

पूज्य श्री देवरहा बाबा ने 19 जून, 1990, मंगलवार, योगिनी एकादशी के दिन जब शरीर छोड़ा, तब उस समय मैं उनके मचान के नीचे था और अष्टांगयोग सिद्ध योगी के शरीर छोड़ने के विलक्षण दृश्य का साक्षी होने का अवसर मुझे मिला।

यह हर्ष का विषय है कि ऐसे कल्पांतर योगी के संस्मरणों को सँजोने का कार्य डॉ. अमित कुमार पांडेय द्वारा किया जा रहा है।

मेरी ओर से उन्हें अनंत शुभकामनाएँ और साधुवाद!

शैलजा कांत मिश्र (पूर्व आई.पी.एस.)
उपाध्यक्ष,
उत्तर प्रदेश ब्रज तीर्थ विकास परिषद, मथुरा

शशांक मणि
Shashank Mani

संसद सदस्य (लोकसभा)
देवरिया निर्वाचन क्षेत्र
Member of Parliament (Lok Sabha)
Deoria Constituency

Ref. No. PH-SMT-09/001 **Dated 21/09/2024**

शुभकामना संदेश

ब्रह्मर्षि देवरहा बाबा के अनुयायियों के संस्मरण पर आधारित डॉ. अमित कुमार पांडेय की पुस्तक 'कल्पांतक योगी : ब्रह्मर्षि देवरहा बाबा' निश्चित रूप से गुरुदेव के अनुयायियों और अगली पीढ़ी के पाठकों को उनके स्वर्णिम इतिहास से परिचित कराएगी। संस्मरण आधारित यह किताब देवभूमि ही नहीं, बल्कि विश्व के संत-परंपरा के सिद्धहस्त योगी श्री देवरहा बाबा के शिष्यों की स्मृतियों पर आधारित है। एक जनप्रतिनिधि, जिसके कार्यक्षेत्र का मेडिकल कॉलेज ब्रह्मर्षि के नाम पर है, इस क्षेत्र के बहुत सारे संस्थानों के नाम पूज्य गुरुदेव के नाम से सुशोभित हो रहे हैं और उनके आशीर्वादस्वरूप जनता को सेवा प्रदान कर रहे हैं। मेरे लिए भी यह गर्व की बात है कि ऐसे महापुरुष के तप से संधारित इस धरती का अंश हूँ। इस जिले की जनता-जनार्दन धन्य है, जिन्हें ऐसे तत्त्ववेद सिद्ध संत का आशीर्वाद सदियों तक अनवरत मिलता रहा। माँ सरयू के तट के उस योगी से आज देश ही नहीं, विदेशी में भी हमारी पहचान है।

पूज्य गुरुदेव अपने अनुयायियों को गो-सेवा करने के लिए आदेशित करते थे, क्योंकि हर समृद्धशाली देश के आर्थिक विकास में गो-सेवा का योगदान रहता है। यह हमारे मनीषियों ने बताया और शस्त्रों में इसका उल्लेख है। क्षेत्र में तमाम गौशालाओं का पुनरुद्धार किया जा रहा है और जनप्रतिनिधि के रूप में इस पुनीत कार्य को प्राथमिकता के आधार पर करवाने की कोशिश की जा रही है।

मैं अनुज डॉ. अमित कुमार पांडेय को इस कृति के लिए बधाई और शुभकामनाओं के साथ इस पुस्तक को बाबा के समस्त अनुयायियों तक पहुँचने की कामना करता हूँ।

—शशांक मणि

कार्यालय : सबके प्रयास से सबका विकास, होंडा एजेंसी के पास, मेहड़ा पूर्वा, देवरिया (उ.प्र.) 274001
इ-मेल : office@shashankmani.in | मोबाइल : +91 9819678900

जैसा आपका आदेश

आज दिनांक 10 नवंबर, 2021 को माँ सरयू को नमन करते हुए, संयोग से एक शुभ अवसर छठपूजा (अस्ताचलगामी) के दिन इस यात्रा को प्रारंभ करने का आदेश उस दिव्य पुरुष से मिल रहा है। पूर्वांचल के दियारा को अपनी तपोस्थली से सिंचित करने वाले, अध्यात्म तत्त्ववेत्ता ब्रह्मर्षि योगीराज देवरहा बाबा, जिनका अवर्चनीय आशीर्वाद मेरे ऊपर सदैव रहा है, से जुड़ी कुछ घटनाओं को संकलित करने की एक छोटी-सी कोशिश प्रारंभ कर रहा हूँ। बाबा का आशीर्वाद स्वरूपी पुंज मेरे आसपास हर समय उपस्थित रहे, इस कामना के साथ यह कार्य प्रारंभ करने की अनुमति ब्रह्मर्षि से प्राप्त करने की कोशिश करूँगा। आशा नहीं अपितु परम विश्वास है कि उस आशीर्वाद रूपी पुंज से ही यह कार्य संभव हो पाएगा। इस यात्रा में जनमानस का प्रत्यक्ष और अप्रत्यक्ष रूप से सहयोग प्राप्त करने का आकांक्षी हूँ, जिसका संक्षिप्त विवरण इस लेखन-यात्रा में समाहित किया जाएगा।

उत्तर प्रदेश के देवरिया जिले के बरहज तहसील के पूर्वी छोर पर स्थित देवरहा तपोस्थली से प्रारंभ यह यात्रा कहाँ रुकेगी, यह तो सिर्फ पूज्य गुरुदेव ही बता पाएँगे, मैं तो सिर्फ आदेशानुसार यात्रा प्रारंभ कर रहा हूँ। पुनः इस विश्वास के साथ उस शक्तिपुंज का स्मरण करते हुए अपनी लेखन-यात्रा के आरंभ की अनुमति चाहता हूँ।

ॐ नमोः भगवते वासुदेवाय हरये परमात्मने
प्रणतः क्लेश नाशाय, गोविन्दाय नमो-नमः।

ॐ कृष्णाय वासुदेवाय हरये परमात्मने
प्रणतः क्लेश नाशाय, गोविन्दाय नमो-नमः।

अनुक्रम

शुभकामना संदेश 5–11

जैसा आपका आदेश 13

1. ब्रह्मर्षि देवरहा बाबा तपोस्थली (मईल देवरिया) 19
2. पतित पावनी सरयू और ब्रह्मर्षि देवरहा बाबा 22
3. बाबा को जल प्रिय था 25
4. खेचरी मुद्रा और बाबा की उम्र 29
5. देवरहा बाबा तपोस्थली और लार रोड स्टेशन 32
6. समरसता और समदर्शिता 35
7. देवरहा ताल और बाबा 38
8. जज साहब और कैंसर पीड़ा 40
9. हड़ियवा कलेक्टर 42
10. संजीवनी विद्या और बाबा 45
11. जब बाबा ने जयप्रकाश नारायण को जीवनदान दिया 47
12. पंचमुखी हनुमानजी की स्थापना 48
13. योगी की उम्र और गति 50
14. नेपाल नरेश की 21 पीढ़ियों का बाबा के प्रति श्रद्धावनत होना 52
15. गोपालन, आचार्य केशव चंद्र मिश्र और देवरहा बाबा 55
16. तू जानता है, मैं कौन हूँ, बच्चा! 58

17. बोलो, मैं भगवान् के सम्मुख हूँ, संसार पीछे छूट गया 66
18. कहानी इंग्लैंड बच्चा की! 73
19. भक्त रामदास की कहानी 78
20. ईश्वरलीन बाबा और अश्वत्थामा 82
21. ज्ञानगंज और देवरहा बाबा 84
22. बच्चा जो लोग यहाँ आते हैं, वे सिर्फ यही जानना चाहते हैं, मैं कौन हूँ? 87
23. इंदिरा गांधी और देवरहा बाबा 89
24. रानी मंदिर ऋषिकेश और वृंदावन 91
25. प्रकृति सामंजस्यता और बाबा का त्रिकालदर्शी स्वरूप 93
26. जब कोबरा साँप ने बाबा से क्षमा माँगी 95
27. जॉर्ज पंचम ने बाबा के दर्शन किए 99
28. पुरुषोत्तम दास टंडन को बाबा का संदेश 101
29. देखो ब्रह्मचारी ये लोग ससुराल में आए हैं 104
30. जब बाबा ने गजराज को काबू किया 106
31. भक्त विक्रम सिंह (पूर्व डी.जी.पी. उत्तर प्रदेश) के अनुसार 110
32. भगवान् कौन हैं? भगवान् वे हैं, जो सरल, सबल और साहब हैं 114
33. दिव्य भंडारों का आयोजन 115
34. राम मंदिर का इतिहास 118
35. श्रीराम मंदिर निर्माण और देवरहा बाबा 121
36. जिम्मेदारी देने का तरीका अद्भुत था 124
37. सिद्धियों का प्रभाव होता है, ढकोसलों का नहीं! 126
38. बच्चा, जाना तो सबको है एक दिन 131

39. जब प्रसाद सबको मिला 133
40. यह सच है कि बंदा खुदा नहीं है,
पर यह भी सच है कि खुदा से जुदा भी नहीं है 136
41. जब चौधरी चरण सिंह को बाबा का आशीर्वाद मिला 138
42. जब बाबा ने विद्रोही दिमाग को अधिकारी बनने की प्रेरणा दी 141
43. जब शादी का सारा सामान नदी की रेत से निकला 143
44. प्रसाद की तो जैसे बरसात होती थी 145
45. गुरुदेव का स्पर्श चेतना–शून्य कर देता था 147
46. जब बाबा ने राम दयाल सिंहजी पर कृपा की 149
47. गुरुदेव का महाप्रयाण 151
48. क्षमा–याचना 153
49. गुरुभक्त श्री बलराम मिश्राजी की कलम से 155
50. धन्यवाद ज्ञापन 160
51. यात्रा जारी है... 165
संदर्भ 166

ब्रह्मर्षि देवरहा बाबा तपोस्थली (मईल देवरिया)

ब्रह्मांड में अनेक बड़े–छोटे ग्रहों में से एक हमारी पृथ्वी, इस पृथ्वी पर सैकड़ों देशों में, विश्वपटल के वक्षस्थल पर अवस्थित सनातनी संस्कृति और सभ्यता को ओढ़े भारतवर्ष तथा भारत की तमाम नदियों के बीच परम पावनी सरयू, सरयू के तट पर निवास करने वाले अनेकानेक संत। परंतु माँ सरयू की धारा में अपना आसन लगाए एक ब्रह्मर्षि, जिन्हें किसी भी नाम से पुकारें, वे सदैव आप के इर्द–गिर्द ही विद्यमान रहते हैं।

सरयू यमुना दियारा में स्थित तपोभूमि पर निवास करने वाले ब्रह्मर्षि देवरहा बाबा सिर्फ एक संत ही नहीं, अपितु राम–कृष्ण परंपरा के मार्गदर्शक और धर्मध्वज वाहक भी रहे हैं। हिमालय में अनेक वर्षों तक अज्ञात वास में रहकर उन्होंने साधना की। जिनका आभामंडल आज भी देवरिया जिले के दक्षिणांचल में मईल चौराहे से लगभग डेढ़ किलोमीटर दक्षिण नरियाव गाँव के सामने प्रवेश द्वार से ही एकांतवास और आध्यात्मिकता का विहंगम संयोग प्राप्त होना शुरू हो जाता है। वहाँ से लगभग एक किलोमीटर दक्षिण–पश्चिम चलने के पश्चात् सरयू तट पर स्थित देवरहा बाबा तपोस्थली के दिव्य दर्शन होने का सौभाग्य प्राप्त होता है। मृगछाल पहने हुए ब्रह्मर्षि धरती से बारह फुट ऊँचे सरयू की जलधारा में स्थित लकड़ी के मचान पर ध्यानरत रहते थे। आज भी तपोस्थली पर उनका मचान (जिसमें गुरुदेव मईल तपोस्थली से जाने के पूर्व ध्यानरत रहते थे) का प्रतिरूप मिलेगा। ब्रह्मर्षि सिर्फ स्नान के लिए मचान से नीचे उतरते थे।

इस स्थान का महत्त्व केवल धार्मिक नहीं, बल्कि सांस्कृतिक और ऐतिहासिक भी है। देवरहा बाबा की तपोस्थली पर आने वाले श्रद्धालु यहाँ शांति और ध्यान के लिए आते हैं। बाबा का जीवन और उनकी साधना ने अनेक लोगों को प्रेरित किया

है। तपोस्थली के आसपास का वातावरण भी अत्यंत शांत और प्राकृतिक है, जो ध्यान और साधना के लिए अनुकूल है। इसके अलावा यह स्थान स्थानीय लोगों के लिए भी एक महत्त्वपूर्ण सांस्कृतिक धरोहर है, जो पीढ़ियों से चली आ रही परंपराओं और मान्यताओं का प्रतीक है। देवरहा बाबा की शिक्षाएँ आज भी लोगों के जीवन में प्रेरणा की स्रोत बनी हुई हैं।

तपोस्थली के नजदीक निवास करने वाले बुजुर्गों के अनुसार तपोस्थली की भौगोलिक स्थिति वर्तमान से भिन्न थी। माँ सरयू की एक जल-धारा ठीक तपोस्थली को स्पर्श करती हुई बहती थी (जिसका अवशेष आज भी तपोस्थली के पास मौजूद है)।

जहाँ निष्कंटक बबूल (काँटेरहित बबूल) के हजारों वृक्षों से आच्छादित जंगल था, तपोस्थली के आसपास बहुत ही मनभावन खुशबू आती रहती थी। कुछ लोग इसे फूलों की, तो कुछ इसे गुरुदेव के आभामंडल की खुशबू मानते थे। सरयू का दियारा होने के कारण यहाँ पर तमाम प्रकार के जंगली जानवरों का प्रवास होता था। सरयू के उस पार के हिंसक जानवर भी तपोस्थली के करीब आकर अहिंसक बन बाबा के दुलार के आकांक्षी बन जाते थे। हजारों हेक्टेयर में फैले बबूल के वृक्षों में सैकड़ों प्रजाति की चिड़ियों के घोंसले और उनमें उनके छोटे-छोटे बच्चों का निर्द्वंद्व रूप से प्रवास इस तपोस्थली की देन थीं। तपोस्थली में आम, मौसमी, अमरूद, केले, आँवला इत्यादि नाना प्रकार के पेड़ और पेड़ों पर लदे हुए फल, जो उनका आहार और तपोस्थली पहुँचने वाले भक्तों के लिए अमृतफल के समान थे, जो वहाँ पर भरपूर मात्रा में उपलब्ध थे। तपोस्थली के सुंदर, मनभावन और शांत वातावरण का चित्रण कर पाना शब्दों की सीमा से परे है।

भक्तों का मानना है कि बाबा को कभी किसी विशेष स्थान पर आते-जाते नहीं देखा। भक्तों के विशेष आग्रह पर वे कभी-कभार किसी के वाहन में सवार हो गए, परंतु उसके लिए भी कुछ विशेष निर्देश होते थे, जिसका वर्णन इस कृति में आपको मिलेगा। बाबा को दो स्थान सबसे प्रिय थे, जहाँ वे ज्यादा प्रवास किया करते थे, जिनमें मईल स्थित बाबा का जल की सतह के ऊपर बना मचान और दूसरा वृंदावन स्थित यमुनाजी का तट। बाबा के भक्तों के अनुसार यमुना तट से बाबा बालकृष्ण की लीलाओं का आनंद लेते थे। भक्तों के अनुसार प्रारंभ में बाबा वर्ष के सात से आठ महीने मईल तपोस्थली पर तप और साधना में लीन रहते थे। उसके बाद के महीनों में बाबा का प्रवास वृंदावन, काशी, प्रयाग होते हुए हिमालय में हुआ करता था। बाबा प्रत्येक जीव में ईश्वर का वास देखते और उनसे बातें भी करते थे। बाबा का पेड़, पौधों, पक्षियों और जंगली जानवरों से अबोध संबंध था। गुरुदेव तपोस्थली में

कौए, कबूतर, गौरैया, कठफोड़वा, उल्लू, तोता, सारस, हंस, इत्यादि चिड़ियों से बातें करते रहते थे। इस पर भी बहुत सारी घटनाएँ हैं, जिनका जिक्र बाद में इस पुस्तक में किया गया है। बरसात के मौसम में सरयू का जल हजारों एकड़ में फैल जाता था और पूरी तपोस्थली जलमग्न हो जाती थी, परंतु कभी भी पशु-पक्षियों की कोई हानि नहीं होती थी। ब्रह्मर्षि के अनुसार, चींटी से लेकर हाथी तक सभी भगवान् की सुंदर कृतियाँ हैं। सभी जीव समान हैं, सच यह है कि बाबा सर्वात्म-भाव से भक्तों को ज्ञान देते और दैनिक जीवन में उसके प्रयोग के प्रभाव को समझाते हुए कहते थे, "सभी जीवों में जीव-आत्मा है, इसलिए उनका सम्मान होना चाहिए।" यही कारण था कि बाबा भयंकर-से-भयंकर हिंसक जानवरों को भी पल भर में अपने वश में कर लेते थे। इसका जीता-जागता उदाहरण भक्त और हरिद्वार के प्रशासनिक अधिकारियों ने कुंभ के मेले में देखा (इसका वर्णन पुस्तक के अगले अंक में है)। पशु बलि पर अपने विचार रखते हुए एक बार बाबा ने कहा था—"सच यह है कि यह कल्पना कुछ स्वार्थी, पाखंडी और वेद के प्रति अनास्थावान व्यक्तियों की साजिश है। भारतीय दर्शन ने पशुबलि के विरुद्ध अपना स्पष्ट अभिप्राय घोषित किया है, कुछ स्वार्थी तत्त्वों ने अपने व्यक्तिगत लाभ के लिए शास्त्र के अर्थ का अनर्थ कर डाला है। जीव हत्या से बढ़कर और कोई पाप हो ही नहीं सकता।" बाबा कहते थे कि मनुष्य को सर्वत्र प्रेम की वर्षा करते रहना चाहिए, क्योंकि प्रेम ही जगत् का सार है।

□

पतित पावनी सरयू और ब्रह्मर्षि देवरहा बाबा

बाबा की उत्पत्ति जल से हुई थी, जिसका कारण था कि बाबा को जल प्रिय था। यह भी एक कारण था कि बाबा प्रायः जल में ही रहते थे। मचान नदी के बीच में बनाया जाता था, जिस पर बाबा निवास करते थे। चाहे वह स्थान मईल तपोस्थली में सरयू तट हो या वृंदावन में यमुना या प्रयाग में गंगा पार झूसी तट और काशी में गंगा के उस पार, हर एक जगह पर बाबा पानी के ऊपर निवास करते थे। सरयू के साथ बाबा का विशेष लगाव था, ऐसा भी माना जाता है कि बाबा के विशेष आग्रह पर माँ सरयू अपना रास्ता तक बदल देती थीं। उत्तर भारत में नदियों का जाल-सा फैला हुआ है। इस अंचल की अर्थव्यवस्था और सामाजिक सरोकारों में नदियों की विशेष भूमिका है। जन्म से लेकर मनुष्य के अवसान और अंतिम यात्रा तक में नदियों का विशेष महत्त्व होता है। हर एक शुभ कार्य में सबसे पहले पूर्वांचल के लोग माँ गंगा, यमुना और सरयू को निमंत्रण भेजते हैं। माँ सरयू हमारी हजारों वर्षों की बनती-बिगड़ती सभ्यता की साक्षी रही हैं। पूर्वांचल, विशेषकर बाबा के तपोस्थली वाले क्षेत्र में, सरयू सिर्फ एक नदी नहीं, बल्कि आम जनमानस के हृदय में माँ का स्थान रखती है, इसलिए यहाँ की जनता इसे 'सरयू मईया' (माँ) के नाम से ही संबोधित करती हैं। भारतवर्ष में हर नदी को माँ के रूप में देखा जाता है और देखा भी क्यों न जाए, जिस प्रकार माँ अपने बच्चों के सेवा-भाव में, उनके हर अच्छे-बुरे कर्मों को क्षमा कर देती है, ठीक उसी प्रकार नदियों ने भी हमारे हर प्रकार के पापों को अपने में समाहित कर लिया है। सरयू तट के समीप रहने वाले लोगों के लिए यह जीवनदायिनी है। यह नदी तिब्बत से निकलकर हिमालय की गोद में खेलते हुए नेपाल की सीमा को आशीर्वाद देते हुए अखंड भारत में प्रवेश करती है। बाबा के सरयू के तट पर निवास करने का यह

भी एक कारण था कि यह नदी जल के रास्ते हिमालय से रमणीय तपोस्थली तक पहुँचने का जलमार्ग सुगम बनाती है।

रामायणकाल में सरयू कोसल जनपद की प्रमुख नदी थी। सरयू नदी का ऋग्वेद में उल्लेख है तथा यह कहा गया है कि 'यदु' और 'तुर्वससु' ने इसे पार किया था। इस नदी का पौराणिक महत्त्व है। सरयू नदी अयोध्यावासियों की बड़ी प्रिय नदी है। कालिदास के 'रघुवंश' में राम सरयू को जननी के समान ही पूज्य कहते हैं। सरयू मानसरोवर से निकलती है, जिसका नाम 'ब्रह्मसर' भी है। सरयू मानसरोवर से पहले 'कौड़याली' नाम धारण करके बहती है; फिर इसका नाम सरयू और अंत में 'घाघरा' या 'घर्घरा' हो जाता है। कालिदास ने सरयू-जाह्नवी संगम को तीर्थ बताया है। यहाँ दशरथ के पिता अज ने वृद्धावस्था में प्राण त्याग दिए थे।

अवधपुरी मम पुरी सुहावनी।
दक्षिण दिश बह सरयू पावनी॥

रामचरितमानस की इस चौपाई में सरयू नदी को अयोध्या की पहचान का प्रमुख चिह्न बताया गया है। राम की जन्म-भूमि अयोध्या उत्तर प्रदेश में सरयू नदी के दाएँ तट पर स्थित है। अयोध्या हिंदुओं के प्राचीन और सात पवित्र तीर्थस्थलों में से एक है। अयोध्या को अथर्ववेद में 'ईश्वर का नगर' बताया गया है और इसकी संपन्नता की तुलना स्वर्ग से की गई है। रामायण के अनुसार, भगवान् राम ने इसी नदी में जल समाधि ली थी। सरयू नदी की प्रमुख सहायक नदी राप्ती है, जो इसमें उत्तर प्रदेश के देवरिया जिले के 'बरहज' नामक स्थान पर मिलती है। इस क्षेत्र का प्रमुख नगर गोरखपुर इसी राप्ती नदी के तट पर स्थित है। राप्ती तंत्र की अन्य नदियाँ आमी, जाह्नवी, रोहिणी, गोरा इत्यादि हैं, जिनका जल अंततः सरयू में जाता है। बहराइच, सीतापुर, गोंडा, फैजाबाद, अयोध्या, राजेसुल्तानपुर, दोहरीघाट, बलिया आदि शहर इस नदी के तट पर स्थित हैं। बरहज बाजार एक ऐतिहासिक कस्बा है, जिसका इतिहास बहुत ही मूर्धन्य रहा है। कुछ पुराने लोगों से यह भी सुना गया है कि जब देवरिया 16 मार्च, 1946 को गोरखपुर जिले से अलग हुआ था, तब इसका मुख्यालय सरयू तट स्थित बरहज बाजार को बनाए जाने की पूरी तैयारी थी, उसका मुख्य कारण इस नगर में सरयू नदी की उपस्थिति और अंग्रेजी हुकूमत के समय से कार्यरत इसका रेलवे नेटवर्क, जिसके कारण व्यापार और आवागमन की सुविधा का उपलब्ध होना बताया गया था, परंतु भौगोलिक स्थितियों ने इसको जिला बनने से रोक दिया, क्योंकि अविभाजित पडरौना/कुशीनगर भी इसी जिले का हिस्सा होता था।

अंग्रेजों के जमाने में यह व्यापार मार्ग का विशेष हिस्सा होता था। जॉर्ज पंचम देवरहा बाबा से जब 1911 में मिलने आया था, तब उसने यही मार्ग यात्रा के लिए उपयोग किया था। मईल तपोस्थली इस ऐतिहासिक कस्बे से लगभग दस किलोमीटर पूर्व में सरयू के किनारे पर स्थित है। बाबा ने इसी स्थान को अपने तप के लिए क्यों चुना? यह भी एक शोध का विषय हो सकता है। बाबा को दियारा का यह शांतिप्रिय स्थान तप और योग के लिए उपयुक्त लगा, अत: उन्होंने अपनी तपोस्थली इस स्थान को बनाया। तपोस्थली का भौगोलिक विवरण और यहाँ की परिस्थितियाँ साधकों के लिए बहुत उपयुक्त थीं। वर्तमान समय में भी यह स्थान आध्यात्मिक अध्ययन और आध्यात्मिकता को समझने एवं महसूस करने वालों के लिए रमणीय और अति उपयुक्त है। उत्तर प्रदेश सरकार इस स्थान के विकास के लिए कृतसंकल्पित है और जिसका परिणाम भी इस स्थान पर देखने को मिल जाएगा। वैसे तो कार्यदायी संस्था इसके विकास में पुरजोर लगी हुई है, परंतु डर सिर्फ इस बात का है कि कहीं यह आध्यात्मिक जगह विकास की धारा में अपनी वास्तविकता न खो दे।

□

बाबा को जल प्रिय था

कुछ शिष्यों का मानना है कि बाबा का अवतरण जल से हुआ था, इसलिए देवरहा बाबा का जन्म अज्ञात है। गुरुदेव को 'जलहवा बाबा' के नाम से भी जाना जाता है। माँ सरयू से बाबा का विशेष लगाव था, इसी कारण बाबा के आग्रह पर माँ सरयू अपने प्रवाह के रुख को भी परिवर्तित कर लेती थी। रिटायर्ड डिप्टी सुपरिंटेंडेंट ऑफ पुलिस श्री बलराम मिश्राजी, जो नरियाव ग्राम के निवासी और बाबा के अति प्रिय सेवकों में से एक हैं, के अनुसार—"बाबा चौबीस घंटे में पाँच बार स्नान करते थे (दिन में तीन बार और रात में दो बार और प्रत्येक स्नान का समय एक से डेढ़ घंटे के आसपास का होता था)। उनके स्नान करने का समय निर्धारित था और स्नान के साथ-साथ जलयोग भी उसी स्नान का हिस्सा होता था। बाबा तपोस्थली से स्नान के समय अपने शिष्यों (ब्रह्मचारी) को आवाज लगाते (प्रायः ब्रह्मा के नाम से पुकारते थे) और फिर शिष्य उनके स्नान को अति गोपनीय तरीके से संपन्न कराते थे। बाबा का प्रथम स्नान सुबह ढाई बजे के आसपास होता था, जो कुंजल क्रिया (कुंजल क्रिया को धौति और गज कर्ण भी कहा जाता है। इस क्रिया को करने से पेट के रोगों से निजात मिलती है। गला और पेट की शुद्धि हो जाती है)। इस क्रिया को गज कर्ण इसलिए कहा जाता है, क्योंकि जब हाथी को उबकाई आती है, तब वह अपनी सूँड़ को गले में अंदर तक डाल देता है, जिससे उसके शरीर से गैर-जरूरी तत्त्व बाहर निकल जाते हैं), नेवली क्रिया (नौली क्रिया षटकर्मों के शुद्धीकरण की चौथी क्रिया है। जठराग्नि को बढ़ाने वाली इस क्रिया में पेट की मांसपेशियों की मालिश हो जाती है तथा उदर की क्रियाशीलता में वृद्धि होती है। नौली क्रिया के अत्यधिक अभ्यास से कुंडलिनी जाग्रत् हो जाती है। इस कारण नौली क्रिया को शक्तिचालिनी भी कहते हैं) और तमाम क्रियाओं के साथ संपन्न होता था। उस दौरान उनके शिष्य परई (मिट्टी का बना हुआ पात्र) में गाय का शुद्ध घी और 36 हाथ का बारीक सूत, जो उसी घी में चुपड़ा होता था, बाबा के स्नान वाले स्थान पर रख देते थे।

योग क्रियाओं के दौरान वे घी में चुपड़े छत्तीस हाथ के सूत के बारीक कपड़े को बाबा अपने मुख से अंदर डालते हुए गुदा द्वार से बाहर निकाल देते थे। यह हठ योग का एक हिस्सा माना जाता था। बाबा इस तरह के सैकड़ों हठ योग करते रहते थे। हठ योग की ऐसी मुद्रा भी थी, जिसमें बाबा स्नान के बाद पानी मुँह में भरकर वही पानी गुदा द्वार से बाहर निकालते थे और फिर गुदा द्वार से पानी शरीर के भीतर लेकर उसे मुँह के रास्ते बाहर निकालते थे। उस दौरान ऐसा प्रतीत होता था कि कोई मशीन पानी निकाल रही हो। इस प्रक्रिया के दौरान जैसे बाबा जल के साथ खेल रहे हो और लगता था, जैसे जल भारहीन हो चुका होता था।

तदुपरांत बाबा का दूसरा स्नान लगभग 10 बजे के आसपास होता था, तीसरा स्नान साढ़े 12 बजे और चौथा सायंकाल 6 बजे के आसपास तथा उसके बाद रात्रि 10 बजे एक स्नान माँ सरयू की पवित्र धारा में संपन्न होता था। स्नान के दौरान आम जनमानस का उस क्षेत्र में प्रवेश वर्जित था, यहाँ तक कि उनके शिष्यों (ब्रह्मा) का भी उधर जाना निषेध था। सरयू तपोस्थली मंच से करीब सौ मीटर की दूरी पर एक ठाकुरद्वारा था। इस ठाकुरद्वारे में पंचवटी है (आज भी जब आप मईल तपोस्थली पर जाएँगे, तो पंचवटी के दर्शन कर सकते हैं, परंतु अब कुछ ही वृक्ष बचे हैं), जिसके अंदर पीपल, वट, पाकड़, आम और गूलर के पेड़ हैं। इसी पंचवटी के अंदर लकड़ी के मंदिर में ठाकुरजी स्थापित थे, जहाँ पर उनकी सेवा के लिए चार-पाँच संत रहते थे, जिन्हें ब्रह्मचारी कहते थे। प्राय: महाराजजी उनको ब्रह्मा के नाम से बुलाते थे। इन ब्रह्मचारियों में श्रीराम यारीदास, गिरधरदास, रामबालक दास, रंगदास एवं गोकुलदास प्रमुख थे। नदी के किनारे काठ की नाव एक बाँस के सहारे बँधी रहती थी। तपोस्थली के आभामंडल का कोई जवाब नहीं था। पूर्वांचल में लोगों को पान-खैनी खाने का विशेष शौक होता है, लेकिन आगंतुक भक्त आश्रम में पान-खैनी खाने तक से डरते थे, निवृत्त होने का तो कोई सोच भी नहीं सकता था।

बाबा एक ही समय पर अपनी उपस्थिति अनेक जगहों पर करा चुके थे (जैसे कि हरिद्वार कुंभ की घटना, जहाँ बाबा की उपस्थिति एक ही समय पर दो जगहों पर भक्तों ने देखी) जो आज तक उनके भक्तों को भी समझ नहीं आ सका और यह वैज्ञानिकों के लिए भी एक शोध का विषय हो सकता है। कहा जाता है कि बाबा जल पर भी चलते थे, उन्हें 'प्लाविनी सिद्धि' प्राप्त थी। किसी भी गंतव्य तक पहुँचने के लिए उन्होंने कभी सवारी नहीं की। उनकी सही उम्र का आंकलन करना लगभग असंभव है। स्वतंत्र भारत के प्रथम राष्ट्रपति डॉ. राजेंद्र प्रसाद के अनुसार—"उनकी

पूजनीया माताजी देवरहा बाबा की भक्त थीं, वे बाबा के दर्शन करने अपनी माताजी के साथ बचपन में मईल आश्रम आया करते थे।"

बाबा का जिक्र कुछ उपलब्ध साहित्यों में मिलता है, जहाँ बाबा का विविध भाषाओं, कृतियों और विषयों पर ज्ञान का कोई अंत नहीं था, जबकि बाबा के पास कोई संसाधन उपलब्ध नहीं था। संसाधन के नाम पर सरयू धारा के बीच में जल सतह के ऊपर अवस्थित उनका मचान था, फिर भी बाबा इतनी भाषाओं और विषयों का ज्ञान कैसे रखते थे? यह भी बाबा के जीवन पर कार्य करने वाले और उनके भक्तों के बीच कौतूहल का विषय था। वैज्ञानिकों के लिए भी यह रिसर्च का विषय हो सकता है। बाबा का फोटो लेने पर वे बहुत खुश होते थे और शाबाशी भी देते थे, लेकिन बिना उनके आदेश फोटो का प्रिंट होना संभव नहीं होता था। तमाम ऐसे प्रसंग हैं, जब फोटो लेने वाले ने फोटो लिया, लेकिन उसका प्रिंट नहीं मिल पाया। यही कारण है कि गुरुदेव के बहुत सारी फोटोज जो उस दौर के फोटोग्राफर्स के द्वारा ली गईं, उपलब्ध नहीं हैं।

जैसा कि उनके परमभक्तों से पता चला कि बाबा को जल बहुत प्रिय होने के कारण बाबा को 'जलेसर बाबा' के नाम से भी जाना जाता है। प्रत्येक वर्ष बाबा चार स्थानों पर जरूर जाते थे, जिनमें प्राय: उनकी यात्रा वृंदावन से शुरू होकर हरिद्वार, प्रयाग, काशी होते हुए मईल तपोस्थली देवरिया में आकर रुकती थी, परंतु सबसे बड़ी बात यह कि प्राय: इन यात्राओं के दौरान बाबा को कभी भी किसी ने कहीं आते-जाते नहीं देखा। अपनी योग विद्या के प्रभाव से बाबा सूक्ष्म रूप धारण करके प्राय: जल के सहयोग से ही यात्रा पूरी करते थे। उनके भक्तों ने बाबा के हर रूप को देखा, परंतु उन्होंने कभी बाबा को कहीं आते-जाते नहीं देखा, फिर भी बाबा कभी काशी, कभी प्रयाग, कभी हरिद्वार, तो कभी वृंदावन में नजर आते थे।

मंगलवार, 19 जून सन् 1990 को योगिनी एकादशी के दिन अपने प्राण त्यागने वाले इस ब्रह्मर्षि के बारे में कहा जाता है कि वह करीब 900 साल तक जिंदा रहे। (बाबा के संपूर्ण जीवन के बारे में अलग-अलग मत हैं, कुछ लोग उनका जीवन 250 साल, तो कुछ लोग 500 साल मानते हैं।) देवरहा बाबा परम रामभक्त थे, उनके मुख में सदा राम नाम का वास था, वह भक्तों को भी सिर्फ राम मंत्र की ही दीक्षा दिया करते थे। उन्होंने बहुत पहले जब बूटा सिंह भारत के गृहमंत्री हुआ करते थे, तभी उनसे कहा था कि भक्त, 'राम मंदिर अयोध्या में सबके सहयोग से बनेगा। वह समय मंदिर के निर्माण के लिए बहुत उपयुक्त होगा और पूरी दुनिया इसकी सराहना करेगी।'

राम नाम का उच्चारण ही सर्व कष्टों का समाधान उपलब्ध कराता है। यदि मनुष्य के जीवन में किसी भी प्रकार का कष्ट हो, निकासी के द्वार बंद हों, तो इस महामंत्र का उच्चारण समस्त दुःखों से मुक्ति का द्वार प्रशस्त करता है। अतः बच्चा, भगवान् से प्रेम करो, राघवेंद्र हर प्रकार के कष्टों से दूर रखेंगे। यदि कुछ समय की तपस्या से कष्टों का निवारण नहीं हो पा रहा हो, तो इसका यह कतिपय मतलब नहीं कि भगवत् कृपा नहीं हो रही है। जैसे रत्नों से भरे सागर में एकाध गोता लगाने से मोती के नहीं मिलने का मतलब यह तो नहीं होता कि आप गोता लगाना छोड़ देंगे। भगवान् की कृपा होगी, समय आएगा, जब हर गोते में मोती मिलेगा। इसलिए नाम जपते रहिए, कल्याण जरूर होगा। सकल मनोरथ पूरे होने का एकमात्र रास्ता यहीं से निकलता है।

जब भी किसी की जीवनी या किसी महापुरुष के बारे में पुस्तक तैयार होती है, तो कुछ कपोल-कल्पित कहानियाँ भी पाठकों को बाँधने के लिए बनाई जाती हैं। बाबा के ऊपर वैसे तो बहुत सा साहित्य उपलब्ध नहीं है, फिर भी बाबा के सान्निध्य में रहने वाले उनके शिष्यों से बातचीत के दौरान कुछ बोध कथाएँ मिली हैं, जो सिर्फ बोध कथाएँ ही नहीं, परंतु सत्य घटनाएँ हैं। सिर्फ उनमें अंतर यही होता है कि जिस प्रकार बाबा का जीवन सरल था, उसी प्रकार उनके भक्तों के संस्मरण भी बहुत ही सरल भाषा में उपलब्ध हैं। इस लेखन के दौरान भी बहुत सारे भक्तों से उनके बाबा के सान्निध्य में रहते हुए चर्चा, परिचर्चा और घटनाओं को समाहित करने की यथाशक्ति कोशिश की गई है।

(सरयू नदी का दृश्य)

□

खेचरी मुद्रा और बाबा की उम्र

वैसे तो बाबा का अवतरण जल से हुआ था, जैसा कि उनके शिष्यों ने बताया, परंतु कब हुआ था, उसका कोई साहित्य उपलब्ध नहीं है। बाबा को कुछ लोग गुरु गोरखनाथ के देश-काल से मानते हैं। यहाँ बताना जरूरी है कि बाबा का प्रवास साल के कुछ महीने हिमालय से भी होता था। बदरीनाथ धाम में अलकनंदा के करीब और गंगोत्तरी में गोमुख के करीब श्रद्धालुओं ने बाबा को ध्यान की मुद्रा में तपस्या करते देखा है। हिमालयन रेंज के तिब्बत वाले हिस्से में एक आध्यात्मिक नगर विराजमान है, जिसे ज्ञानगंज के नाम से भी जाना जाता है। ज्ञानगंज एक वैज्ञानिक शोध पर आधारित नगर है, जिसका रहस्य आज के वैज्ञानिकों की समझ से परे है। ज्ञानगंज एक अदृश्य नगर है, जो एक सुंदर सरोवर के आसपास स्थित है, जिसे 'देवरहा ताल' के नाम से भी जाना जाता है। उसी स्थान के करीब देवरहा बाबा का मंच आज भी विद्यमान है। वहाँ के स्थानीय लोगों के अनुसार, आज भी कोई उस सरोवर में स्नान नहीं कर सकता।

बाबा के अनुसार, भौतिक और आध्यात्मिक संतुलन ही सहिष्णुता का संतुलन होता है। उन्होंने नदियों को बिंदु का नाम दिया था और अकसर भक्तों से बात करते हुए वह कहते थे कि जब बहुत सारी बिंदु एक जगह एकत्र होकर सागर में समा जाती हैं, तो उसे सिंधु कहा गया है। इसी तरह मानव का अस्तित्व भी परम ब्रह्म में समाहित होकर एक हो जाता है। बाबा के अनुसार, गंगा साक्षात् धर्म का स्वरूप है तथा गंगा अखंड भारत की राष्ट्रीय अस्मिता का प्रतीक है।

नरिआव गाँव निवासी श्रीराम मिश्राजी, जो पूर्व में उत्तर प्रदेश पुलिस में सिपाही थे, स्वैच्छिक सेवानिवृत्ति लेकर बाबा की सेवा में लग गए और बाबा के भक्तों में एक निकटस्थ भक्त बन सेवा में तल्लीन हो गए। श्रीराम मिश्राजी के अनुसार, बाबा को खेचरी मुद्रा से ही अमरत्व प्राप्त हुआ। बाबा कहते थे, इसी योगमुद्रा के कारण योगी जीवन-मरण के बंधन से मुक्त हो जाता है। इस मुद्रा के दौरान देवरहा बाबा

जिह्वा को उलट करके ब्रह्मरंध्र में पहुँचाते थे, जहाँ से अमृतधारा टपकती रहती है और बाबा इसी मुद्रा में अमृतधारा का रसपान करते थे। इस अमृतधारा के प्रभाव से अमरत्व बढ़ता जाता है।

मईल देवरिया स्थित गुरुदेव की स्वनिर्मित प्रतिमा

भक्तों के अनुसार, जब भी बाबा के शरीर त्यागने का समय आता, बाबा खेचरी मुद्रा में चले जाते और वहाँ से अमृत-रस का पान करते। अमृतपान के कारण बाबा की कायाकल्प हो जाती। इस दौरान पूरे छह महीने बाबा किसी से न मिलते और न ही बात करते। बाबा ने तपोस्थली के समीप और पंचमुखी हनुमान मंदिर के पास ही कायाकल्प भवन बनाया। कायाकल्प भवन के पास ही बाद में बाबा ने राधे-श्याम मंदिर की स्थापना की। उसी दौरान सन् 1962 में बाबा ने अपने ही हाथ से अपनी प्रतिमा का निर्माण किया। 1962 में तपोस्थली के करीब गुरुदेव ने यज्ञ का आयोजन कराया था, जिसका मंच आज भी उसी स्थान पर स्थित है। आज भी आप राधे श्याम मंदिर पहुँचेंगे, तो वहाँ पर बाबा की आदमकद प्रतिमा के दर्शन कर सकते हैं (छाया चित्र सुधी पाठकों के लिए संलग्न है)। नेपाल के एक भक्त से बाबा ने

पूछा था, "बच्चा जो बाल गोपाल भगवान् श्रीकृष्ण के साथ खेलते थे, क्या उनको यह पता था कि वह साक्षात् ब्रह्म हैं! कहीं अगर उन्हें यह बात पता होती, तो उनको उस समय भगवान् घोषित कर देते, इसलिए दिव्य पुरुष जब भी पृथ्वी पर अवतार लेते हैं, तो उनका जीवन बहुत ही सरल होता है। अपनी सरल जीवनशैली से ही आम जनमानस के बीच में वे उदाहरण स्थापित करते हैं।" बाबा के कुछ भक्तों का मानना था कि वृंदावन में भगवान् कृष्णजी बाबा को दर्शन देते थे और यही कारण था कि बाबा का यमुना और वृंदावन से खास लगाव था। कुछ भक्तों का मानना है कि बाबा गुरु-गोरखनाथ के समकालीन थे, तो कुछ ने बाबा को महाभारतकाल से पृथ्वी लोक पर माना है। सरयू और यमुना बाबा के भक्तों के लिए माँ समान हैं और हों भी क्यों नहीं, भारतवर्ष को दीर्घायु बनाने में इन नदियों का बहुत योगदान रहा है।

राधे-श्याम की प्रतिमा, जो गुरुदेव के एकदम सम्मुख कायाकल्प भवन में विराजमान है

□

देवरहा बाबा तपोस्थली और लार रोड स्टेशन

गोरखपुर पूर्वी उत्तर प्रदेश का एक मुख्य शहर है, जो राप्ती नदी के तट पर स्थित है। यह पूर्वोत्तर रेलवे का मुख्यालय है। पूर्वोत्तर रेलवे के अंतर्गत देवरिया जिले का लार रोड, भटनी–वाराणसी प्रखंड का एक छोटा सा स्टेशन हुआ करता था, जहाँ कुछ एक पैसेंजर ट्रेन रुका करती थीं। यह स्टेशन सरयू के दक्षिणी छोर पर देवरिया जिले का भटनी–वाराणसी प्रखंड का अंतिम स्टेशन होता है। उसके बाद सरयू पार करते ही उत्तर प्रदेश का बलिया जिला प्रारंभ हो जाता है, जिसका पहला स्टेशन बेल्थरा रोड होता है। वैसे तो आज बेल्थरा और लार रोड को जोड़ने के लिए सड़क मार्ग से भी एक सेतु का निर्माण हो चुका है, परंतु उस समय बलिया को देवरिया से जोड़ने और आवागमन के लिए सिर्फ रेल ही एक माध्यम होता था। देवरहा बाबा तपोस्थली की दूरी इस स्टेशन से लगभग साढ़े सात किलोमीटर, जिसमें लगभग बीस मिनट का समय लगता है, लार रोड स्टेशन के करीब अवस्थित है। वैसे तो देवरहा बाबा के नाम पर पूर्वोत्तर रेलवे के अंतर्गत सलेमपुर बरहज रेल मार्ग पर एक स्टेशन भी है, परंतु तपोस्थली से इसकी दूरी लगभग सोलह किलोमीटर पड़ती है। इस प्रकार तपोस्थली पहुँचने के लिए निकटतम रेलवे स्टेशन लार रोड ही है। तपोस्थली पहुँचने के लिए प्राय: भक्तगण इस रेलवे स्टेशन का उपयोग करते थे, परंतु छोटा स्टेशन होने के कारण सिर्फ पैसेंजर रेलगाड़ियाँ ही इस स्टेशन पर रुकती थीं, जिसके कारण भक्तजनों को बड़ी तकलीफ उठानी पड़ती थी। उस समय के डिप्टी रेल मिनिस्टर श्री शिवनारायणजी हुआ करते थे, जो गुरुदेव के भक्त थे और उनकी गुरुदेव में काफी आस्था थी। एक दिन शिवनारायणजी बाबा के दर्शन के लिए देवरहा बाबा तपोस्थली मंच पर पधारे और दंडवत् हो गए। बाबा ने बड़े सहज रूप से श्री शिवनारायणजी को बोला, "शिवनारायण बच्चा, भक्तजनों को तपोस्थली

तक पहुँचने में बहुत तकलीफ होती है, क्योंकि सिर्फ कुछ ही रेलगाड़ियाँ यहाँ पर रुकती हैं। तुम तो रेलमंत्री हो, क्यों नहीं कुछ ऐसा करते हो कि कुछ और ट्रेन इस स्टेशन पर रुकने लगें, जिससे कि तपोस्थली पहुँचने वालों को ज्यादा कष्ट न हो। बच्चा, तुम्हें तो पता है कि यहाँ पर हिंदुस्तान के हर कोने से लोग आते हैं।"

बाबा के उक्त शब्दों के बाद श्री शिवनारायणजी ने पूरे स्टेशन का ही कायाकल्प कराया, साथ-ही-साथ भटनी-वाराणसी प्रखंड की ज्यादातर ट्रेनों का स्टॉप लार रोड स्टेशन पर कर दिया गया; सिर्फ इतना ही नहीं, श्री शिवनारायणजी ने उस स्टेशन का नाम भी बदलने की कोशिश की, परंतु 'देवरहा बाबा हाल्ट' के नाम से पहले से ही एक स्टेशन उपलब्ध था, फिर शिवनारायणजी ने उस पूरे स्टेशन को ही एक मंदिर का स्वरूप दिया, जो आज भी विद्यमान है। आज भी जब आप लार रोड स्टेशन पर उतरेंगे, आपको लगेगा कि आप किसी मंदिर के सामने खड़े हैं।

लार रोड स्टेशन का जिक्र हो और श्री गौरीशंकर गुप्ताजी के बारे में न लिखूँ, तो यह क्षम्य नहीं होगा। लार रोड स्टेशन पर श्री गुप्ताजी की चाय की दुकान हुआ करती थी। उस समय पूरे हिंदुस्तान से आने वाले भक्त दो दिशाओं से लार रोड स्टेशन पहुँचते थे। एक मुख्य स्टेशन गोरखपुर होता है, जहाँ से पैसेंजर ट्रेन से चलकर लार रोड स्टेशन पर उतरते थे, तो दूसरा वाराणसी से चलकर लार रोड स्टेशन और फिर यहाँ से तपोस्थली, जिसका जिक्र मैंने ऊपर किया है। श्री शिवनारायणजी के हस्तक्षेप के बाद लगभग सारी ट्रेनों का स्टॉपेज लार रोड पर हो गया था। अर्धरात्रि के लगभग एक से दो बजे के बीच चौरी-चौरा एक्सप्रेस, जो कानपुर से चलकर वाराणसी होते हुए लार रोड पहुँचती थी, ज्यादातर देश के विभिन्न कोनों से पहुँचने वाले भक्त इसी ट्रेन से लार रोड पहुँचकर वहाँ से ताँगा, इक्का, रिक्शा लेकर तपोस्थली पहुँचते थे। उन सबका स्वागत श्री गौरीशंकर

गुप्ताजी लार रोड स्टेशन पर अपनी चाय से करते थे। भक्तगण का श्री गुप्ताजी पर बहुत विश्वास था और हो भी क्यों नहीं, जो भी तपोस्थली के करीब का होगा, उस पर अध्यात्म और बाबा की कृपादृष्टि सदैव बरकरार रहती है। श्री गौरीशंकर गुप्ताजी उन सब भक्तों को चाय पिलाते और फिर उनके तपोस्थली पहुँचने का इंतजाम भी करते थे। आज भी चौरी-चौरा एक्सप्रेस लार रोड स्टेशन पर पहुँचती है, लेकिन उसका समय थोड़ा सा आगे खिसककर लगभग दो से तीन बजे सुबह का हो गया है। अब उस स्टेशन पर आपको बहुत सारी चाय की दुकानें मिल जाएँगी।

□

समरसता और समदर्शिता

बाबा की नजर में हर एक जीव भगवान् का ही अंश है। हर जीव एक समान है, चाहे वह मनुष्य हो, पशु-पक्षी, चींटियाँ या कोई भी अन्य जीव, बाबा सबको ईश्वर की कृति मानते थे और उनको एक नजर से देखते थे। आने-जाने वाले भक्तों को बाबा 'बच्चा' कहकर पुकारते थे। उनके शिष्यों में बड़े पदों पर आसीन अधिकारी, शिक्षाविद्, राजनीतिज्ञ, डॉक्टर्स, इंजीनियर्स और तमाम पेशों से जुड़े विभिन्न क्षेत्र के उच्चकोटि के विद्वान् थे। अकसर वे लोग बाबा के पास अपनी जिज्ञासा का समाधान कराने पहुँचते थे, जिस पर बाबा बड़े ही सहज भाव से उनकी हर जिज्ञासाओं का समाधान करते थे। अपनी पुस्तक के दौरान मैंने उन विद्वानों से कुछ सूचना एकत्र करने की कोशिश की। सबका नाम लिखना तो संभव नहीं है, परंतु मैंने कुछ महानुभावों के नामों का जिक्र जरूर किया है। कुछ लोगों ने आग्रह के साथ आदेश भी दिया है कि उनके नाम का जिक्र न किया जाए और उनके शब्दों के सम्मान में मैं उनके आदेश का अक्षरश: पालन कर रहा हूँ।

श्री बलराम मिश्राजी के अनुसार, "बाबा के समदर्शिता और समत्व का कोई जवाब नहीं था, इसीलिए तो राष्ट्रपति जाकिर हुसैन को प्राय: बाबा 'जाकर बच्चा' के नाम से संबोधित करते थे। इसी कड़ी में जगजीवन रामजी को 'जगजीवन बच्चा' और सरदार बूटा सिंह को 'पग्गड़ बच्चा' के नाम से बुलाया करते थे। वैसे तो बाबा अपने सारे भक्तों को 'बच्चा' कहकर ही बुलाते थे, लेकिन उनके साथ ऐसा कोई प्रोटोकॉल नहीं था, जिसमें यदि कोई वी.आई.पी. का आगमन हो, तो उसको बाबा कोई विशेष भाव या सम्मान दें या कोई आम आदमी आए, तो उस पर कम ध्यान दें (पूर्व प्रधानमंत्री श्रीमती इंदिरा गांधीजी और श्री राजीव गांधीजी को भी बाबा के श्रीचरणों के दर्शन के लिए तपती रेत में खड़ा होना पड़ा था)। इससे यह प्रतीत होता है कि बाबा की नजर में हर एक व्यक्ति, चाहे वह किसी भी पद पर आसीन

हो, किसी भी समाज से हो, या किसी भी जाति-धर्म का हो; सबको समान नजर से देखते थे।

बाबा के पास आने वाले भक्तों को प्रसाद के रूप में कुछ-न-कुछ जरूर मिल जाता था, परंतु यह प्रसाद कहाँ से आता था, यह किसी को पता नहीं था। अकसर बाबा भक्तों को प्रसाद देने के लिए अपना हाथ मचान के अंदर डालते और वहाँ से जो कुछ भी मिल जाता, वह भक्तों की तरफ उछाल देते। आने वाला भक्त चाहे कोई भी हो, प्रसाद उसको उसी तरीके से मिलता था। तपोस्थली के करीब रहने वाले श्री सुधीर कुमार सिंह और श्री अनिरुद्ध सिंह बताते हैं कि बचपन में हम लोग तपोस्थली के करीब गाय चराने जाते थे। सुबह और दोपहर के समय आश्रम में पहुँचकर प्रसाद प्राप्त करते और सरयू का जल पीकर एक विशेष तरह की ताजगी महसूस होती थी। प्रसाद में मखाने और मौसमी फल मिलता था। इसी प्रकार एमिटी यूनिवर्सिटी, नोएडा में परीक्षा विभाग में कार्यरत श्रीमती शीलू सागर, जो बाबा के भक्त श्री जमुना प्रसाद त्रिपाठी (आई.पी.एस. उत्तर प्रदेश सरकार, श्री बलराम मिश्राजी के अनुसार, बाबा की कृपा से दरोगा से आई.पी.एस. बनने वाले पहले व्यक्ति और उत्तराखंड की चारों धाम, गंगोत्तरी, यमुनोत्तरी, बदरीधाम और केदारधाम समिति के आजीवन अध्यक्ष रहे) की पौत्री हैं, ने बताया कि बचपन में जब भी वे बाबा के दरबार में गईं, इतना प्रसाद मिलता कि वह कई-कई दिनों तक समाप्त नहीं होता था। डॉ. शीलू सागर के अनुसार, बाबा के प्रसाद में दिव्यता थी।

शम्स की जुबानी, 'आजतक' के एपिसोड 754 में शम्सजी ने दिवंगत रोहित सरदानाजी से जुड़े एक वाकये का जिक्र किया, जिसमें उन्होंने बताया कि जब रोहित सरदाना आठ साल के होंगे, तब उनके माता-पिता उनको लेकर देवरहा बाबा आश्रम दर्शन के लिए गए थे। अचानक रोहित को बिस्कुट खाने का मन हुआ और बालक रोहित अपनी माताजी से जिद करने लगे कि उनको अभी बिस्कुट चाहिए। माता-पिता दोनों परेशान हो गए, तभी एक ब्रह्मचारी (बाबा के सेवक) उनके पास पहुँचे और उनको बिस्कुट देते हुए बोला, 'गुरुदेव ने कहा है कि आपका बच्चा बिस्कुट के लिए जिद कर रहा है, उसको बिस्कुट देकर आओ।' इस घटना के बाद उनके माता-पिता बेहद चकित थे कि हजारों की भीड़ में यह खबर कि एक बालक बिस्कुट के लिए जिद कर रहा है, गुरुदेव को कैसे पता चला? इस प्रकार रोहित को बाबा का दिव्य प्रसाद बिस्कुट के रूप में मिला।

मईल, देवरिया आश्रम में स्थित कल्पवृक्ष, जिसको बाबा द्वारा सिंचित बताया जाता है

कुछ बुजुर्ग भक्तों के अनुसार, अकसर आश्रम में सियार, लोमड़ी, यहाँ तक कि लकड़बग्घे भी बाबा का प्रसाद लेने पहुँचते थे और बाबा उनको कभी निराश नहीं करते थे। कुछ भक्तों के अनुसार, जो उन्होंने खुद अपनी आँखों से देखा था, कुछ सियार और लोमड़ियों के झुंड बाबा के द्वारा दिए गए फलों को प्रसाद के रूप में ग्रहण करते थे। तपोस्थली के आसपास का माहौल ऐसा था, जिसमें एक समत्व की भावना थी। इसीलिए तो देश के राष्ट्रपति, प्रधानमंत्री, गृहमंत्री, आम जनमानस से लेकर हिंसक जानवर लोमड़ी और सियार तक बाबा के लिए एक समान थे। बाबा जीवों में भेद नहीं करते थे, उनके लिए सब एक समान थे।

□

देवरहा ताल और बाबा

उत्तराखंड के रुद्रप्रयाग जिले में देवरिया ताल स्थित है। ताल में देखने पर बदरीनाथ, केदारनाथ, यमुनोत्तरी, गंगोत्तरी, चौकंबा और नीलकंठ की चोटियाँ दिखाई देती हैं। देवरिया ताल रुद्रप्रयाग से 49 किमी. की दूरी पर स्थित है। इस ताल को 'देवरहा ताल' के नाम से भी जाना जाता है। प्रत्येक वर्ष आरंभ के दो से तीन महीने तक बाबा का प्रवास इसी ताल के किनारे पर होता था। तपस्या के लिए मईल तपोस्थली से प्रस्थान से पहले बाबा ब्रह्मचारी (सेवकों) लोगों को एक दिन पहले ही बोल देते थे कि बच्चा, कल मैं हिमालय चला जाऊँगा और अगले संदेश तक मैं वहीं प्रवास करूँगा। उसके बाद बाबा इसी मनोरम ताल के किनारे अपनी तपस्या में लीन हो जाते थे। यहाँ के कुछ स्थानीय बुजुर्ग बताते हैं कि वे संत कब और किस रास्ते से यहाँ पहुँचते थे, कभी किसी ने देखा नहीं। देखा तो सिर्फ उनको तपस्या में लीन। किसी को नहीं पता है कि बाबा ने इस स्थान पर कितने सालों तक तप किया, लेकिन इस ताल का संबंध कुछ इतिहासकारों ने महाभारतकाल से बताया है। वैसे भी बाबा अपने शिष्यों को कहते थे कि "बच्चा, जो ग्वाल-बाल भगवान् कृष्ण के साथ खेलते थे, वे यह थोड़ा न जानते थे कि वे भगवान् हैं, परंतु वे तो जगत्पालक थे, ठीक इसी प्रकार मैं कौन हूँ, यह कोई नहीं जानता।" यही कारण था कि अश्वत्थामा भी अपनी मुक्ति का द्वार पूछने अकसर बाबा से मिलने आया करते थे। बाबा के तप का प्रभाव इस ताल में आज भी देखा जा सकता है। कुछ इतिहासकारों और किंवदंतियों पर विश्वास करें तो ऐसा माना जाता है कि इस ताल में इंद्रादि देवता स्नान करने के लिए आते थे। इन्हीं कड़ियों को जोड़ते हुए बाबा को महाभारतकालीन संत माना जाता है, जिनकी उपस्थिति महाभारत के समय पर भी थी। जिस प्रकार हनुमानजी को आज भी यह माना जाता है कि त्रेता युग से लेकर कलयुग तक श्री हनुमानजी मृत्युलोक में ही रहते हैं, क्योंकि हनुमानजी अष्ट सिद्धियों के ज्ञाता, ठीक उसी प्रकार पूज्य गुरुदेव भी अष्टांग योग सिद्ध योगी थे,

इसलिए उनकी उम्र पूछे जाने पर वे ईश्वरलीन अवस्था बताते थे। महाराजजी कहते थे—"योगी में ईश्वर और ईश्वर में योगी। जब दोनों का समागम हो जाए तो मनुष्य जन्म और मरण के बंधन से मुक्त हो जाता है।" पूज्य गुरुदेव ब्रह्मर्षि थे और ब्रह्मर्षि सूक्ष्म शरीर से हर जगह हर समय उपस्थित रहता है। जिस सरलता से गुरुदेव भक्तों से संवाद करते थे, योग के चरम को प्राप्त करने के उपरांत वह अद्‌भुत ही था।

देवरहा ताल, उत्तराखंड (साभार गूगल)

□

जज साहब और कैंसर पीड़ा

पटना हाई कोर्ट के वरिष्ठ जज साहब को गले का कैंसर हो गया। उनके परिवार के अन्य सदस्य इंग्लैंड में रहते थे। उन लोगों ने अच्छी सलाह के लिए उनको इंग्लैंड बुलाया। उनके परिवार के सदस्यों को उनकी बीमारी की चिंता थी और उनको यह लग रहा था कि भारत से अच्छी स्वास्थ्य सुविधाएँ इंग्लैंड में मिल जाएँगी। अंततः जज साहब इलाज के लिए इंग्लैंड रवाना हुए, कुछ महीनों के इलाज के उपरांत वहाँ के डॉक्टरों ने भी जवाब दे दिया और बोला कि आपका जीवन एक महीना का ही बचा है, अतः आप अपना समय अपने परिवार के साथ व्यतीत करिए।

जज साहब के परम मित्र उस दौरान पटना मेडिकल कॉलेज के प्रिंसिपल और पारिवारिक डॉक्टर भी थे। यह घटना सन् 1960 की है। उन्होंने जज साहब को सलाह दी कि आप एक बार देवरहा बाबा के दर्शन करें; शायद आपको कोई रास्ता मिल जाएगा।

जज साहब थोड़े नास्तिक स्वभाव के होने के कारण इन सब बातों पर विश्वास नहीं करते थे। जज साहब ने स्वास्थ्य ठीक न होने और शारीरिक अक्षमता की वजह से जाने से इनकार कर दिया। अंत में उनके मित्र पटना मेडिकल कॉलेज के कुछ डॉक्टरों के साथ बाबा के दर्शन के लिए निकले। रास्ते में उनकी गाड़ी का पेट्रोल खत्म हो गया और वे सारे लोग परेशान हो गए। फिर बाबा के भक्तों ने बाबा को याद किया और गाड़ी स्टार्ट हुई, एक समीप के पेट्रोल पंप पर बंद हो गई। वहाँ से पेट्रोल लेकर ये लोग वाराणसी पहुँचे। वाराणसी में बाबा गंगा उस पार रामनगर में आसन जमाए हुए थे। डॉक्टर साहब ने अस्सी घाट से नाव ली और गंगा पार बाबा के दरबार में पहुँचे।

बाबा के पास पहुँचने के उपरांत डॉ. साहब ने जज साहब की बीमारी के बारे में जिक्र किया। उन्होंने बाबा को बताया कि हमारे मित्र जज साहब को गले का

कैंसर हो गया है और वह लगभग मरने के करीब हैं। बाबा ने पूछा, "यह कैंसर क्या होता है बच्चा?" डॉक्टर साहब ने बड़े ही सीधे शब्दों में बाबा को बताया कि कैंसर एक फोड़े का रूप होता है, जिससे व्यक्ति की मौत भी हो जाती है। फिर बाबा ने उनसे कहा कि तुम लोग कैसे डॉक्टर हो, एक फोड़ा भी ठीक नहीं कर सकते। बच्चा, एक काम करो, यह गंगा की रेत उठा लाओ। बाबा ने रेत को अपने दाहिने पैर के अँगूठे से स्पर्श किया, जिससे कि रेत में एक शक्ति समाहित हो गई। फिर बाबा ने कहा, "ले जाओ, अपने मित्र को यह रेत के चार-चार दाने रोज खिला दो, उनका फोड़ा ठीक हो जाएगा।" डॉक्टर साहब ने बाबा से विदा ली और वापस पटना पहुँच गए। पटना पहुँचकर उन्होंने जज साहब को सारी कहानी बताई और रेत के दाने उनकी पत्नी को दिए और बोला कि चार-चार दाने इनको रोज खिलाने हैं। पहले तो जज साहब इस बात पर राजी नहीं हुए, परंतु मरता क्या नहीं करता! जज साहब ने रेत के दाने लेने शुरू किए और महीने भर बाद उनको आराम होना प्रारंभ हुआ। लगभग तीन महीने बाद जज साहब का कैंसर ठीक हो गया और जाँच के बाद पता चला कि अब वह कैंसर से उबर चुके हैं। जज साहब बहुत ही विस्मित हुए और बाबा के दर्शन की इच्छा जाहिर की, फिर उनके मित्र डॉक्टर साहब उनको लेकर सरयू मंच देवरहा बाबा तपोस्थली दर्शन के लिए पहुँचे। बाबा से मिलने के बाद बाबा ने पूछा, "बच्चा, क्या तुम्हारा फोड़ा ठीक हो गया?" यह घटना कोई कहानी नहीं है, यह घटित हुई एक सत्य घटना है, जो सिन्हा साहब अपने मिलने वाले लोगों से प्राय: जिक्र किया करते थे।

□

हड़ियवा कलेक्टर

बाबा प्रायः अपने भक्तों को प्यार से कुछ भी नाम दे देते थे। इसके बारे में पूर्ववर्ती अध्यायों में व्याख्या की गई है। प्यार वाला नाम किसी परिचय अथवा गरिमा का मोहताज नहीं होता था। गुरुदेव सिर्फ उनके शारीरिक बनावट, उनके पहनावे या कोई उनके साथ घटित घटना से ही उनका नामकरण कर देते थे। व्यक्ति चाहे किसी भी ओहदे पर हो, उसको बाबा उसी नाम से पुकारते थे। इसी तरह एक कलेक्टर साहब, जो बाबा के अनन्य भक्तों में से एक थे, को बाबा 'हड़ियवा कलेक्टर' के नाम से पुकारते थे। हड़िया मिट्टी का एक बरतन होता है, जिसे प्रायः ग्रामीण क्षेत्र की जनता तरल पदार्थ रखने के काम में लाती है। पूर्वी उत्तर प्रदेश के आँचलिक भाग में इसका प्रयोग बहुत ज्यादा होता है। गरमी के दिनों में इसकी माँग ज्यादा बढ़ जाती है। हड़िया के अंदर रखी हुए वस्तु में प्राकृतिक रूप से ठंडाई का अनुभव होता है। आधुनिक समय में प्रयोग में लाई जाने वाली मिट्टी की बनी हुई सुराहियाँ, हड़िया का ही परिमार्जित रूप हैं।

हड़िया पुरातनकाल से प्रयोग में लाई जाने वाली एक प्रकार की मिट्टी का बरतन है। ग्वाले लोग जो दूध का व्यापार करते, हड़िया में ही दुग्ध उत्पादित वस्तुओं को रखकर बेचने के लिए बाजार में ले जाते और वहाँ पर लोगों को वस्तुएँ बेचा करते। तपोस्थली पर प्रायः मिट्टी के ही बरतन प्रयोग में लाए जाते थे। बाबा प्रकृति के सामंजस्य को प्राथमिकता देते हुए अपने भक्तों को गौ सेवा, फलदार वृक्षों की सुरक्षा, नदियों और तालाबों के संचयन एवं उनके सर्वांगीण विकास के लिए प्रेरित करते थे। तपोस्थली आने वाले भक्तों को बाबा का आदेश होता था कि जीवों पर दया और प्रकृति से प्रेम का प्रचार-प्रसार करते रहिए। शुद्ध वातावरण ही शुद्ध मानसिकता को उत्प्रेरित करता है।

हड़िया की व्याख्या लेखक यहाँ इसलिए कर रहा था कि इस पात्र से जुड़ी हुई एक घटना है। श्रीमान अवस्थी साहब विद्यार्थी जीवनकाल से ही श्री ब्रह्मर्षि

योगीराज देवरहा बाबा के परम भक्त हुआ करते थे। अकसर वह मित्रों के साथ मईल स्थित तपोस्थली बाबा के दर्शन को जाया करते थे। उस दौरान उनकी इच्छा थी कि वह प्रतियोगी परीक्षाएँ देकर नायब तहसीलदार बनें। उनके मानस-पटल पर उनके विद्यार्थी जीवन से ही इस प्रतियोगी परीक्षा की तैयारी का जुनून सवार था, परंतु यह परीक्षा बहुत ही कठिन होती थी, प्रतिभागियों की भीड़ थी, सीटें बहुत कम होती थीं।

मित्रों ने सलाह दी कि क्यों न आपके मन की बात को बाबा के दरबार में रखा जाए, फिर एक दिन लोगों ने योजना बनाई और मईल स्थित तपोस्थली पर बाबा के दर्शन के लिए पहुँच गए। बाबा अकसर अपने भक्तों को 'बच्चा' कहकर संबोधित करते थे। बाबा ने बड़े सरल भाव से पूछा, "बच्चा अवस्थी कैसे हो और जो तुम सोच रहे हो, तुम तो उससे भी बड़ा करोगे, तुम क्यों नहीं कलेक्टर बन जाते हो?" अवस्थी और उनके सारे मित्र हतप्रभ थे। अवस्थी साहब ने नतमस्तक होते हुए बाबा को बोला, "बाबा, मैं नायब तहसीलदार की परीक्षा देने की तैयारी कर रहा हूँ, बस आपका आशीर्वाद मिल जाए, तो मैं यह परीक्षा पास कर लूँगा, इसलिए आज आप के दरबार में हाजिरी लगाने आया हूँ।" बाबा ने कहा,"बच्चा, सब भगवान् की कृपा है, तुम कलेक्टर बनोगे और इस कलेक्टर की परीक्षा में प्रतिभागी बनो।"

योगी की महिमा अनंत! अवस्थी साहब को अब भी विश्वास नहीं था और वे यह सोच रहे थे कि बाबा यह किस प्रकार का आदेश दे रहे हैं? फिर उन्होंने बाबा से कहा, "लेकिन बाबा मैंने तो आज तक कभी कलेक्टर बनने की परीक्षा दी ही नहीं और इसके बारे में कभी सोचा भी नहीं।" बाबा ने कहा, "अवस्थी बच्चा, इस बार तुम कलेक्टर की परीक्षा दोगे।" इतना कहने के साथ ही बाबा ने वहाँ उपस्थित ब्रह्मचारी को आदेश दिया कि हड़िया में रखे हुए दही को यहाँ ले आओ। ब्रह्मचारीजी बाबा के आदेशानुसार मंच के समीप रखी हड़िया भरी हुई दही लेकर बाबा के सामने उपस्थित हुए। बाबा ने हड़िया की तरफ देखते हुए कुछ बुदबुदाया (संभवत: कोई मंत्र उच्चारित किया) और अवस्थीजी को दही से भरी हुई हड़िया देते हुए बोले, "बच्चा, जाओ पवित्र पावनी सरयू के तट पर और इस पात्र में भरी हुई दही में सरयू का पवित्र जल मिलाओ और सारा पी जाओ। जितना भी समय लगे, आराम से इस पात्र में रखी हुई दही को पियो, तुम्हारा कल्याण होगा। चूँकि यह आदेश योगीराज देवरहा बाबा के द्वारा दिया गया था, इसलिए अवस्थीजी अक्षरश: आदेश का पालन करते हुए सरयू तट पर पहुँचे। बाबा का ध्यान करते हुए उन्होंने हड़िया में सरयू का पवित्र जल मिलाया और वहीं तट पर बैठे धीरे-धीरे उस जल

मिले दही का पान करने लगे। इस प्रक्रिया में उनको लगभग 4 घंटे लगे, तत्पश्चात् वह आश्रम लौटे और बाबा का आशीर्वाद ले अपनी परीक्षा की तैयारी आरंभ कर दी।

योगियों की महिमा अनंत होती है, वह अपनी योग सिद्धियों से पूरे जगत् का कल्याण करते हैं और फिर जब किसी सिद्ध योगी ने किसी को अपना आशीर्वाद प्रदान कर दिया हो, तो फिर उसे कौन रोक सकता है ? अवस्थी साहब अपनी तैयारी में लगे रहे और उसी वर्ष उन्होंने कलेक्टर की परीक्षा का फॉर्म भर डाला और उस प्रतियोगी परीक्षा में सम्मिलित हुए। परिणाम उनके पक्ष में था और अंततः वह कलेक्टर बने।

कलेक्टर की परीक्षा पास करने के उपरांत अवस्थी साहब बाबा के दर्शन को निकले। उस समय बाबा वृंदावन में प्रवास कर रहे थे, जब अवस्थी साहब बाबा के करीब पहुँचे, बाबा ने उनसे कहा, "बच्चा, कलेक्टर तो तुम बन गए, लेकिन एक बात याद रखना, पद और सम्मान जनता जनार्दन की सेवा के लिए होता है। तुम जिस ओहदे पर विराजमान होने जा रहे हो, वहाँ से तुम्हारी जिम्मेदारियाँ बहुत बढ़ जाएँगी।" अवस्थी साहब ने नतमस्तक होते हुए बोला, "जो ओहदा आपने प्रदान कर दिया, उसके आगे सबकुछ शून्य है।" बाबा हँसते हुए बोले, "आज से तुम मेरे हड़ियवा कलेक्टर हो, क्योंकि तुमने उस हड़िया वाले दही से अमृत पान किया और आज एक नई जिम्मेदारी सँभालने को तैयार हो जाओ।"

□

संजीवनी विद्या और बाबा

बाबा को संजीवनी विद्या पर अधिकार प्राप्त था। वे किसी व्यक्ति को जीवनदान देने में देरी नहीं करते थे, यदि उसकी उम्र पूरी न हुई हो। तपोस्थली के करीब के गाँव देवसिया निवासी डॉ. रामाश्रय सिंह, जो खुद पुलिस उपाधीक्षक के पद से रिटायर्ड होने के पश्चात् लखनऊ में निवास करते हैं, ने लेखक को बताया कि सन् 1960 में बरहज सरयू तट पर कुछ लड़कियाँ बहुरा पर्व पर शाम को स्नान करने पहुँचीं। बहुरा पूर्वी उत्तर प्रदेश में मनाया जाने वाला एक त्योहार इसका संबंध अनंत चतुर्दशी से है, जहाँ एक संत सरयू के तट पर ध्यान लगाते थे, उनका इतिहास भी बाबा की कृपा से आगे लिखा जाएगा) है, जिसमें बहन भाई की लंबी उम्र की कामना करती है। बहुरा का त्योहार सावन महीने की चतुर्थी तिथि को मनाया जाता है, जिसमें स्नान-दान का विशेष महत्त्व है। स्नान के दौरान एक मारवाड़ी कन्या नदी की धारा में विलीन हो गई। सावन महीने में उत्तर भारत की नदियों में बरसात के बाद का ज्वार बहुत खतरनाक होता है। नदियों की गहराई लगभग प्रतिदिन परिवर्तित होती रहती है, इसलिए किस जगह पर कितनी गहराई है, इसका अंदाजा लगाना बहुत ही मुश्किल कार्य होता है। लगभग सारी नदियाँ उफान पर होती हैं। धारा में प्रचंड वेग होता है। रास्ते में आने वाली चट्टानों तक को नदियाँ अपनी धारा में समाहित कर लेती हैं। साथ आई लड़कियों ने बहुत शोर मचाया, परंतु जलाजल के आगे सब व्यर्थ, उक्त लड़की नदी में विलीन हो गई। बरहज सरयू तट से लगभग दस किलोमीटर पूर्व दिशा में अपनी मचान में बैठे एक सिद्धहस्त योगी अपनी ध्यान अवस्था में यह सब देख रहे थे। कुछ देर बाद उन्होंने वहाँ उपस्थित सेवा में लगे दो ब्रह्मचारियों को बुलाया और बोला, "बच्चा ब्रह्मचारी देखो, कोई लक्ष्मी सरयू की धारा के साथ बहती हुई अभी आएगी, बच्चा नाव लो और जाओ उस लक्ष्मी को यहाँ आश्रम में ले आओ।" ब्रह्मचारी लोग बाबा के आदेशानुसार डेंगी (छोटी नाव) लेकर नदी की धारा में पहुँचे, तब तक वह कन्या नदी के वेग के साथ बहती

हुई इनकी तरफ आ रही थी। उस समय रात्रि का प्रथम पहर होगा, जबकि डूबने की घटना शाम को हुई थी। बाबा ने ब्रह्मचारी लोगों को आदेश दिया, "इस लड़की को पेट के बल लेटा दो और इसकी पीठ पर तपोस्थली की रेत से मालिश करो," कुछ देर मालिश करने के पश्चात् बाबा कुछ बुदबुदाए और बोले, "बच्चा उठो, बैठ जाओ और राम नाम का जप करो।" फिर क्या था, उस लड़की की तंद्रा टूटी और वह बैठ गई। फिर उसने पूछा, 'मैं कहाँ हूँ?' 'बच्चा आप मेरे पास हो।' उधर बरहज नगर में उस बच्ची के डूब जाने का शोर पूरे बाजार में फैल चुका था। उनके परिवार के लोगों पर तो वज्रपात हो गया था। लोग लड़की के सरयू में विलीन होने के दुःख में रोए जा रहे थे। फिर क्या, बाबा ने ब्रह्मचारी को बोला, 'बच्चा इस लक्ष्मी के पिताजी को खबर कराओ कि वह आएँ और अपनी पुत्री को ले जाएँ।' इस प्रकार बाबा ने उस कन्या को जीवनदान दिया।

एक और घटना का उल्लेख यहाँ करना चाहूँगा, जिसमें बाबा की असीम कृपा से विदेश में फिजीशियन बने एक डॉक्टर साहब ने टेलीफोन वार्त्ता के दौरान मुझसे यह साझा किया (उनका आदेश है कि उनका नाम गुप्त रखा जाए)। डॉक्टर साहब के अनुसार, बाबा की उन पर बहुत कृपा थी। वैसे तो महाराजजी की कृपा अपने सारे भक्तों पर रहती थी। उन्होंने बताया, नौकरी के दौरान नेपाल के मेडिकल कॉलेज में हार्ट अटैक का एक मरीज आया। वह बहुत ही क्रिटिकल था, उनके सीनियर डॉक्टर की टीम ने उनको सलाह दी कि यह मरीज लगभग मरणासन्न है और इसको बचाना लगभग नामुमकिन है, इसलिए प्रयास छोड़िए और दूसरे मरीज पर ध्यान दीजिए। इतना सुनते ही डॉक्टर साहब जो कि बाबा के अन्यतम भक्त थे, उस मरीज के साथ लगकर उसे जीवन रक्षक प्रणाली पर डालने की कोशिश करने लगे। अनायास उनके दिमाग में बाबा का ध्यान आया और उन्होंने उस मरीज के लिए जीवनदान माँगा। डॉक्टर साहब ने बताया कि उन्होंने एक विशेष आशीर्वाद पुंज को महसूस किया और उन्हें लगा, कोई अदृश्य रूप से उनकी प्रार्थना सुन उनकी मदद कर रहा है। वह मरीज जो मायोकार्डियल इन्फार्क्शन से पीड़ित था, लगभग मौत के मुँह में जा चुका था, बाबा की कृपा से उसने नया जीवन प्राप्त किया। यदि यह बात कोई अनपढ़ या कम पढ़ा-लिखा व्यक्ति मुझसे साझा करता, तो शायद मैं इस घटना को इस पुस्तक में नहीं लिखता, परंतु समाज का एक जिम्मेदार नागरिक, वह भी डॉक्टर, जिन्होंने इस घटना को साझा किया, इसलिए मैं इस घटना का उल्लेख इस पुस्तक में कर पा रहा हूँ।

□

जब बाबा ने जयप्रकाश नारायण को जीवनदान दिया

रिटायर्ड पुलिस उपाधीक्षक श्री बलराम मिश्राजी के अनुसार—"जब चंद्रशेखरजी प्रधानमंत्री थे, उस दौरान की घटना है, जब जयप्रकाश नारायणजी की तबीयत बहुत खराब हो गई थी और वह अचेत हो गए थे। उस दौरान उनके बचने की उम्मीद बहुत ही कम थी। शुभचिंतकों में से किसी एक को, किसी ने बताया कि आप देवरहा बाबा के पास जाइए और उनसे जयप्रकाश नारायण के जीवन के लिए जीवन-दान के रूप में माँगें, शायद बाबा कोई रास्ता सुझाएँ। वह सज्जन देवरहा बाबा के पास पधारे और बाबा से जयप्रकाश नारायण की तबीयत के बारे में सूचित किया। उन्होंने बताया कि जयप्रकाश नारायणजी के बचने की उम्मीद बहुत कम है। बाबा मुसकराए और उस व्यक्ति से पूछा, "बच्चा क्या तुम अपना कुछ उम्र दान में दे सकते हो, तुम जितना उम्र दान में दोगे, उतनी जयप्रकाशजी की उम्र बढ़ जाएगी।" वह व्यक्ति तैयार हो गया, फिर बाबा ने सरयू-क्रिया कराकर जयप्रकाशजी की उम्र छह महीने बढ़ा दी। यह संस्मरण सुनाते हुए श्री बलराम मिश्राजी ने बताया कि धीरे-धीरे जयप्रकाशजी की हालत में सुधार हुआ और अगले छह महीने तक जयप्रकाशजी जिंदा रहे, उसके बाद गोलोकवासी हो गए।

□

पंचमुखी हनुमानजी की स्थापना

देवरहा बाबा ने पंचमुखी हनुमानजी की स्थापना तपोस्थली से उत्तर-पश्चिम की तरफ की थी। देवरहा बाबा तपोस्थली के समीप पंचमुखी हनुमान मंदिर के साथ ही राम-लक्ष्मण एवं जानकीजी का भी मंदिर स्थित है। प्रायः यहाँ आने वाले भक्त तपोस्थली और राम-लक्ष्मण व जानकी मंदिर पर जरूर पहुँचते हैं। पंचमुखी हनुमान मंदिर की स्थापना देवरहा बाबा के आगमन के समय पर ही हुई थी। वहाँ के बुजुर्गों के अनुसार, उन्होंने अपने बाल्यकाल में अपने बुजुर्गों से जो मंदिर के बारे में सुना, उनके अनुसार, एक साधु जो लगभग नंगे थे मृगचर्म लपेटे, कमंडल हाथ में लिये माँ सरयू के बँधे के ऊपर योग मुद्रा में बैठे हुए थे। श्रद्धावनत कुछ लोग महाराज देवरहा बाबा के पास पहुँचे और उनके बँधे पर बैठे होने का कारण पूछा। बाबा ने उन्हें अपने एक तपस्वी होने भर का परिचय दिया और आदेश दिया कि कुदाल लेकर आओ और मेरे ध्यान लगाने के लिए एक कंदरा बनाओ। उस देशकाल में अनावृष्टि की स्थिति थी। जून का महीना था, भयंकर अकाल पड़ा हुआ था। बारिश का कहीं भी नामोनिशान नहीं था। लोग बहुत दुःखी थे, फसलें सूख चुकी थीं। पशुओं के खाने के लिए चारे का अभाव था। लोगों के लिए अन्न की बहुत ही कमी थी। बारिश न होने से पशु-पक्षी, जीव-जंतु सबमें हाहाकार मचा हुआ था।

लोगों ने बाबा के कहे स्थान पर कुदाल से मिट्टी हटाना शुरू किया और लगभग एक व्यक्ति के अंदर तक पहुँचकर बैठने की जगह बना दी। यह जगह बाबा के आदेशानुसार पर्याप्त लंबाई और चौड़ाई में बनाई गई, जिसमें बैठकर महाराजजी अपनी साधना कर सकें। बाबा ने लोगों से बोला कि इसके चारों तरफ मिट्टी की बाड़ बना दो, जिससे कि कंदरा में पानी न पहुँच सके। लोग एक-दूसरे को देखकर मुसकराए और सोच रहे थे कि यहाँ अकाल पड़ा है और इनको पानी घुसने की चिंता है। कंदरा बन जाने के पश्चात् बाबा उसके अंदर चले गए और

लोगों को अपने-अपने घर जाने का आदेश दिया तथा खुद ध्यान की मुद्रा में चले गए। लोगों के घर पहुँचने के पश्चात् घनघोर बरसात हुई। चारों तरफ पानी-ही-पानी नजर आया। लोगों में उत्सुकता थी कि ये कैसे हो गया, फिर लोगों ने इसको बाबा का आशीर्वाद माना। बाबा अब उसी कंदरा में ध्यानमग्न रहते थे। कभी भी उन्हें किसी ने कुछ खाते हुए नहीं देखा। सिर्फ वह कंदरा से तभी निकलते, जब उनको सरयू में स्नान करने जाना होता था। बाबा कभी भी किसी को अपने पास नहीं आने देते थे। पास न आने देने का कोई विशेष कारण नहीं था। ब्रह्मर्षियों को एकांतवास बहुत पसंद होता है। योग और साधना के लिए एकांतवास का होना सबसे जरूरी है।

□

योगी की उम्र और गति

कुछ भक्तों के अनुसार पूज्य गुरुदेव की गति अपरिमित थी। व्यक्तिगत सूचनाओं के आदान-प्रदान के दौरान पूज्य गुरुदेव के कुछ भक्तों ने बताया कि गुरुदेव पलभर में अपनी योग शक्ति के अनुरूप कहीं भी विचरण कर सकते थे। अष्टांग योग से सिद्ध जिस प्रकार श्रीराम भक्त हनुमान कहीं भी सामान्य रूप में विचरण कर सकते हैं, ठीक उसी प्रकार बाबा भी कही भी आ-जा सकते थे। ब्रह्मर्षि भी अष्टांग योग सिद्ध संत थे। कुछ शिष्यों के अनुसार, उन्होंने खुद अनुभव किया है और देखा भी है कि पूज्य महाराजजी पल भर में कहाँ-से-कहाँ पहुँच गए, चाहे प्रयाग का संगम तट हो या हरिद्वार का कुंभ हो, बाबा ने अपने अनेकों रूपों से भक्तों को भाव विभोर किया और भव्य दर्शन दिए। जैसा कि सर्वविदित है कि बाबा चमत्कारों के विरोध में रहते थे। वह कभी नहीं चाहते थे कि लोग उनको 'चमत्कारिक बाबा' कहें। पूज्य गुरुदेव कहते थे, "सिद्धियों का नाहक प्रदर्शन आपको श्रीहरि से दूर ले जाता है और कुछ समय पश्चात् सारी सिद्धियाँ साधक के पास से नष्ट हो जाती हैं, परंतु जब भी भक्तों पर कोई संकट आया, भक्त निराश हो गए। उन्हें आशा की अंतिम किरण के रूप में सिर्फ पूज्य गुरुदेव नजर आए, तो बाबा ने सिद्धियों को प्रयोग में लाने से किंचित मात्र देरी नहीं की। कुछ भक्त और श्रुतियों को मानें, तो श्री हनुमानजी को हवा पर चलने की सिद्धि प्राप्त थी, लेकिन पूज्य महाराजजी हवा और जल दोनों को माध्यम बनाकर आवागमन करते थे। ब्रह्मर्षि (बाबा के सेवक लोग) बताते हैं कि जब बाबा को मईल तपोस्थली से वृंदावन या गंगोत्तरी जाना होता, वो सिर्फ इन लोगों को बोल देते थे, "बच्चा कल मैं वहाँ के लिए प्रस्थान करूँगा।" उसके बाद का किसी को कुछ पता नहीं होता, फिर बाबा के दर्शन उक्त स्थान पर ही होते थे। बाबा अपने कुछ भक्तों से बहुत सारी गूढ़ बातें साझा करते थे, जिसमें उन्होंने अपनी उम्र के बारे में पूछे जाने पर बताया कि उनकी अवस्था ब्रह्मलीन है। बाबा कहा करते थे कि योगी की अवस्था रोज एक पहर बढ़ती है। मईल

तपोस्थली के समीप राधा कृष्ण मंदिर है, जहाँ भगवान् कृष्ण के बिल्कुल सम्मुख श्री देवरहा बाबा की स्वयं निर्मित प्रतिमा अवस्थित है, जो हर छोर, हर पल अपने नटवर गिरधारी की छवि निहारते रहते हैं। वहीं से थोड़ी दूर उत्तर पश्चिम में बाबा की कायाकल्प गुफा स्थित है, जहाँ आज भी हजारों भक्त गुफा दर्शन के लिए जाया करते हैं। बहुत सारे शालिग्राम पत्थर से निर्मित श्री हरी की अवस्थाएँ वहाँ दर्शित होती हैं। श्री बलराम मिश्राजी के अनुसार, बाबा साल में कुछ समय कायाकल्प गुफा में व्यतीत करते, जहाँ से बाहर आने के पश्चात् बाबा की अवस्था (उम्र) कम हो जाती थी और पूज्य गुरुदेव बिल्कुल नौजवान व्यक्ति की तरह दिखने लगते थे। बाबा के अनुसार, योग करने के दो आशय होते हैं, जो हर एक व्यक्ति के साथ फलीभूत होते हैं, जिनमें पहला, योग साधना से जीव निरोग रहता है और निरोग शरीर में ही स्वस्थ आत्मा का वास होता है। दूसरा आशय योग का सिद्धि प्राप्त करना होता है, जिसमें योगी व्यक्ति को सिद्धियाँ प्राप्त हो जाती हैं, जिसका उपयोग वह लोक कल्याण के कार्यों में करता है। बाबा के जन्म और परिवार के बारे में लोग तथ्यहीन बातें करते रहते हैं, परंतु सत्य यह है कि बाबा का जन्म माँ के गर्भ से नहीं हुआ था, बाबा अवतारी थे, जिनका अवतरण जल से हुआ था।

□

नेपाल नरेश की 21 पीढ़ियों का बाबा के प्रति श्रद्धावनत होना

नेपाल नरेश की बाबा के प्रति अगाध श्रद्धा थी। नेपाल नरेश की 21 पीढ़ियाँ बाबा के प्रति अपनी श्रद्धा व्यक्त कर चुकी हैं। बाबा के लिए उनका सम्मान इनकी समस्त पीढ़ियों में रहा। अध्यात्म तत्त्ववेत्ता योगीराज श्री देवरहा बाबा के समत्व और समदर्शिता का एक नायाब उदाहरण था, नेपाल नरेश की 21 पीढ़ियों को बाबा द्वारा दीक्षित करना। हिमालय के बर्फ से आच्छादित पहाड़ों से बाबा का रिश्ता अप्रतिम था। योग के लिए बाबा की हिमालयन रेंज में उपस्थिति और अपने शिष्यों पर असीम अनुकंपा तथा उनको समय-समय पर दर्शन देना, नेपाल के लोगों का बाबा के साथ एक आत्मीय रिश्ता स्थापित करता है, जो सदियों से नेपाल और भारत के संबंधों को दरशाता है।

देवरहा बाबा न सिर्फ मनुष्यों के मन की बात जान जाया करते थे, बल्कि वे जानवरों की भाषा और बोली को भी समझ जाते थे। वे जंगली जानवरों को अपने वश में कर लेते थे। लोगों के बीच यह मत था कि बाबा को हर चीज के बारे में सब पता रहता था कि कब, कौन, कहाँ उनके बारे में चर्चा हुई। इसके अलावा बाबा निर्जीव चीजों को भी अपने वश में कर लेते थे। उनकी याददाश्त बहुत तेज हुआ करती थी। वे एक बार किसी से मिल लेते, तो वर्षों बाद भी उसके खानदान के बारे में बता देते थे। भगवान् के एक महान् भक्त बाबा को योगी शिवावतार, योगावतार, दक्षिण भारत के महान् आचार्य रामानुज स्वामी के प्रमुख शिष्य, हनुमान अवतार और द्वापर युग के महर्षि पतंजलि मानते थे। गुरु नानक और कबीर के साथ में भी बाबाजी के होने के प्रसंग हैं। ब्रह्मलीन अवस्था में रहने वाले योगिराज की उम्र को निर्धारित नहीं किया जा सकता है। गुरु नानक का बाबा से साक्षात्कार का भी कुछ ग्रंथों में वर्णन मिलता है। वैसे भी सातवीं से लेकर 18वीं शताब्दी का हिंदुस्तान योगी

अमृतस्य पुत्रा:
THE FORTY THREE MONKS OF INDIA
FRONT ROW : ● Buddhadev ● Sankaracharya ● Guru Nanak ● Dhananjaydasji ● Pranabanandaji ● Bhaskarananda
● Sri Chaitanya ● Nigamananda Swami ● Vivekananda ● Jalaram Baba ● Gambhiranathji ● Balanandaji
● Mahhavira ● Padmapadacharya ● Bhakta Haridas ● Shirdi Saibaba ● Prabhu Nityananda ● Kabir
● Ramanuj ● Gorakshanath ● Totapuri ● Deoraha Baba ● Santadasji
● Madhusudan Saraswati ● Bisuddhananda Paramhansa ● Bijoykrishna Goswami ● Sri Aravinda
● Maharshi Raman ● Sadhak Ramprasad ● Sadhak Bamdev ● Shyamacharan Lahiri
● Ramthakur ● Prabhu Jagatbandhu ● Bholagiri
● NitaiChaitanya Paramhansadev ● Babaji Maharaj ● Ramdasji Kathiababa ● Mahatma Tailanga Swami
● Sri Bolanath ● Lokenath Brahamchari ● Sri Ramkrishna

और महर्षियों का समय माना जाता है। योग गुरुओं ने सभी धर्मों को एक समान देखा और उनके अनुयायी हर धर्म में समान रूप में मिले। यही तो अखंड भारत की सुंदरता थी।

हर साल मकर संक्रांति पर गुरुगोरखनाथ के साथ-साथ नेपाल नरेश के श्रद्धा के फूल बाबा तक भी पहुँचते थे। ऐसे भी साक्ष्य उपलब्ध हैं, जिनमें देवरहा बाबा को गुरुगोरखनाथ के साथ भी देखा गया है। देवरहा बाबा जनसेवा और गौसेवा को सर्वोपरि धर्म मानते थे और हर दर्शनार्थी को गौसेवा, गोमाता की रक्षा करने और भगवान् की भक्ति में रत रहने की प्रेरणा देते थे। देवरहा बाबा भक्तों को कष्ट से मुक्ति के लिए कृष्ण मंत्र भी देते थे। नेपाल का पर्वतीय क्षेत्र हो या तराई, बाबा के प्रति लोगों की श्रद्धा आज भी देखी जा सकती है। बाबा नेपाल को भारत से कभी अलग नहीं मानते थे। बाबा नेपाल के लोगों से अगाध प्रेम करते थे। उनके भक्त प्राय: महाराजजी के दर्शन के लिए भारत आया करते थे। नेपाल की जनता ने नेपाल में बहुत सारे मंदिरों में बाबा की प्रतिमा स्थापित की। बाबा के प्रति उनकी श्रद्धा अनंत है। बड़ी अजीब विडंबना है कि मईल तपोस्थली के बगल से बहने वाली पावनी सलिला सरयू का उद्गम स्थल भी नेपाल के ऊपर मानसरोवर ही रहा है। सरयू नेपाल की पावन भूमि को सींचते हुए भारतवर्ष में प्रवेश करती है। सरयू मानसरोवर से पहले 'कौड़याली' नाम धारण करके बहती है; फिर इसका नाम सरयू और अंत में 'घाघरा' या 'घर्घरा' हो जाता है। जो आगे चलकर छपरा में गंगा में मिल जाती है।

□

गोपालन, आचार्य केशव चंद्र मिश्र और देवरहा बाबा

भगवान् कृष्ण का नाम गोपाल भी था। बाबा कहते थे कि गोपालक होने के कारण भगवान् का नाम गोपाल पड़ा। बाबा अकसर कहते थे कि किसी भी देश की अर्थव्यवस्था में गाय का बहुत बड़ा योगदान होता है। हिंदुओं में जैसे गाय को पूजते हैं, वैसे ही पर्सिसरे में साँड़ की पूजा होती है। रामचरितमानस में तुलसीदासजी लिखते हैं—काम, क्रोध, अर्थ और मोक्ष ये गाय के चार थन हैं। भगवान् बुद्ध को भी गया के पास उस क्षेत्र के एक सरदार की बेटी ने गाय के दूध से बनी हुई खीर खिलाई और उसके पश्चात् ही उनको ज्ञान की प्राप्ति हुई। गाय को वे मनुष्य का परम मित्र कहते थे। भगवान् महावीर जैन धर्म के अनुयायियों से अकसर अपने उपदेशों में कहते थे—'गौ-रक्षा के बिना मानव रक्षा संभव नहीं है।' सिक्खों के दसवें गुरु श्रीगुरु गोविंद सिंहजी ने भी कहा था—गौ-हत्या करने वालों को कठोर दंड मिलना चाहिए। इसलाम में मोहम्मद साहब ने भी गाय के दूध और घी को अमृत बताया तथा गाय के मांस को बीमारी का कारण बताया था। ईसा मसीह ने कहा, एक बैल को मारना मतलब एक मनुष्य की हत्या करना है और उससे होने वाले नुकसान को किसी भी मुद्रा से नहीं तौला जा सकता है।

महर्षि कहते थे, "गाय के पृष्ठ भाग में ब्रह्माजी का, गले में विष्णु भगवान् का, मुख में शिवजी का और रोम-रोम में ऋषि-महर्षि और देवताओं का वास है। आठ ऐश्वर्यों को लेकर लक्ष्मी माता गाय के गोबर में बसती है। गाय की बहुत महिमा है। जहाँ गाय के चरण पड़ते हैं, वहाँ देवताओं का वास होता है। भारत की गरीबी दूर करने के लिए, भारत को समृद्धशाली बनाने के लिए गौ-रक्षा अत्यंत आवश्यक है। हिंदू, मुसलमान, ईसाई, पारसी, यहूदी, अंग्रेज कोई भी हो, यानी सबको गोरक्षा में

तत्पर हो जाना चाहिए। मैं प्रेमपूर्वक बतलाता हूँ कि अब सब भारत का कलंक मिट जाएगा। अब गोवध बंद हो जाएगा, इसमें कोई संदेह नहीं है।"

चाहे मईल तपोस्थली हो, वृंदावन आश्रम हो, विंध्याचल का हंस देवरहा आश्रम, ऋषिकेश का रानी मंदिर हो या उनके भक्तों के रहने का स्थान, आज भी आपको हर स्थान पर गौ-सेवा करते हुए बाबा के शिष्य मिल जाएँगे। बाबा अपने भक्तों को गौ-सेवा करने का आदेश देते थे। बाबा के भक्तों में एक, स्वतंत्र भारत के पहले राष्ट्रपति डॉ. राजेंद्र प्रसाद जब भी बाबा से मिलते बाबा उनको भी गौ पालन के लिए उत्साहित करते। बाबा कहते, "बच्चा राजेंद्र, अब तुम राजा बन गए हो, कुछ ऐसा करो कि गऊ मैया को संपूर्ण ब्रह्मांड में कहीं भी किसी प्रकार का कोई कष्ट न होने पाए।" इसी क्रम में राजेंद्र बाबू से कहते कि गौ पालन भारत के सनातन धर्म की परंपरा का एक मुख्य अंग है। बाबा को उनके भक्त अकसर ये कहते हुए सुना करते थे, "जब तक इस धरा पर गाय का रुधिर गिरता रहेगा, कोई भी यज्ञ या अनुष्ठान सफल नहीं हो पाएगा।"

1 सितंबर, 1919 को जनमे केशव चंद्र मिश्र मूल रूप से देवरिया के मईल के बगहा गाँव के रहने वाले थे। बगहा अध्यात्म तत्त्ववेता देवरहा बाबा की तपोस्थली के करीब ही स्थित है। इनके पिता पं. वृंदा प्रसाद मिश्र किसान थे। केशव चंद्र मिश्र की प्राथमिक शिक्षा मईल में हुई। इसके बाद बरहज आ गए। यहीं पर इन्हें बाबा राघवदास का सान्निध्य प्राप्त हुआ और पढ़ाई के साथ ही स्वतंत्रता आंदोलन से वे जुड़ गए। माध्यमिक स्तर तक की शिक्षा ग्रहण करने के बाद वे वाराणसी चले गए। बीएचयू में स्नातक की पढ़ाई के दौरान वे पंडित मदन मोहन मालवीय के संपर्क में आकर स्वाधीनता आंदोलन में सक्रिय भागीदारी करने लगे। इसी दौरान 1939 में हुए चर्चित त्रिपुरी कांग्रेस के सम्मेलन में किसान प्रतिनिधि के रूप में सम्मिलित हुए। 'भारत छोड़ो आंदोलन' शुरू हुआ तो छात्रों के जुलूस का नेतृत्व करने के दौरान 10 अगस्त, 1942 को इन्हें गोली लगी, फिर भी पीछे नहीं हटे। 1945 में प्राचीन इतिहास विषय से परास्नातक की डिग्री हासिल की। पढ़ाई पूरी होने पर सागर विश्व विद्यालय मध्य प्रदेश में असिस्टेंट प्रोफेसर और शिक्षा विभाग में डी.आई.ओ.एस. स्तर की नौकरी का ऑफर मिला, लेकिन उसे ठुकरा दिया और शिक्षा की अलख जगाने भाटपाररानी आ गए। यहाँ बी.आर.डी. इंटर कॉलेज में एक वर्ष तक शिक्षण कार्य किया। वर्ष 1946 में यहाँ अपने गुरु पं. मदन मोहन मालवीय के नाम पर शिक्षण संस्थान की नींव रखी। इसके लिए घर-घर जाकर लोगों से दान माँगा। कुलमुख आचार्य केशवचंद्र मिश्रजी महामना मालवीयजी से काफी प्रभावित थे।

तक्षशिला ग्रंथागार भाटपाररानी, देवरिया

कुलमुख आचार्य केशव चंद्र मिश्रजी को भी बाबा ने एक बार आदेश दिया कि शिक्षालय के साथ-ही-साथ गोशालाएँ भी बननी चाहिए, क्योंकि आज की युवा पीढ़ी को मजबूत बनाना इस देश को मजबूत बनाने में योगदान देने जैसा है। हुआ यों कि स्वर्गीय केशवचंद्र मिश्रजी देवरिया जिले के पूर्वी छोर पर अवस्थित भाटपाररानी नगर में एक विश्वविद्यालय की स्थापना करना चाहते थे। बाबा के आदेशनुसार केशवचंद्र मिश्राजी ने मदन मोहन मालवीय परास्नातक कॉलेज परिसर में तक्षशिला ग्रंथालय और भीम व्यायामशाला स्थापित कराने के साथ-ही-साथ कई गौशाला भी खुलवाए। भाटपाररानी में ही देवरिया जिले के पहले आयुर्वेद महाविद्यालय की स्थापना कराई, जिससे कि इस अंचल के लोगों को स्वास्थ्य सुविधाओं के साथ-ही-साथ उच्च कोटि के डॉक्टर भी मिल जाएँ। जब भी कोई कृति केशवचंद्र मिश्रजी करते प्राय: वह बाबा के पास जाया करते और बाबा उन्हें बड़े प्यार से उनके कार्यों की सराहना करते। इनकी बनाई कृति मदन मोहन मालवीय परास्नातक विद्यालय भाटपाररानी, काशी हिंदू विश्वविद्यालय की प्रतिकीर्ति लगती है। (लेखक ने इसी परास्नातक विद्यालय से स्नातक की डिग्री प्राप्त की है।)

देवरहा बाबा, चूँकि सिद्धहस्त संत थे, इसलिए वे कभी भी राजनैतिक सरोकारों से नहीं जुड़ते थे, लेकिन राष्ट्रहित के विषयों पर अकसर अपने भक्तों से विचार-विमर्श करते रहते थे। इसके उलट बाबा राघवदास संत होते हुए राजनीति के सरोकारों के साथ भी जुड़े हुए थे। अंग्रेजी हुकूमत के दौरान दियारा के ये दोनों संत राष्ट्रीय सरोकारों में युवाओं को आगे आकर बढ़-चढ़कर हिस्सा लेने के लिए प्रेरित करते रहते।

□

तू जानता है, मैं कौन हूँ, बच्चा!

कुछ विशेष भक्तजनों से बातचीत के दौरान कभी-कभी बाबा एक विशेष मुद्रा में पहुँच जाते हैं और फिर उनकी आवाज बहुत ही गंभीर हो जाती। फिर वे अपने भक्तों से पूछते, "बच्चा, तू जानता है, मैं कौन हूँ?" भक्त इसका जवाब नहीं दे पाते, बाबा फिर यही सवाल दोहराते, "बच्चा, तू जानता है, मैं कौन हूँ?" बाबा की ईश्वर लीन अवस्था और श्रीहरि से निश्छल प्रेम कभी-कभी यह सोचने पर मजबूर कर देता कि वास्तव में बाबा कौन थे? कुछ भक्तों का मानना है कि बाबा स्वयं श्रीहरि के रूप थे।

कबिरा कुत्ता राम का, मोतिया मेरा नाम।
गले राम की जेवरी, जित खैंचे तित जाऊँ॥

इस पुस्तक लेखन में सर्वाधिक योगदान श्री बलराम मिश्राजी का है, जो बाबा के अप्रतिम शिष्यों में एक थे। बाबा श्री मिश्राजी को अपना कुत्ता कहते थे। कुत्ते से मतलब को परिभाषित करना इस लेखक के वश की बात नहीं है। जब भी मिश्राजी बाबा के सान्निध्य में होते थे (वैसे तो बाबा का सान्निध्य कभी छूटा ही नहीं, बाबा सर्वत्र हैं), वे उनको दुलारते और बोलते, 'ये मेरा कुत्ता है।' कुत्ते से मतलब वफादारी, सर्वप्रिय और एक ऐसी संतति से है, जो धोखेबाज नहीं हो सकता और अपने मालिक से अवर्चनीय प्यार करता हो।

यह घटना सन् 1966-67 के दौरान इलाहाबाद संगम तट पर लगने वाले माघ मेले की है। प्राय: भक्त एक महीने का कल्पवास प्रयाग के संगम तट पर करते हैं। इसी कल्पवास के दौरान श्री बलराम मिश्राजी, जो उस समय जौनपुर कोतवाली में अपनी सेवाएँ दे रहे थे, के साथ एक विचित्र घटना घटी। विचित्र घटना शब्द यहाँ के लिए उपयुक्त नहीं है, लेकिन चूँकि यह एक सुंदर घटना की तरह ही घटित हुई, इसलिए मैं इसको घटना का नाम दे रहा हूँ, वास्तव में यह बाबा की कृपा का एक अद्‍भुत रूप था।

मिश्राजी कोतवाली सँभालते हुए शहर में एक प्रतिष्ठित और विद्वान् पुलिस अधिकारी के रूप में अपनी ख्याति फैलाए हुए थे। पूरे शहर पर कानून का राज चलता था। चोर, मवाली, डाकू, उचक्के उनके डर से या तो भूमिगत हो गए थे या फिर शहर छोड़ कहीं अन्यत्र चले गए थे। प्राय: छोटी जगहों पर लोगों का एक-दूसरे के लिए समर्पण अद्वितीय होता है, जहाँ वे एक-दूसरे के सुख-दु:ख में सहभागी रहते हैं। इस प्रकार का प्रेम और समर्पण बड़े शहरों में लगभग लुप्त हो चुका है। भूमंडलीकरण ने मनुष्य को मशीन बना कर रख दिया है, जहाँ लोग एक-दूसरे से सिर्फ किसी कारण से ही संबंध रखना चाहते हैं। वैसे भी पुलिस वाले ही लोगों की मदद में आगे आते हैं।

जौनपुर शहर के दो प्रसिद्ध डॉक्टर, जिसमें एक शहर के मशहूर फिजीशियन और दूसरे सर्जन (दोनों का नाम लिखना उचित नहीं समझता, परंतु यदि कोई पाठक नाम जानना चाहता हो, तो उसे व्यक्तिगत रूप से बताया जा सकता है) इत्तेफाक से दोनों के घर कोई संतान नहीं थी। भारत में सफल दांपत्य जीवन के लिए और अगली संतति को चलाने के लिए बच्चों का होना नितांत जरूरी माना गया है। किसी दंपती को बच्चा न होना, मतलब उसका जीवन अधूरा है, शास्त्रों में भी लिखा है कि मोक्ष के लिए पुत्र और कन्यादान से बड़ा कोई दान नहीं होता।

एकोऽपि गुणवान् पुत्रो निर्गुणैश्च शतैर्वर:।
एकश्चन्द्रस्तमो हन्ति न च तारा: सहस्रश:॥

जिस प्रकार एक चाँद ही रात्रि के अंधकार को दूर करता है, असंख्य तारे मिलकर भी रात्रि के गहन अंधकार को दूर नहीं कर सकते। उसी प्रकार एक गुणी पुत्र ही अपने कुल का नाम रोशन करता है, उसे ऊँचा उठाता है। सैकड़ों निकम्मे पुत्र मिलकर भी कुल की प्रतिष्ठा को ऊँचा नहीं उटा सकते। इस कारण दोनों डॉक्टर दंपती बहुत उदास रहा करते थे। किसी भक्त ने उनसे देवरहा बाबा के संबंध में चर्चा की और बताया कि श्री देवरहा बाबा सिद्धहस्थ संत हैं, जिनकी अनुकंपा अपने भक्तजनों पर सदैव बनी रहती है और सबसे अच्छी बात यह है कि हमारे शहर के चौकी इनचार्ज भी उनके परम भक्त हैं।

ऐसा सुनते ही डॉक्टर बंधुओं ने तुरंत चौकी इनचार्ज मिश्राजी से संपर्क करने की कोशिश की और यदि श्रीहरि की इच्छा हो तो किसी तक पहुँच बनाना बहुत आसान होता है। कोशिश करने वाले की कभी हार नहीं होती और हुआ भी ऐसा कि मिश्राजी ने ड्यूटी के बाद डॉक्टर बंधुओं से मिलने की हामी भर दी। यह होती है बाबा के भक्तों की शक्ति। डॉक्टर बंधुओं के अनुसार, मिश्राजी से मिलने के पश्चात्

ही उन्हें लगा कि जीवन में कुछ परिवर्तन होने वाला है। अब ऐसा लगता है कि सही माध्यम मिल चुका है, जिससे कि बाबा के दर्शन संभव हो सकते हैं। वैसे भी बिना बाबा के आदेश के उनका दर्शन संभव नहीं हो सकता। इसी पर एक घटना का यहाँ जिक्र करना चाहूँगा, जिसके बारे में श्री राम मिश्राजी, जो प्रांतीय सशस्त्र कांस्टेबुलरी में सिपाही पद पर कार्यरत थे, बाबा की सेवा के लिए स्वैच्छिक सेवानिवृत्ति ले ली और नारियाव स्थित अपने गाँव में रहकर बाबा की सेवा में लग गए। श्री राम मिश्राजी के अनुसार, एक बार प्रात:कालीन वेला में एक सेठजी बिहार से चलकर दर्शन हेतु तपोस्थली पर पहुँचे। उनकी बातों में उनकी रईसी झलक रही थी। जैसे बहुत परेशान हुआ, यहाँ तक पहुँचने में, स्टेशन से यहाँ पहुँचने का रास्ता ठीक नहीं है, इत्यादि। उस समय सुबह के समय एक ट्रेन भटनी और एक वाराणसी की तरफ से आती थी, जो सुबह ही तपोस्थली के नजदीक वाले स्टेशन लार रोड पर पहुँच जाती थी। प्राय: भक्तगण उसी ट्रेन से लार रोड पहुँचकर वहा से ताँगा या रिक्शा से तपोस्थली तक जाते थे। तपोस्थली का प्रात:कालीन दृश्य बड़ा ही मनोरम होता था और आज भी जब आप वहाँ पहुँचेंगे तो आप तपोस्थली की दिव्यता को महसूस करेंगे। आध्यात्मिक प्रवृत्ति और आध्यात्मिकता को आत्मसात् करने वाले लोगों के लिए यह जगह स्वर्ग से कम नहीं। लेखक को जब भी मौका मिलता, तपोस्थली के उस मनोरम वातावरण में जरूर पहुँचता है।

सेठजी अपनी रईसी के साथ कहीं-न-कहीं अहंकार से भरे हुए थे, जबकि यह सर्वविदित है कि योगी और तपस्वी के द्वार पर समत्व ही सबसे बड़ी पूँजी होती है। आप कितने भी अमीर हों, उस सिद्ध के सामने तो भिखारी ही हो। सेठजी या तो जल्दबाजी में थे या बाबा के दर्शन के लिए कुछ ज्यादा ही उतावले! उन्होंने वहाँ उपस्थित लोगों से कई बार पूछा, कब आएँगे बाबा, कब आएँगे बाबा? उनके उतावलेपन को देखकर (यह उतावलापन कहीं-न-कहीं उनके अहंकार को दरशा रहा था) श्री राम मिश्राजी ने सोचा कि क्यों न बाबा को सूचित कर दिया जाए और सेठजी कुछ ज्यादा ही शीघ्रता में हैं, तो इनकी मदद करते हुए इन्हें बाबा के दर्शन का सौभाग्य प्राप्त करा दिया जाए। महाराजजी उस समय प्रात:काल का दूसरा स्नान करने सरयू तट पर से मचान की तरफ प्रस्थान कर चुके थे। स्नान के पश्चात् जब बाबा लौट रहे थे, तब श्रीराम मिश्राजी ने बाबा से सेठजी को दर्शन देने के लिए आग्रह किया। महाराजजी ठहरे अंतर्यामी, उन्होंने मुसकराते हुए श्री राम मिश्राजी को आदेश दिया कि जाओ और सेठ को बोलो कि अब वह दर्शन कर सकते हैं, फिर क्या था। सेठजी बाबा के सम्मुख थे, परंतु उन्हें कुछ दिखाई नहीं दे रहा था। बाकी

भक्तों को बाबा का दर्शन हो रहा था, परंतु सेठजी चाहते हुए भी कुछ देख नहीं पा रहे थे। एक तरफ श्रीराम मिश्राजी कह रहे थे कि बाबा सामने हैं, आप दर्शन करिए और दूसरी तरफ सेठजी बार-बार एक ही बात दोहरा रहे थे कि बाबा कहाँ हैं, मुझे तो वह दृष्टिगत नहीं हो रहे हैं। मुझे कृपया बताएँ कि बाबा कहाँ हैं ? जबकि बाबा बिल्कुल उनके सामने खड़े थे। अंत में सेठ को लगने लगा कि कहीं-न-कहीं उसकी आँखों पर अहंकार का परदा पड़ा हुआ है, जिसकी वजह से बाबा दर्शन नहीं दे रहे हैं। इस घटना से यही सिद्ध होता है कि तपस्वी के दरबार में, सभी जिनमें जीव, जंतु, पशु-पक्षी यहाँ तक कि वृक्ष, सब एक समान होते हैं और सब के साथ बाबा का व्यवहार भी एक समान था। भारतवर्ष सिर्फ एक देश नहीं, ऋषि परंपरा का अगुवा सदियों से रहा है।

मैं फिर उस घटना की तरफ वापस लौटता हूँ, जो डॉक्टर बंधुओं के साथ घटित हुई। डॉक्टर बंधुओं ने श्री बलराम मिश्राजी से साथ चलने का अनुरोध किया। बचपन से लेकर जवानी और नौकरी सब बाबा की कृपा से ही तो मिश्राजी का संभव हुआ था, अतः मिश्राजी जब भी कोई ऐसा मौका पाते, तुरंत बाबा के दर्शनों के लिए लालायित हो जाते। मिश्राजी तुरंत हामी भरते हुए जौनपुर से निकलने की तैयारी में लग गए। डॉक्टर बंधुओं की गाड़ी चलाने वाले ड्राइवर का नाम धर्मदेव था, जो सबको एंबेसडर कार में लेकर जौनपुर से प्रयाग के लिए प्रस्थान कर गए। दिन के तीसरे पहर मिश्राजी डॉक्टर बंधुओं को उनकी पत्नियों सहित बाबा के दरबार में प्रयाग के संगम तट पर उनके मचान के सामने खड़े थे। बाबा उस समय प्रयाग में संगम तट स्थित मचान पर विराजमान भक्तों को दर्शन दे रहे थे। मिश्राजी को देखते ही बाबा ने बोला, "आ गए बच्चा और साथ में कुछ लोगों को लेकर आए हो, ये तो बहुत अच्छे लोग हैं, इनके साथ देवियाँ भी हैं, इनको प्रसाद दो, इनकी मनोकामना पूर्ण हो जाएगी।"

बाबा का इतना बोलना ही काफी था, डॉ. बंधु पत्नियों सहित अचंभित थे और उनके हृदय में आशा की एक किरण जग गई। उनको ऐसे लगा, अब उनकी मनोकामना पूर्ण होकर ही रहेगी, क्योंकि बाबा ने बिना कुछ पूछे, बिना देखे उनकी मनोकामना अनुसार उनको आशीर्वाद दिया। दर्शन और आशीर्वाद के पश्चात् डॉक्टर बंधुओं ने बाबा से जाने की इजाजत माँगी। बाबा ने आशीर्वाद देते हुए उन लोगों की छुट्टी कर दी और श्री बलराम मिश्राजी को बोला, "बलराम बच्चा, अभी तेरी छुट्टी नहीं हुई है।" बलराम मिश्राजी बिना बाबा के आदेश उस जगह से हिल भी नहीं सकते थे, फिर मिश्राजी ने शाम को लगभग चार बजे डॉक्टर बंधुओं को

विदाई देते हुए जौनपुर में मिलने का आश्वासन दिया। डॉ. बंधु वहाँ से सपरिवार विदाई ले अपनी एंबेसडर कार से जौनपुर को रवाना हुए।

बाबा का बलराम मिश्राजी पर अगाध प्यार था। बाबा ने मिश्राजी को सेवा करने का मौका दिया। श्री मिश्राजी के अनुसार, प्रयाग विश्वविद्यालय के वनस्पति विज्ञान विभाग के प्राचार्य डॉ. नारायण सिंह परिहार बाबा के प्रयाग प्रवास के दौरान अपना समय बाबा की सेवा में व्यतीत करते थे। बाबा हर वर्ष कल्पवास के समय एक महीने गंगा-यमुना के संगम पर मचान बनाकर अपनी योग क्रिया में लीन रहते थे। प्रोफेसर परिहार अपनी पूरी दिनचर्या के पश्चात् शाम को अकसर बाबा की सेवा में हाजिर हो जाते और कभी-कभी पूरी-पूरी रात बाबा के मचान के नीचे बैठकर बाबा के साथ भक्तों की सेवा में शामिल रहते थे, क्योंकि बाबा अंतर्यामी थे, उनको तो 'भूतो भविष्यति' सब कुछ पता था। इसलिए उन्होंने इसे बाबा का प्यार कहें या मिश्राजी के लिए आदेश, बाबा बोले, "बलराम बच्चा, आज की सेवा तुम करोगे।" जैसा कि सर्वविदित है, कल्पवास का समय माघ मेले के दौरान होता है, जब पूरा उत्तर भारत भयंकर ठंड और शीत-लहर की चपेट में होता है। जैसा कि पहले के अध्याय में मैंने लिखा है कि बाबा मृगछाला के अलावा तन के ऊपर कोई भी वस्त्र धारण नहीं करते थे। अपने एक साक्षात्कार में बाबा ने कहा कि वे योग विद्या से प्रकृति से सामंजस्य बनाकर जीवन जीते हैं। उसी साक्षात्कार में बाबा ने बताया था कि रात्रि में सूर्य क्रिया से शरीर को गरम और दिन में चंद्र क्रिया से शरीर को ठंडा रखने में मदद मिलती रहती है। जब साक्षात्कार लेने वाले व्यक्ति ने बाबा से पूछा कि 'क्या यह क्रिया एक आम आदमी भी कर सकता है' तो बाबा ने जवाब दिया—"बच्चा ईश्वर में श्रद्धा और विश्वास के साथ यदि आप शारीरिक क्रियाएँ योग अनुसार करें, तो आप भी उन मुद्राओं को प्राप्त कर सकते हैं, परंतु इन मुद्राओं को प्राप्त करने के लिए मनुष्य को बहुत कुछ त्यागना पड़ता है। हमारे वेदों में, पुराणों में भी यह लिखा हुआ है कि जब भी मनुष्य ईश्वर के साथ साक्षात्कार करने की कोशिश करता है, उस समय उसको सांसारिक प्रलोभन से दूर होना पड़ता है।"

महर्षि देवरहा बाबा के आदेशानुसार श्री मिश्राजी मचान के खंभे के पास खड़े होकर बाबा की सेवा में हाजिर थे। शाम का प्रथम पहर समाप्ति की तरफ अग्रसर था और ठंडी हवाएँ अपनी शीतलता को और तीव्र करती जा रही थीं। श्री मिश्राजी पाजामा-कुरता और उसके ऊपर एक हाफ जैकेट पहने हुए थे। अँधेरा बढ़ने के साथ-ही-साथ ठंड बढ़ने लगी और फिर श्री मिश्राजी की ड्यूटी भी जौनपुर में थी।

मिश्राजी बाबा से छुट्टी लेकर वापस जौनपुर निकलना चाहते थे, परंतु बाबा का ऐसा आदेश नहीं था। मिश्राजी के अनुसार, कुछ समय पश्चात् जब ठंड असह्य होने लगी और वहाँ पर खड़ा होना मुश्किल हो गया, फिर मिश्राजी ने बाबा से आग्रह किया, 'महाराज मुझे बहुत ठंड लग रही है और अब मेरा यहाँ खड़ा होना मुश्किल हो रहा है। अब मेरी छुट्टी कर दी जाए। मैं समय से जौनपुर अपनी ड्यूटी पर पहुँच जाऊँगा।' बाबा ने बहुत ही प्यार से बोला, "बच्चा बलराम, यदि मैं तुम्हें गरम कर दूँ तो क्या तुम रुकोगे?" भक्त बलराम तो इस पर कुछ बोल भी नहीं सके।

दयालु हृदय गुरुदेव ने उसके बाद बलराम मिश्राजी को बोला, "बच्चा ये ले प्रसाद ग्रहण कर ले, तेरी ठंड दूर हो जाएगी।" फिर बाबा ने मिश्राजी को कुछ प्रसाद, जो एक कागज की पुड़िया में था, भक्त बलराम को दिया और बोला, यह चूर्ण खा लो, ठंड दूर हो जाएगी। मिश्राजी ने उसमें से थोड़ा-सा निकालकर अपने पॉकेट में रखा कि दिन के उजाले में देखेंगे, यह क्या है? इतने में ही बाबा की आवाज आई पॉकेट में नहीं रखो, खा जाओ, तुम मूर्ख हो। इतना सुनना था कि मिश्राजी ने पूरा चूर्ण निगल लिया। मिश्राजी के अनुसार, वह कोई प्रसाद रूपी अमृत था, जिसके जिह्वा पर रखने के तुरंत बाद ऐसा लगने लगा, जैसे मई-जून का महीना हो, तासीर गरम हो गया और मैं शरीर से तरोताजा महसूस करने लगा। फिर बाबा ने पूछा, "बलराम बच्चा, अब कैसा महसूस कर रहे हो?" और मिश्राजी से बाबा का वार्त्तालाप प्रारंभ हुआ।

यह कोई रात्रि का प्रथम पहर होगा, जब बाबा का वार्त्तालाप प्रारंभ हुआ। मिश्राजी गंगा की रेत में मचान के नीचे खड़े बाबा के वचनों को ध्यान से सुन रहे थे। बाबा ने कहा, "यहाँ पर आने वाला हर व्यक्ति यह जानने की कोशिश करता है कि मेरी उम्र क्या है? जाति कौन सी है? बाबा कहाँ के रहने वाले हैं? यह सब फिजूल की बातें हैं। योगी की कोई जाति नहीं होती है। यह बच्चा जो मेरी अवस्था है, यह ईश्वरलीन अवस्था है। वार्त्तालाप के दौरान धीरे-धीरे बाबा की आवाज गंभीर होती जा रही थी और फिर बाबा ने मिश्राजी से पूछा "बच्चा, तू जानता है, मैं कौन हूँ? मिश्राजी कुछ बोल नहीं पाए, फिर बाबा ने तेज आवाज में बोला, बच्चा तू जानता है, मैं कौन हूँ, बच्चा तू जानता है कि कृष्ण के साथ ग्वाल-बाल जो खेला करते थे, वे कौन थे? क्या तुम जानते हो कृष्ण कौन थे? बच्चा यदि योगी चाहे तो ब्रह्मा के विधान को भी बदल सकता है। बच्चा मेरे से मिलने अश्वत्थामा भी आया करते हैं। फिर बाबा ने शहडोल के राजा का किस्सा सुनाया कि कैसे शिकार के दौरान श्रीहरि की इच्छानुसार वह राजा अपना रास्ता भटक गया और फिर पूरे इतिहास को बदलने

का एक घटनाक्रम हुआ, जिसका जिक्र करना मैं इस प्रसंग में उचित नहीं समझता। उस प्रसंग की व्याख्या गुरुदेव की कृपा रही तो कभी और करूँगा।

फिर बाबा ने गंभीर आवाज में मिश्राजी से पूछा कि क्या तुम्हारी घड़ी में 9:30 हो गए हैं। देखो कोई डॉ. परिहार नारायण सिंह प्रयाग यूनिवर्सिटी से सेवा में आ गए हों, तो तुम्हारी छुट्टी कर देता हूँ और उसके बाद बाबा ने मिश्राजी को अंगूर प्रसाद के रूप में दिए तथा उनकी छुट्टी कर दी। तत्पश्चात् लगभग 10:00 बजे मिश्राजी प्रयाग संगम तट से रामगंज की तरफ पैदल ही ठंड वाली रात में चल पड़े। पूरे दिन खड़े रहने के कारण मिश्राजी को नींद भी झोंके की तरह आ रही थी।

थोड़ी दूर चलने के पश्चात् उन्होंने सोचा, आगे से सहसू चौराहे पर पहुँचकर वहाँ से कोई गाड़ी या ट्रक मिल जाएगा, जिससे कि जौनपुर के ओलनगंज चौकी पर पहुँचा जा सकता है। जैसा कि पहले बताया गया है कि उस दौरान मिश्राजी की पोस्टिंग ओलनगंज चौकी पर ही थी। रामगंज के रास्ते पर चलते वक्त जब मिश्राजी ने पीछे मुड़कर देखा, तो एक गाड़ी जो संभवत फिएट कार थी, लाइट जलाए उनकी तरफ आ रही थी। मिश्राजी ने सोचा, शायद कोई सभ्य व्यक्ति हो और रात्रि का पहर, अकेला आदमी देख मदद कर दे और यह सोचकर मिश्राजी ने उस गाड़ी को हाथ से रुकने का इशारा किया।

गाड़ी मिश्राजी के करीब आकर रुकी। गाड़ी के बाईं तरफ का दरवाजा खुला और मिश्राजी पिछली सीट पर बैठ गए। मिश्राजी ने चालक को रामगंज चौराहे पर छोड़ने का आग्रह किया। थकान या यह कहिए, बाबा की कृपा थी, मिश्राजी अर्धनिद्रा में चले गए। गाड़ी सरपट भागे जा रही थी। मिश्राजी से ड्राइवर ने पूछा, कहा जाना है बच्चा? अर्ध नींद में ही मिश्राजी ने बुदबुदाया—जौनपुर कोतवाली, लेकिन आप मुझे जौनपुर रोड पर छोड़ दीजिएगा। इसके बाद मिश्राजी को कुछ पता नहीं चला। कुछ समय बाद एक बुलंद आवाज आई, बच्चा जौनपुर कोतवाली आ गया। मिश्राजी की तंद्रा टूटी और देखते हैं कि ड्राइवर के सीट पर कोई और नहीं, बल्कि साक्षात् महाराज विराजमान हैं। मिश्राजी तो जैसे सुध-बुध ही खो बैठे, यह कौन-सी लीला है महाराजजी की!

महाराजजी को देखते ही मिश्राजी गाड़ी से उतरकर कोतवाली की तरफ अपने दफ्तर में भागे और संतरी को बोला कि दूध लाओ, कुछ खाने का लेकर आओ और ऑफिस में कुरसी को ठीक कर महाराजजी को वापस लेने पहुँचे। बाहर आने में मुश्किल से 1 मिनट भी नहीं लगा होगा, "वहाँ पर कोई नहीं था। मिश्राजी ने बड़ी कड़क आवाज में संतरी को पूछा, "महाराजजी कहाँ हैं?" संतरी बोला, "आपको

उतारने के बाद वह कार तो जैसे गायब ही हो गई।" मिश्राजी ने पूछा, "कार कौन चला रहा था?" संतरी बोला, "कोई साधु महाराज ड्राइवर सीट पर बैठे थे, लेकिन आगे जाने के बाद कार कहीं गायब हो गई।" मिश्राजी हतप्रभ थे और उनको यह पता चल गया कि महाराजजी अपने भक्तों पर कितनी कृपा रखते हैं। कुछ दिनों बाद मिश्राजी बाबा से नारियाव स्थित तपोस्थली में दर्शन हेतु गए तो बाबा ने मुसकराते हुए पूछा, "बलराम बच्चा, उस रात मेरी सेवा के उपरांत प्रयाग से जौनपुर कोतवाली आराम से पहुँच गए थे न!"

[**विशेष :** *दिनांक 03.03.2022 को जब मैं इस पुस्तक में श्रीराम मिश्राजी से बाबा के संदर्भ में जुड़े वाकये का जिक्र कर रहा था, शायद उसी समय मिश्राजी परम धाम पधारने की तैयारी कर रहे थे। आज दिनांक 05.03.2022 को श्री निशिकांत दीक्षितजी से टेलीफोन वार्त्ता के दौरान उनके निधन की सूचना प्राप्त हुई। ऐसा लग रहा है, जैसे साक्षात् महाराजजी इस पुस्तक में मुझे मार्गदर्शित कर रहे हैं और वे जो चाहते हैं, वही मेरी कलम लिख रही है। अन्यथा उक्त समय पर मिश्राजी के बारे में लिखना सिर्फ संयोग नहीं हो सकता है।*]

□

बोलो, मैं भगवान् के सम्मुख हूँ, संसार पीछे छूट गया

जब कभी भी वृंदावन जाने का मौका मिले, तो 'श्यामा माँ' आश्रम जरूर जाएँ। श्यामा माँ का बाबा देवरहा से अटूट प्रेम था। बाबा की आस्था में श्यामा माँ ने राधाकृष्ण मंदिर का निर्माण कराया था, जो आज भी वृंदावन में स्थित है। प्राय: भक्तगण वृंदावन प्रवास के दौरान देवरहा बाबा आश्रम के साथ-ही-साथ श्यामा माँ आश्रम जाना नहीं भूलते हैं। इसी घटना के साथ मैं आपको वृंदावन से सटे हुए अलीगढ़ जिले का भ्रमण कराना चाहूँगा।

श्री हरबंस लाल शर्मा अलीगढ़ मुसलिम विश्वविद्यालय के प्रथम गैर-मुसलिम कार्यवाहक कुलपति थे। बाद में श्री शर्माजी बुंदेलखंड यूनिवर्सिटी के भी कुलपति बनाए गए। श्री शर्माजी हिंदी साहित्य के उच्चकोटि के विद्वान् थे। उनकी लिखी हुई पुस्तक—'सूर और उनका साहित्य' हिंदी साहित्य के विद्यार्थियों के बीच काफी प्रचलित है। बहुत सारे शोधपत्र विभिन्न शोधार्थियों द्वारा समय-समय पर इस विषय पर प्रस्तुत किए गए हैं। श्री हरबंस लाल शर्मा श्यामा माँ के काफी करीब थे और अकसर वृंदावन आश्रम श्यामा माँ से मिलने जाया करते थे। उन दोनों को जोड़ने की, जो एकमात्र कड़ी थी, वह थे—अध्यात्म तत्त्ववेत्ता ब्रह्मर्षि योगीराज श्री देवरहा बाबा। इन दोनों महापुरुषों की बाबा के प्रति श्रद्धा अद्वितीय थी।

श्यामा माँ से बाबा के अवर्चनीय संबंध थे। वैसे तो वृंदावन में बहुत सारे पवित्र स्थान थे, लेकिन श्यामा माँ का आश्रम एकमात्र ऐसा स्थान था, जहाँ बाबा माँ के द्वारा निर्मित मचान रूपी कुटिया में रुकते थे। कुछ भक्तों का मानना है कि माँ श्यामा साक्षात् यमुनाजी का स्वरूप थीं, जो कलयुग में सशरीर वृंदावन में निवास करती थीं। वृंदावन अपने धार्मिक महत्त्व और स्वच्छता के लिए प्रसिद्ध है। जहाँ

पर अनेक जगहों पर शुद्ध प्रसाद, जैसे दूध, दही, घी उपलब्ध होता है, लेकिन बाबा प्रसाद सिर्फ श्यामा माँ के आश्रम में ही ग्रहण करते थे। श्यामा माँ के आश्रम में धार्मिक और सांस्कृतिक सत्संग मधुर वाणी में कराया जाता था, जो बहुत ही कर्णप्रिय होता था। राधा-कृष्ण के गुणगान का मधुर स्वर वृंदावन के माहौल को अति सुंदर और आकर्षक बना देता था। माँ श्यामा और बाबा से संबंधित स्मृतियाँ आज भी उनके भक्तों से सुनी जा सकती हैं।

कुछ समय बाद बाबा के आदेशानुसार श्यामा माँ लंदन प्रवास करने चली गईं और वहाँ पर कृष्णभक्ति का प्रचार-प्रसार करने लगीं। माँ का राधा-कृष्ण, धार्मिक ग्रंथों और आध्यात्मिक विषयों से अगाध लगाव था। लंदन पहुँचने के पश्चात् माँ ने वहाँ के लोगों के बीच में भी कृष्णभक्ति की बयार प्रवाहित कर दी।

कुछ समय पश्चात् माताजी को बाबा की कृपा अनुसार राधे-कृष्ण का मंदिर लंदन में अपने निवास के करीब बनाने का आदेश प्राप्त हुआ। चूँकि लंदन में भी माताजी ने लोगों को कृष्ण भक्ति में लीन होने की विभिन्न क्रियाएँ सिखाईं। भगवान् कृष्ण की लीलाओं से अवगत होने के पश्चात् लोगों में अध्यात्म का आनंद जगाने का कार्य किया। बाबा की कृपा से निर्माण कार्य शुरू हुआ और मंदिर का निर्माण हुआ। समय आया कि अब मंदिर में भगवान् राधा-कृष्ण की प्राण-प्रतिष्ठा की जाए। श्यामा माँ ने निमंत्रण-पत्र छपवाया। उस निमंत्रण-पत्र में लिखवाया गया कि राधा-कृष्ण मंदिर का शिलान्यास भारत के प्रसिद्ध संत और उनके गुरु अध्यात्म तत्त्ववेत्ता योगीराज देवरहा बाबा के कर-कमलों द्वारा किया जाएगा। कार्ड छपने के बाद लंदन में बाबा के अनुयायियों में काफी उत्सुकता थी कि अब बाबा के दर्शन होंगे। योगी की माया तथा श्रीहरि की माया, दोनों की इच्छा के बगैर कोई काम नहीं हो सकता, यह तो तय था कि इसमें भी बाबा का ही कोई दूरस्थ संदेश था।

अब मैं आता हूँ, श्री हरबंस लाल शर्माजी पर, जो उस समय बाबा और श्यामा माँ के बीच की एक कड़ी थे। श्यामा माँ ने लंदन से निमंत्रण-पत्र डाक के माध्यम से श्री हरिवंश लालजी के पते पर भिजवा दिया, जिसमें लिखा हुआ था कि मंदिर में राधे-कृष्ण की मूर्तियों की प्राण-प्रतिष्ठा ब्रह्मर्षि देवरहा बाबा करेंगे। शर्माजी दुविधा में पड़ गए, क्योंकि एयर मेल से डाक शाम को पाँच बजे उनको मिला, चूँकि शाम के बाद रात्रि का पहर करीब आने वाला था, इसलिए अलीगढ़ से वृंदावन रात को नहीं पहुँचा जा सकता था, क्योंकि उस समय यातायात के साधन आज की तरह उपलब्ध नहीं थे। अतः शर्माजी ने विचार किया कि अगले

दिन प्रात:काल पहली बस पकड़कर वृंदावन बाबा की तपोस्थली पर निमंत्रण-पत्र के साथ प्रस्थान करेंगे। बाबा की महिमा भी अजीब! बाबा की महिमा सिर्फ उनके भक्तगण ही समझ सकते हैं।

यह भी एक संयोग था कि देवरिया स्थित मईल तपोस्थली पर निवास करने वाले बाबा उस समय यमुना की धारा के बीच में अपनी मचान पर आसन जमाए हुए थे। दिन का लगभग एक बज रहा होगा, जब प्रोफेसर हरबंस लाल शर्मा बाबा की मचान के करीब वृंदावन में पहुँचे। उस समय बाबा अपने भक्तों को दर्शन दे रहे थे। हरबंस लाल शर्मा को देखते ही बाबा ने उनसे पूछा, "कैसे आना हुआ हरबंस बच्चा, सबकुछ ठीक है या कोई विशेष कार्य के लिए मेरे पास आए हो?" बाबा द्वारा अकसर इस तरह के सवाल पूछने का मतलब होता था कि उनको आपके आने का अभिप्राय पता है। भक्तों को इस तरह के सवाल अचंभित नहीं करते थे। हरबंस लाल शर्माजी ने निश्चिंत भाव से श्री श्यामा माँ के द्वारा भेजे गए निमंत्रण-पत्र के बारे में बाबा को अवगत कराया और बताया कि आज ही दोपहर की वेला में लंदन स्थित नवनिर्मित राधा-कृष्ण के मंदिर में श्रीराधे-कृष्ण की प्रतिमा की प्राण-प्रतिष्ठा होना श्यामा माता ने सुनिश्चित किया है।

"अच्छा बच्चा, निमंत्रण-पत्र यहाँ ले आओ।" और उसके बाद बाबा ने निमंत्रण-पत्र को हाथ से स्पर्श करते हुए बोला, "हरबंस बच्चा, इस पत्र को खोलो और पढ़ के सुनाओ क्या लिखा है इसमें।" इस वाक्य का आशय इस बात से था कि बाबा को सबकुछ पता था।

फिर क्या था, बाबा के आदेशानुसार प्रोफेसर हरिवंश शर्माजी ने निमंत्रण-पत्र को खोला और पढ़ना प्रारंभ किया। निमंत्रण-पत्र में श्यामा माँ ने एक निवेदन कराया था कि राधा-कृष्ण मंदिर में राधा-कृष्ण की प्रतिमा की प्राण-प्रतिष्ठा श्री श्री 1008 अध्यात्म तत्त्ववेत्ता ब्रह्मर्षि योगीराज श्री देवरहा बाबा के कर-कमलों द्वारा उनकी उपस्थिति में कराई जाएगी। अत: आप भक्तगण से निवेदन है कि प्राण-प्रतिष्ठा में उपस्थित होकर बाबा के दर्शनों में सहभागी बनें। हरबंस लालजी ने जैसे ही निमंत्रण-पत्र पढ़कर बाबा को सुनाया, बाबा मुसकराए और उनकी मुसकराहट गहरी होती चली गई। फिर बाबा ने श्री शर्माजी से पूछा कि हरबंश बच्चा, वहाँ के और यहाँ के समय में भी कोई अंतर तो होता ही होगा। यहाँ भी एक रहस्य छिपा हुआ है। जो तपस्वी विज्ञान के गूढ़ और रहस्यमयी सवालों का जवाब बहुत ही सरलतम तरीके से देता हो, वह सूर्य के गति और समय के अंतर को पूछ रहा था। यह दरशाता है कि बाबा ने कभी अपनी दिव्यता का अहसास अपने भक्तों को

नाहक नहीं होने दिया। जिस प्रकार सर्वशक्तिमान भगवान् राघवेंद्र मनुष्य रूप में अपनी सरलतम क्रियाओं से अयोध्यावासियों का दिल जीत लेते थे, ठीक वैसे ही बाबा हरबंशजी से ये सवाल पूछ रहे थे, जिसमें भी श्री गुरुदेव का एक दूसरा मंतव्य था। यह भक्तों को पता नहीं चलना चाहिए कि बाबा कोई रहस्यमयी रूप में अपनी लीला करने वाले हैं।

फिर बाबा ने प्रोफेसर शर्मा से पूछा, "हरबंश बच्चा प्राण-प्रतिष्ठा में और कितना समय बाकी है?" हरबंशजी ने बताया कि वहाँ के समय से अब एक घंटा बाकी रह गया है। उसी दौरान भक्तों का झुंड बाबा के दर्शन के लिए मचान के करीब पहुँचा। बाबा ने सबको आशीर्वाद देने के लिए अपना दाहिना हाथ हवा में ऊपर की तरफ उठाया और बोले—सबका कल्याण हो। भक्तगण बाबा की आभा में मंत्रमुग्ध हो वहीं यमुना की रेत में आसन लगाकर बैठ गए और कोई भी वहाँ से जाने को तैयार नहीं था। इधर प्राण-प्रतिष्ठा का समय भी करीब आ रहा था। योगी की माया अनंत, कौन समझ सकता है। बाबा ने मचान में बैठे ही सभी भक्तों को आदेश दिया कि मेरे साथ जो भी शब्द मैं बोल रहा हूँ, उसका उच्चारण करिए और अपनी-अपनी आँखें बंद कर लीजिए। भक्तों में बाबा के शब्दों के प्रति कौतूहल था, फिर बाबा ने बोलना प्रारंभ किया, "मैं भगवान् के सम्मुख हूँ, संसार पीछे छूट गया, राम-लक्ष्मण, जानकी और साथ में श्री हनुमानजी के स्वरूप का ध्यान रखते हुए उनकी शरण में जा रहे हैं।"

ऐसा कहते हुए बाबा ने भक्तों को आदेश दिया कि अपने-अपने नेत्र बंद किए हुए इन शब्दों का जाप मन-ही-मन में करिए, इस दौरान आपकी जिह्वा और होंठ हिलने नहीं चाहिए। आँखें बंद करके भगवान् का ध्यान करो और इसका अभिप्राय था कि ध्यान-मग्न भक्तगण अपनी आँखें बंद रखें और बाबा की तरफ न देखें। बाबा ने कहा, "मैं भी आप के साथ हूँ और जब मैं हरी ॐ तत्तसत् का उच्चारण करूँगा, तो आप लोग अपने-अपने नेत्र खोल लीजिएगा। महाराजजी का आदेश था, इसलिए भक्तगण बाबा की इच्छानुसार अपने-अपने नेत्र बंद कर ध्यानमग्न हो गए।

तत्पश्चात् बाबा मचान के ऊपर अवस्थित अपने झोंपड़े में चले गए। एक-दो बार खटर-पटर की आवाज आई और फिर घोर शांति छा गई। लोग बाबा द्वारा आदेशित मुद्रा में बैठे रहे। एक घंटा बीता, डेढ़ घंटा बीता, लोग अब धैर्य खोने लगे, क्योंकि मनुष्य की प्रवृत्ति होती है कि वह एक ही मुद्रा में ज्यादा देर तक नहीं बैठ सकता। मचान के ऊपर बाबा उपस्थित नहीं थे। लगभग दो घंटे के बाद बाबा की

गंभीर आवाज गूंजी, 'हरी ॐ तत्तसत्'। अब भक्तगणों ने अपनी-अपनी मुद्रा बदली और बाबा ने सबको मचान के ऊपर से ही प्रसाद दिया (जैसा कि बाबा प्रायः अपने भक्तों को प्रसाद वितरित करते थे) और फिर भक्त अपने-अपने शुभस्थान को प्रस्थान कर गए।

उपरोक्त घटना मार्च के अंतिम सप्ताह या अप्रैल के प्रथम सप्ताह में घटित हुई। घटना कहना या लिखना फिर एक बार उचित नहीं है, लेकिन भक्तगण इसे सुंदर घटना के रूप में ही देखते हैं। प्रोफेसर शर्मा लगभग इस घटना को भूल चुके थे। बाबा की कृपा अनंत, मई-जून का महीना रहा होगा, बाबा उस समय काशी में गंगा उस पार रामनगर किले के आसपास गंगा की धारा में अपने काठ की नैया के ऊपर बने घास-फूस की मचान पर आसन जमाए योगमुद्रा में लीन थे। भक्तगण गंगा पार जाकर बाबा के दर्शन प्राप्त करते थे। योगी और सिद्ध पुरुष जहाँ भी रहते हैं, वहाँ का वातावरण बड़ा आकर्षक और रमणीय होता है। जहाँ पर सामंजस्य और दुनिया को देखने का तरीका बदल जाता है।

इधर प्रोफेसर शर्मा को जून के महीने में ही लंदन से पार्सल प्राप्त हुआ। पार्सल कोई और नहीं, बल्कि खुद श्यामा माँ ने भेजा था, जिसके अंदर लगभग 50 से ज्यादा चित्र और लंदन के अखबारों की कॉपियाँ थीं। जिसमें यह लिखा गया था कि भारत से आए हुए प्रसिद्ध संत अध्यात्म तत्त्वेत्ता श्री श्री 1008 ब्रह्मर्षि योगीराज देवरहा बाबा के हाथों मंदिर में राधा-कृष्ण की प्रतिमा की प्राण-प्रतिष्ठा की गई। दिनांक और समय बिल्कुल वही था, जो निमंत्रण-पत्र में श्यामा माँ के द्वारा लिखवाया गया था। पार्सल प्राप्त होने के पश्चात् श्री हरिवंश शर्माजी को यह नहीं समझ आ रहा था कि यह कौन-सी बाबा की लीला है, 6821 किलोमीटर दूर स्थित लंदन और यहाँ वृंदावन में यमुना का तट। बाबा कब और कैसे, कहाँ पहुँच गए, यह सोच से भी परे था। वैसे मैंने पहले भी लिखा है कि सिद्धहस्थ योगी की गति को कोई मापक माप नहीं सकता। खुद श्री बलराम मिश्राजी से एक बार बाबा ने एक सवाल पूछा था कि "बलराम बच्चा, सबसे तेज क्या चलता है?" बाबा के हर एक सवाल में कुछ-न-कुछ रहस्य छिपे होते थे। सवाल पूछने का तरीका बहुत ही सामान्य होता था। मिश्राजी ने जवाब दिया—रॉकेट, जो 1 घंटे में लगभग तीन हजार किलोमीटर चलता है। बाबा ने फिर पूछा, बलराम बच्चा, क्या तू योगी की गति जानता है? योगी किस वेग से चलता है? बलराम मिश्राजी निरुत्तर थे। उसके बाद बाबा ने उन्हें बताया, योगी की गति 1450 कोस प्रति सेकंड होती है, जो लगभग 5000 किलोमीटर के आसपास होती है।

पार्सल मिलने के पश्चात् श्री हरिवंश शर्माजी पार्सल अपने साथ लेकर बाबा से मिलने की इच्छा से काशी को प्रस्थान कर गए। बाबा उस समय काशी में प्रवास कर रहे थे, क्योंकि शर्माजी बाबा के एक अप्रतिम भक्त थे और बाबा को देखते ही भाव-विह्वल हो रोने लगे। यह महज इत्तफाक था कि उस समय श्री बलराम मिश्राजी प्रोफेसर शर्मा के साथ बाबा के दर्शन के लिए गए हुए थे। शर्माजी जब बाबा के पास पहुँचे, तो उनके दर्शनमात्र से भावविभोर होकर कुछ बोलने की चेष्टा करने लगे। बाबा ने कहा, "आओ हरवंश बच्चा, शांत हो जाओ, सब भगवान् की लीला है बच्चा।" क्योंकि बाबा को सब पता था, फिर शर्माजी ने श्यामा माँ द्वारा भेजे गए पार्सल के बारे में बताने की कोशिश की, बाबा ने फिर उन्हें रोका और उसको अपने हाथ से स्पर्श किया तथा वे उपस्थित एक ब्रह्मचारी से बोले—बच्चा, इसको इधर रख दो। भक्त जब भी भगवान् के करीब होता है, भावनाएँ अनायास ही बाहर निकलने लगती हैं। चूँकि शर्माजी बलराम मिश्राजी को साथ लेकर बाबा के दर्शन के लिए गए थे, पर यह बात बलरामजी को भी पता नहीं थी। बाद में बलरामजी के बहुत पूछने पर शर्माजी ने सारी घटना का जिक्र किया।

गुरुदेव की कृपा से 24 अप्रैल, 2023 को लंदन स्थित बेलहम मंदिर जहाँ बाबा ने राधा-कृष्णजी की प्रतिमाओं की प्राण-प्रतिष्ठा की थी, जाने का सौभाग्य प्राप्त हुआ

बेलहम, लंदन स्थित राधा-कृष्ण का मंदिर, जहाँ पूज्य गुरुदेव के चरण कमल पड़े थे

जीव (जीव), यहाँ तक कि सबसे स्पष्ट, मन की मदद से दृश्यमान दुनिया पर विचार करते हैं। मन की स्थिति हर पल बदल रही है, लेकिन योग प्रणाली में कोई बुद्धि नहीं है, क्योंकि भगवान् ने 'गीता' में स्पष्ट रूप से कहा है—"वे भक्त, जो लगातार अपने आप में एकाग्र होने में व्यस्त हैं, जो प्यार से मुझसे प्रार्थना करते हैं, मैं उनको अपना आशीर्वाद योग के रूप में देता हूँ। जब मन का अंधकार दूर हो जाता है, तब जीव चेतना और एक नया रूप प्राप्त करता है। ऐसे राज्य को 'कैवल्य' कहा जाता है।

□

कहानी इंग्लैंड बच्चा की!

जिस घटना का जिक्र मैं करने जा रहा हूँ, वह बाबा की कृपा का एक दूसरा पहलू है, जिससे यह प्रतीत होता है कि बाबा अपने भक्तों से किस प्रकार जुड़े होते थे। जौनपुर जिले का तिलकधारी पोस्ट ग्रेजुएट कॉलेज शिक्षा का मुख्य केंद्र है। इस विद्यालय में संस्कृत विभाग के प्रथम विभागाध्यक्ष के पद पर डॉ. शिवाधार सिंह रहे, जिनका कार्यकाल 1952 से 1982 तक रहा। डॉ. शिवाधार सिंह उस देशकाल में वेद एवं दर्शन के परम विद्वान् प्राध्यापक थे।

यह घटना 1969-70 की है, जब संस्कृत के प्रोफेसर शिवाधार सिंह की इच्छा हुई कि इंग्लैंड की सबसे प्रतिष्ठित परीक्षा (जिसमें पूरे विश्व से प्रतिभागी शामिल होते थे) में शामिल हुआ जाए, परंतु शामिल होने के पहले बाबा का आदेश जानना जरूरी था। बिना बाबा के आदेश तो कोई कार्य करना उनके संस्कारों में नहीं था। बाबा के भक्तों में बाबा के प्रति आस्था का वर्णन करना इस लेखक के वश की बात नहीं है। आस्थाओं के सागर में जब भूचाल आता है, तो बड़े-बड़े ज्ञानी रूपी पर्वत और शिलाएँ पलभर में धराशायी हो जाती हैं। बाबा के दर्शन को आने वाले भक्तगण बड़े ही स्थिर और साफ मन से दरबार में हाजिरी लगाते अन्यथा कई बार ऐसा भी हुआ कि आप दरबार में पहुँचे, बाबा सामने विराजमान हैं, लेकिन आँखें दर्शन नहीं कर सकीं।

बाबा के दर्शन के उपरांत उनसे आज्ञा और आशीर्वाद प्राप्त कर प्रोफेसर शिवाधार इंग्लैंड परीक्षा के लिए प्रस्थान कर गए। बाबा में असीम श्रद्धा और विश्वास पराए देश में भी उनको संबल प्रदान कर रही थी। इंग्लैंड पहुँचकर भी उनका ध्यान बाबा के आशीर्वचनों पर था। गुरुदेव के शब्द—"जाओ बच्चा शिवाधार, तुम्हारा कल्याण होगा।" परीक्षा की घड़ी आ गई। सारे प्रतिभागियों ने अपने-अपने विवेक के अनुसार परीक्षा में पूछे गए प्रश्नों का उत्तर लिखा। इसमें कोई संशय नहीं कि प्रश्न-पत्र बहुत कठिन था, लेकिन सारे प्रतिभागियों ने अपने ज्ञानानुसार प्रश्नों के

उत्तर दिए, चूँकि प्रोफेसर शिवाधार एक उच्चकोटि के विद्वान् थे, तो उन्होंने भी परीक्षा को एक चुनौती के रूप में स्वीकार किया। प्रोफेसर शिवाधार सिंह अंग्रेजी, हिंदी और संस्कृत में समान रूप से विद्वत्ता रखते थे। यह परीक्षा जो इंग्लैंड में आयोजित होने जा रही थी, उसमें विश्व से कुल 35 स्कॉलर भाग ले रहे थे, जिसमें प्रोफेसर शिवाधार सिंह भारत से अकेले थे। उस परीक्षा में विश्व की प्रथम महिला प्रधानमंत्री, श्रीलंका से सिरिमावो भंडारनायके की बहन भी प्रतिभागी थी। यह तथ्य यहाँ पर लिखने से आशय यह है कि सभी प्रतिभागी एक से बढ़कर एक सम्मानित एवं प्रतिष्ठित परिवारों से संबंध रखते थे। विश्व के कुछ एक ब्रेन में से कौन इस परीक्षा में पास होगा, यह तो भविष्य के गर्त में था, परंतु एक बात तो निश्चित थी कि प्रतियोगिता बहुत ही कठिन होने वाली थी। खैर, परीक्षा सकुशल संपन्न हुई और कुछ दिनों पश्चात् प्रोफेसर शिवाधार भारत वापस लौट आए।

लगभग एक महीने के बाद शिवाधारजी को एक एयरमेल मिला, जो इंग्लैंड से आया था। चिट्ठी खोलने के पश्चात् शिवाधारजी बहुत दुःखी हो गए। चिट्ठी में और कुछ नहीं, बल्कि जिस परीक्षा में सम्मिलित होने इंग्लैंड गए थे, उसी परीक्षा का परिणाम आया था। परीक्षा के परिणामानुसार 35 प्रतिभागियों में किसी का भी चयन उस परीक्षा में नहीं हुआ। यदि आपका चयन किसी भी परीक्षा में नहीं होता है, तो आपको अतिशय दुःख होता है, लेकिन यदि किसी का भी नहीं होता है, तो दिल को थोड़ा-सा सुकून जरूर मिल जाता है कि चलो, यदि मेरा नहीं हुआ, तो कोई बात नहीं, किसी का भी नहीं हुआ! फिर भी मन को मनाना इतना आसान नहीं था। प्रोफेसर साहब बहुत दुःखी-दुःखी से रहने लगे थे। प्रोफेसर बी.डी. सिंह जो कि मेजर बी.डी. सिंह के नाम से पहचाने जाते थे, उसी कॉलेज में प्रोफेसर थे। मेजर लिखने के पीछे कारण यह था कि वे उस कॉलेज में NCC के हेड थे। बहुत सख्त मिजाज श्री सिंह को जब पता चला कि श्री शिवाधारजी बहुत दुःखी हैं, उन्होंने उनसे मिलने की योजना बनाई। मिलने के बाद उनको यह लगा कि शिवाधारजी वाकई में बहुत दुःखी हैं। यह सब देखकर योजना बनी कि हम लोग बाबा के दर्शन के लिए चलेंगे।

संयोग से कॉलेज उस दौरान बंद थे, गरमियों की छुट्टियाँ लगभग समाप्ति की ओर थीं। गरमी अपने चरम पर थी। किसान अपनी फसल काट चुके थे और अन्न के दाने उनके घरों में पहुँच चुके थे। नदियों का जल उनके गर्त में था। यह कोई मई का अंत या जून का प्रारंभ होगा। महाराज ब्रह्मर्षि देवरहा बाबा उस समय काशी के अस्सी घाट के उस पार गंगा की धारा में मचान के ऊपर विराजमान थे।

वैसे तो काशी को शिव की नगरी और घाटों का शहर कहते हैं, लेकिन अस्सी की अपनी एक सांस्कृतिक और धार्मिक महत्ता है। यह घाट सामाजिक, सांस्कृतिक एवं धार्मिक मस्ती के स्वरूप में वाराणसी का केंद्र है। इस घाट पर दैनिक स्नानार्थियों की भीड़ सर्वाधिक होती है। प्रातः चार बजे से ही लोग इस घाट पर जमघट लगाना आरंभ कर देते हैं और यह क्रियाकलाप पूरे दिन इसी तरह से चलता रहता है। सूर्यास्त के पश्चात् इस घाट पर प्रशिक्षित पंडों द्वारा मंत्रों एवं घंटे-घड़ियालों की गूँज के साथ गंगा आरती का अद्‌भुत नजारा देखने को मिलता है। जन्म, मुंडन संस्कार, उपनयन, विवाह, गंगा पुजइया आदि मांगलिक कार्य, उत्सव इस घाट पर साक्षी के रूप में संपन्न किए जाते हैं। यह घाट श्रद्धालुओं की आस्था व आकर्षण का प्रमुख केंद्र है। वाराणसी में गंगातट पर अनेक सुंदर घाट बने हैं, ये सभी घाट किसी-न-किसी पौराणिक या धार्मिक कथा से संबंधित हैं। वाराणसी में लगभग 84 घाट हैं। ये घाट लगभग 4 मील लंबे तट पर बने हुए हैं। वाराणसी के 84 घाटों में पाँच घाट बहुत ही पवित्र माने जाते हैं, इन्हें सामूहिक रूप से 'पंचतीर्थ' कहा जाता है। ये पाँच निम्नलिखित हैं—

- अस्सी घाट
- दशाश्वमेध घाट
- आदिकेशव घाट
- पंचगंगा घाट
- मणिकर्णिका घाट

मेजर बी.डी. सिंह और शिवाधार सिंह के साथ कुछ और दर्शनार्थी थे तथा उन लोगों द्वारा यह निर्णय लिया गया कि गंगा के उस पार बाबा के दर्शन को चलते हैं। उस दौरान प्रोफेसर शिवाधार के एक और शुभचिंतक प्रोफेसर बंशीधारी सिंह भी उन लोगों के साथ में थे। अस्सी घाट से नाव लेकर ये सारे लोग गंगा पार बाबा की मचान के पास तक पहुँचे। उस दौरान भक्तों की भीड़ लगी हुई थी, लोग बाबा के दर्शन को आतुर मंच की तरफ बढ़ रहे थे। कुछ लोगों को बाबा का प्रसाद मिल चुका था, तो कुछ लोग प्रसाद और दर्शन की कतार में खड़े थे। शिवाधार बाबा के मंच के करीब पहुँचने वाले ही थे कि वे भावुक हो गए। वे अपनी भावना का ज्वार रोक नहीं पा रहे थे। ऐसा प्रायः तब होता है जब भक्त और भगवान् के बीच में संबंध बहुत घनिष्ठ हो। बाबा प्रोफेसर शिवाधार को देखकर मुसकराए और अपने पास खड़े ब्रह्मचारी को बोला, ब्रह्मचारी। यह देखो, शिवाधार बच्चा इंग्लैंड से परीक्षा पास करके आया है। उसके गले में यह विजय का प्रतीक माला डाल दो। ब्रह्मचारीजी

ने प्रोफेसर शिवाधार के गले में गेंदे के फूल से बनी माला डाल दी, फिर बाबा ने ब्रह्मचारी से बोला, "शिवाधार बच्चा को प्रसाद भी दो।" बाबा ने यह भी नहीं पूछा कि तुम परीक्षा में पास हुए या नहीं! बस बाबा एक चीज बोलते रहे कि लहर है बच्चा, सब लहर है बच्चा, तुम पास हो गए।

15-20 मिनट बाद भक्त की भावुकता जवाब दे गई और बाबा की बात सुनने के पश्चात् शिवाधार सिंह रोने लगे। बाबा ने कहा, "क्या हो गया शिवाधार बच्चा, प्रसन्नता के आँसू निकल आए", फिर शिवाधार अपने को सँभालते हुए बोले, "एक प्रार्थना करना चाहता हूँ भगवन्, 33 लोग इस परीक्षा में प्रतिभागी थे, लेकिन परिणाम किसी के पक्ष में नहीं आया, सारे परीक्षार्थी उस परीक्षा में असफल हो गए, जिनमें मैं भी था।"

बाबा मुसकराते हुए बोले, तुमको तो मैंने पास कर दिया है बच्चा, ब्रह्मचारी शिवाधार बच्चा को एक और माला पहनाओ। कितनी बड़ी परीक्षा पास करके आया है और एक बात बच्चा, जिसको मैंने पास कर दिया, उसे कौन फेल कर सकता है! जाओ, अपना काम उसी लगन के साथ करो। तुम्हारी छुट्टी कर देता हूँ। जैसा कि प्रायः बाबा अपने भक्तों से बोलते थे। सब योगी की माया, कौन समझ सकता है कब क्या हो जाए! जिस व्यक्ति पर साक्षात् सदाशिव और भगवान् राम की कृपा हो, वह भवसागर भी पार कर जाता है। भगवान् को, जगत् पिता परमेश्वर को संपूर्ण रूप से कोई नहीं जान सकता। उनको समझने वाले ऋषि, मुनि और ब्रह्मर्षियों को काफी जप और तप करना पड़ता है। प्रोफेसर शिवाधार को बाबा की ओर से छुट्टी मिल गई और वे पुनः अपने कॉलेज वापस आकर शैक्षिक कार्यों में व्यस्त हो गए। मनुष्य अपने मन को संसार से नितांत निमग्न होने से नहीं बचा सकता है। सांसारिक जिम्मेदारियाँ उसे निमग्न होने के लिए उत्प्रेरित करती रहती हैं। प्रोफेसर शिवाधार की जीवनरूपी गाड़ी ने पटरी पकड़ी और चलती रही। सोमवार का दिन था, जौनपुर के तिलकधारी पोस्ट ग्रेजुएट कॉलेज में कक्षाएँ अपने पूरे प्रवाह में जारी थीं, शिक्षक अपनी-अपनी कक्षाओं में विद्यार्थियों के साथ विद्या अध्ययन में व्यस्त थे। प्रोफेसर शिवाधार भी अपनी कक्षा में अध्यापन कार्य में व्यस्त थे। साथी अध्यापक, जिनकी कक्षाएँ नहीं थीं, शिक्षक कक्ष में बैठे पारस्परिक संवाद में व्यस्त थे।

प्रायः शैक्षिक कार्यों में शिक्षक जब एक साथ बैठते हैं, तो समकालीन देश की समस्याओं पर चर्चा करते रहते हैं। विषयवस्तु किसी भी प्रकार की हो, चर्चाएँ समीचीन होती हैं। इसी प्रकार के किसी विषय पर उस दिन भी शिक्षकों के बीच में चर्चा जारी थी। ये सभी शिक्षक प्रोफेसर शिवाधार के या तो समकक्ष, कनिष्ठ या

सीनियर थे। उसी दौरान शिवाधार सिंह के नाम का एक एयरमेल डाकिए के द्वारा प्राप्त हुआ। एयरमेल का मतलब ही होता, पत्र विदेश से आया है। दशकों पहले जब भी कोई पत्र एयर मेल, यानी कि विदेशों से प्राप्त होता, लोगों की उत्कंठा और उत्सुकता दोनों ही चरम पर होतीं। प्रायः आस-पड़ोस के लोग यह जानने के लिए व्यग्र हो जाते कि किस देश से यह पत्र आया है और इस पत्र का आशय क्या है। ठीक उसी प्रकार प्रोफेसर शिवाधार के अध्यापन कार्य में सम्मिलित मित्रों के बीच एक उत्कंठा जगी कि यह पत्र किसके नाम से और किस आशय के लिए आया है। कुछ उत्साही मित्र जो शिवाधारजी के काफी करीब थे, उन लोगों से रहा नहीं गया और उन लोगों ने उस पत्र को बिना शिवाधारजी की अनुमति के खोल दिया। लिफाफा खुलने के पश्चात् लोगों ने यह पाया कि चिट्ठी तो इंग्लैंड से शिवाधार के नाम पर ही आई है। किसी एक शिक्षक मित्र ने पत्र को पढ़ा और बाकी मित्रों ने पत्र में लिखे हुए शब्दों की व्याख्या कर बताया कि हमारे मित्र श्री शिवाधार सिंहजी इंग्लैंड की प्रेस्टीजियस परीक्षा में उत्तीर्ण हो गए हैं। सारे मित्र इस बात से आश्चर्यचकित थे कि इतना बड़ा समाचार शिवाधारजी ने किसी को बताया ही नहीं, फिर क्या, उन लोगों ने उस पत्र को छुपा लिया और शिवाधारजी की कक्षा से आने का इंतजार करने लगे। शिवाधारजी के कक्षा से आने के पश्चात् मित्रों ने उनसे दावत की माँग की। शिवाधारजी भी आश्चर्यचकित थे, आप लोग किस दावत की बात कर रहे हैं। मित्रों ने बताया—"अरे भाई, आप इतनी बड़ी परीक्षा पास कर गए हैं और आपको पता भी नहीं है, शायद आप दावत नहीं देना चाहते।" शिवाधारजी की उत्कंठा और बढ़ती गई, उन्होंने वह लिफाफा लिया और लिफाफा पढ़ने के पश्चात् अनायास ही रोने लगे। उनको विश्वास नहीं था कि जो शब्द पत्र में लिखे गए हैं, वह सच में वही शब्द हैं, जो वे देख रहे हैं, उस पत्र में लिखा था, "यू आर द ओन्ली कैंडिडेट टू क्वालीफाई दिस एग्जाम," फिर क्या था! प्रोफेसर शिवाधार ने अगले ही दिन काशी के लिए प्रस्थान किया। वह बाबा के चरण-कमलों में पहुँचना चाहते थे। वह बाबा से आशीर्वाद लेना चाहते थे। बाबा से मिलने की उत्कंठा बढ़ती जा रही थी। जब वह मचान के पास पहुँचे, इसके पहले कि वे बाबा से कुछ बोलते, बाबा ने कहा, "सब लहर है शिवाधार बच्चा, जिसको मैंने पास कर दिया, उसे कौन फेल कर सकता है।" वैसे भी आज से तुम मेरे 'इंग्लैंड के बच्चे' के नाम से जाने जाओगे।

□

भक्त रामदास की कहानी

यह वाकया श्री बलराम मिश्राजी ने अपने संस्मरण में सुनाया, जिसके बारे में उन्हें स्वयं श्री गजाधर प्रसाद भार्गव ने बताया था। वैसे तो बाबा चमत्कारों में विश्वास नहीं करते और अपने भक्तों को हमेशा यह बताया करते कि समस्त चर, अचर, जल, वायु, जीव-जंतु प्रकृति के रूप हैं। ब्रह्मांड के प्रत्येक कण में ईश्वर का वास है। समस्त क्रियाएँ ईश्वर की माया के अनुरूप चलती हैं। कोई चमत्कार नहीं होता बच्चा, सब ईश्वर की लीला है। श्री गजाधर प्रसाद भार्गव प्रयागराज उच्च न्यायालय में वरिष्ठ अधिवक्ता और बाबा के अनन्य भक्तों में से एक थे। सिद्धहस्थ संतों की कोई जगह निर्धारित नहीं होती और एक ही समय में कई जगहों में प्रकट हो जाते हैं। परंतु कुछ स्थान उनके लिए काफी प्रिय होते हैं, जहाँ वे प्राय: प्रवास करते रहते हैं। मईल तपोस्थली, वृंदावन, गंगोत्तरी के ऊपर हिमालयन रेंज, प्रयाग संगम तट और भगवान् शंकर की नगरी काशी के अलावा बाबा को अमरकंटक के जंगल भी बहुत पसंद थे। नर्मदा के किनारे, अमरकंटक के जंगलों में बाबा प्राय: ईश्वरलीन अवस्था में योग की किसी मुद्रा में मचान पर बैठे दिखाई दे जाते थे। अमरकंटक यात्रा के दौरान उनके ब्रह्मचारी अकसर उनके साथ होते थे।

महर्षि योगीराज देवरहा बाबा ने गजाधर प्रसाद भार्गव से, जो कि उनके शिष्य थे, अमरकंटक के जंगलों में जाने की इच्छा व्यक्त की। उसके पश्चात् गजाधर प्रसाद भार्गव ने मिश्राजी के मित्र शैलेंद्र शर्माजी के पिता, जो कि गाड़ी के ड्राइवर थे, उन्हें लेकर अमरकंटक के जंगलों की तरफ जाने की योजना बनाई (ये सारे नाम और संस्मरण श्री बलराम मिश्राजी द्वारा उपलब्ध कराए गए हैं)। ब्रह्मर्षि के साथ उनके शिष्य श्री गिरधर दासजी ब्रह्मचारी भी थे। उस कार को श्री शैलेंद्र शर्माजी के पिताजी चला रहे थे। दूसरी कार में गजाधर प्रसाद भार्गवजी खुद ड्राइविंग सीट पर थे। कार जब नर्मदा नदी के किनारे अमरकंटक के जंगलों से

होकर गुजर रही थी, महाराजजी बहुत ही शांत कार की पिछली सीट पर मृगछाला के ऊपर बैठे हुए थे। वैसे तो महाराजजी कभी कहीं भी आने-जाने के लिए किसी वाहन का उपयोग नहीं करते, लेकिन ऐसा लगता है, जब भी वे किसी के साथ वाहन में होते, इसका अर्थ यह होता कि उनकी किसी लीला का समय आ गया है। किसी के साथ कार में यात्रा करते अकसर वह पिछली सीट पर दोनों पैर ऊपर किए मृगछाला के ऊपर बैठ जाते। जैसा कि सर्वविदित है कि अमरकंटक के जंगल बहुत ही घने होते हैं और जब नर्मदा नदी जंगलों के बीच से होकर गुजरती है, दृश्य बड़ा ही रमणीय होता है। प्रसिद्ध स्कंद पुराण के रेवा खंड में नर्मदा की उत्पत्ति, अमरकंटक के वन, ओंकार पर्वत, शूलभेद आदि क्षेत्रों के बारे में जानकारी के साथ-साथ पृथ्वी पर पड़े प्रलयंकारी सूखे और अकाल के युगों में भी नर्मदा के अक्षय रहने का विवरण मिलता है। नर्मदा पुराण में भी नर्मदा अंचल के वनों की शोभा बताई गई है। इसी तरह कई अन्य प्राचीन धर्म ग्रंथों व अन्य साहित्य में उपलब्ध रोचक विवरणों से नर्मदा अंचल के वनों की प्राचीन दशा पर भी प्रकाश पड़ता है। अमरकंटक के जंगल कुमुदनी से मंडित और नील, पीत, श्वेत, लाल कमलों से आच्छादित एक रमणीय स्थल है, जो योगी-मुनियों को अपनी तरफ आकर्षित करता है।

यह क्षेत्र हरित जंगलों के बीच में हंस, चकवा-चकवी, आड़ि, काक, बगुलों की पंक्ति एवं कोकिल आदि के मधुर कलरव से सुशोभित था। यह परिक्षेत्र सिंह, बाघ, शूकर, हाथी, विशालकाय वन भैंसे, सुरभि, सारंग, भालू आदि जानवरों से युक्त था। कोक, मयूर और नाना प्रकार के पशु-पक्षियों से सुशोभित हो रहा था। हिम विहीन पहाड़ों से निकलने वाली मध्य प्रदेश की नदियों के जल ग्रहण क्षेत्र में जल, जमीन और जंगल का साथ चोली-दामन के साथ जैसा अंतरंग है। यह तो सच है कि वैज्ञानिक बादलों को आकर्षित करके वर्षा कराने में वनों की भूमिका के बारे में कोई स्पष्ट मत अभी तक नहीं बना सके हैं, परंतु यह तो पक्के तौर पर मान्य है कि बारिश में धरती पर गिरने वाले जल की मात्रा और प्रकृति जंगलों से प्रभावित होती है और उनको प्रभावित भी करती है। नर्मदा घाटी के वनों का स्वभाव विलक्षण है। ये सच्चे संतों की तरह ही 'परमारथ के कारने साधुन धरा शरीर' की उक्ति को पूरी तरह चरितार्थ करते हैं। जैसे सच्चे संत दूसरों को कष्ट देने की बजाय खुद कष्ट उठाकर समाज का कल्याण करने में लगे रहते हैं, वैसे ही वन अपने आप को वातावरण के अनुरूप ढालकर नदियों में जाने वाले पानी की मात्रा में कमी नहीं आने देते। शुष्क क्षेत्रों में गरमी बढ़ने

पर पर्णपाती वनों में अधिकांश वृक्ष अपने पत्ते गिराकर पर्णविहीन सूखे-सूखे बड़े बुरे से दिखने लगते हैं, परंतु यह पानी बचाने का जंगलों का कुदरती तरीका है। ऐसे रमणीय दृश्य महर्षि और योगियों को अपनी तरफ आकर्षित करते हैं। इन जंगलों में अप्रतिम शांति की अनुभूति प्राप्त की जा सकती है। दोनों कारें जंगल के बीचोबीच से सरपट भागी जा रही थीं। गजाधर प्रसाद भार्गव और शर्माजी की कारें बाबा को लिए एक-दूसरे के आगे-पीछे चल रही थीं। बाबा ने शर्माजी को बोला—बच्चा, थोड़े देर के लिए गाड़ी रोको। फिर बाबा ने बोला, यहाँ पर एक मेरा भक्त रामदास रहता है, यदि उसे नहीं मिलूँगा तो उसको बुरा लगेगा। इसलिए गाड़ी रोको। गजाधर प्रसाद भार्गव और शर्माजी दोनों लोग अपनी-अपनी कार रोक कार से नीचे उतरे। उसके पश्चात् बाबा भी कार से नीचे उतरे। कार से नीचे उतरने के साथ ही बाबा ने जोर से आवाज लगाई—बच्चा रामदास, बच्चा-बच्चा रामदास, मैं आ गया हूँ, कहाँ हो, बाहर आओ!

साथ चल रहे सभी लोग चकित थे कि इन घने जंगलों में कौन हो सकता है, यहाँ तो दूर-दूर तक किसी के निशान नहीं दिख रहे। ऐसा कौन-सा प्राणी है, जो इन बियावान जंगलों में रह रहा होगा, परंतु एक बात सर्वविदित थी कि कोई बाबा से कभी सवाल नहीं पूछता। ऐसा नहीं था कि यदि कोई भक्त कुछ भी पूछे और बाबा उसकी शंकाओं का समाधान न करें, परंतु बाबा के हर क्रियाकलाप में कुछ-न-कुछ जरूर छिपा रहता था। बाबा ने फिर आवाज लगाई, रामदास बच्चा कहाँ हो, मैं आ गया हूँ बच्चा, बाहर आओ, मेरे साथ चल रहे ये लोग भी तुम्हारी तरह ही मेरे भक्त हैं। घबराओ नहीं, बाहर आओ बच्चा!

इतने में बाबा के साथ चल रहे लोगों ने देखा कि एक शेर अपने पूरे कुनबे के साथ, जिसमें शेरनी और उसके दो छोटे बच्चे शामिल थे, घने जंगल के बीच से बाहर निकला और बाबा की तरफ आने लगा। यह दृश्य देख साथ चल रहे श्री भार्गवजी, शर्माजी और ब्रह्मचारी गिरिधर दास, सबकी हालत पतली होने लगी, वे लोग बहुत ही ज्यादा डर गए थे। अगले पल क्या हो सकता है, इसकी कल्पना मात्र से उनके शरीर में सिहरन पैदा होने लगी और सभी अपनी जगह पर ठिठककर खड़े हो गए। वह शेर बाबा के करीब आकर खड़ा हो गया। बाबा ने उसे बड़े प्यार से दुलारा, जैसे कोई पुराना बिछड़ा भक्त मिल गया हो। हिंसक पशुओं की प्रवृत्ति बहुत खतरनाक होती है, लेकिन यहाँ तो अजीब नजारा देखने को मिल रहा था, बाबा का भक्त शेर रामदास पूरे कुनबे के साथ शांतचित्त बाबा के सामने नतमस्तक खड़ा था। बाबा ने ब्रह्मचारी गिरधर दास को आदेश

दिया—ब्रह्मचारी लाओ, भक्त रामदास को प्रसाद दो और फिर बाबा ने उपलब्ध फल प्रसाद के रूप में उस शेर को दिया। पूरे कुनबे के साथ भक्त रामदास ने प्रसाद बाबा से ग्रहण किया और फिर बाबा के आदेशानुसार वापस जंगल की ओर चला गया।

□

ईश्वरलीन बाबा और अश्वत्थामा

वृंदावन धाम, प्रयागराज संगम तट हो या नारियाव (मईल, देवरिया) स्थित देवरहा बाबा तपोस्थली, लगभग हर जगह के भक्तों ने श्रीमंत अश्वश्थामा का बाबा के साथ संबंध पर जिक्र किया। यहाँ तक कि प्रयाग संगम तट पर कुछ नाविकों से बातचीत के क्रम में यहाँ तक बताया कि एक विशालकाय व्यक्ति, जिसके माथे पर घाव का निशान है, जिसमें से एक अजीब तरह की दुर्गंध आती रहती थी, वह बाबा से मिलने प्रायः संगम तट पर कल्पवास के दिनों में आया करते थे। कुछ नाविकों के अनुसार, उन लोगों ने उस विशालकाय व्यक्ति को बाबा की मचान तक पहुँचाने में मदद की—जो व्यक्ति उनकी नाव पर सवार हो बाबा से मिलने के लिए जाता, वह कुछ नहीं बोलता, सिर्फ इशारों में नाविकों को बाबा से मिलने के लिए उधर नाव ले जाने का आदेश दे देता। उसके माथे पर बड़ा घाव होता था, जिसको वह एक अजीब कपड़े से बाँधकर रखता था। उसमें से एक विशेष दुर्गंध आती रहती थी, जो नाविक बिल्कुल अनपढ़ थे, उनसे अपना नाम अश्वश्थामा बताया और उसके अलावा अन्य किसी बात का कोई जवाब नहीं देता। कई बार बाबा ने अपने भक्तों से बातचीत के दौरान इस बात का भी जिक्र किया, "बच्चा अश्वश्थामा भी मिलने आया करते हैं।" यह अश्वश्थामा का बाबा के साथ प्रेम का प्रतीक था।

बाबा कहते थे कि जब तक गौ-हत्या के कलंक को पूरी तरह नहीं मिटा सकते, तब तक भारत समृद्ध नहीं हो सकता, यह भूमि गौ-पूजा के लिए है, गौ-पूजा हमारी परंपरा में है। बाबा की सिद्धियों के बारे में हर तरफ खूब चर्चा होती थी। कहते हैं कि जॉर्ज पंचम जब भारत आए, तो उनसे मिले। जॉर्ज को कभी उनके भाई ने बताया था कि भारत में सिद्ध योगी पुरुष रहते हैं, तब उन्हें यह बताया गया था कि किसी और से मिलो-न-मिलो, देवरिया जिले में दियरा इलाके में, मईल सरयू तट पर जाकर देवरहा बाबा से जरूर मिलना। जॉर्ज पंचम हाथी पर बैठकर वहाँ पहुँच था, क्योंकि सरयू का दियारा होने के कारण जब नदी का पानी उतर जाता था,

उसके बाद उस परिक्षेत्र में काफी बड़ी-बड़ी घास उग जाती थी, जिनमें चलना बड़ा मुश्किल काम होता था। बाबा ने जॉर्ज पंचम को गौ-रक्षा का सूत्र दिया था और ऐसा बताते हैं कि उसके बाद से ही जॉर्ज पंचम शाकाहारी हो गया था।

उनके पास लोग हठयोग सीखने भी जाते थे। सुपात्र देखकर वह हठयोग की दसों मुद्राएँ सिखाते थे। योग विद्या पर उनका गहन ज्ञान था। ध्यान, योग, प्राणायाम, त्राटक समाधि आदि पर वह गूढ़ विवेचन करते थे। ध्यान, प्राणायाम, समाधि की पद्धतियों के वह सिद्ध थे ही। धर्माचार्य, पंडित, तत्त्वज्ञानी, वेदांती उनसे कई तरह के संवाद करते थे। उन्होंने जीवन में लंबी-लंबी साधनाएँ कीं।

एक बार किसी ने बाबा से पूछा, सारे लोग मिलने क्यों आते हैं? बाबा का जवाब बहुत ही सरलतम होता था। बच्चा, तुम भी तो आए हो, तुम क्यों आए हो मिलने? जो भी तुम्हारा कारण हो, हो सकता है अन्य भक्त के मिलने का कारण कुछ और हो! इसलिए बच्चा, साधु से मिलने कोई भी आ सकता है। अश्वत्थामा भी अपने मंतव्यों का जिक्र अपने किसी जानकारी के व्यक्ति से ही कर सकते हैं। कौन किससे कब मिल जाता है या मिल सकता है, यह सब भगवान् की लीला है अन्यथा बहुत सारे लोग तो मिल के भी नहीं मिल पाते हैं।

बाबा कहते थे कि जीवन को पवित्र बनाए बिना, ईमानदारी, सात्त्विक-सरसता के बिना भगवान् की कृपा प्राप्त नहीं होती। अत: सबसे पहले अपने जीवन को शुद्ध-पवित्र बनाने का संकल्प लो। वे प्राय: गंगा या यमुना तट पर बनी घास-फूस की मचान पर रहकर साधना किया करते थे। अपने उपदेश के दौरान गुरुदेव भक्तों को सन्मार्ग पर चलते हुए अपना मानव जीवन सफल करने का आशीर्वाद देते थे। वे कहते थे कि इस भारतभूमि की दिव्यता का यह प्रमाण है कि इसमें भगवान् श्रीराम और श्रीकृष्ण ने अवतार लिया है। यह देवभूमि है, इसकी सेवा, रक्षा और संवर्धन करना हर भारतवासी का कर्तव्य है।

□

ज्ञानगंज और देवरहा बाबा

साधना की एक ऐसी भूमि, जिसके बारे में बहुत ज्यादा किसी को जानकारी नहीं है। यह जगह किसी रहस्य से कम नहीं है। इस जगह के बारे में सिर्फ कुछ एक लोगों को पता है, जो बहुत ही बड़े सिद्ध साधक हैं। इसको कुछ लोग ज्ञान गंज तो कुछ सिद्धाश्रम तो कुछ योग और तपोस्थली की अंतरराष्ट्रीय यूनिवर्सिटी भी कहते हैं। बड़े-बड़े महान् साधकों ने यहाँ तप से अपने शरीर को तपाया और दैवी शक्ति प्राप्त की। वे स्थूल और सूक्ष्म दोनों रूपों में अपने को ढाल सकते थे। यह निवास करने वाले सिद्धहस्थ एक वक्त दो जगह अपनी उपस्थिति दर्ज करा सकते थे। ज्ञान गंज तिब्बत में कैलाश पर्वत और मानसरोवर झील के पास स्थित है। यह बहुत दुर्गम स्थल है, यहाँ तक पहुँचना आसान नहीं। यहाँ तक कि सैटेलाइट भी आज तक इस जगह को पकड़ नहीं पाए। इस स्थान के बारे में धार्मिक मान्यता यह भी है कि यहाँ जो मठ या आश्रम है, उसका निर्माण ब्रह्माजी के आदेश से स्वयं विश्वकर्माजी ने किया था। यहाँ शरीर पूर्ण कर चुके महान् साधकों की उपस्थिति का अनुभव आज भी होता है। ऐसा माना जाता है कि हिमालय पर्वत में सिद्धाश्रम नामक एक आश्रम है, जहाँ सिद्ध योगी और साधु रहते हैं। तिब्बत में लोग इसे ही शंभल की रहस्यमय भूमि के रूप में पूजते हैं। इस जगह को शांग्रीला, सँभाला और सिद्धाश्रम भी कहते हैं। हिमालय में जैन, बौद्ध और हिंदू संतों के कई प्राचीन मठ और गुफाएँ हैं। मान्यता है कि गुफाओं में आज भी कई ऐसे तपस्वी हैं, जो हजारों वर्षों से तपस्या कर रहे हैं।

मान्यता है कि इस अलौकिक आश्रम का उल्लेख चारों वेदों के अलावा अनेक प्राचीन ग्रंथों, जैसे वाल्मीकि रामायण में मिलता है। इसके एक ओर कैलाश मानसरोवर है, दूसरी ओर ब्रह्म सरोवर है और तीसरी ओर विष्णु तीर्थ है। यह भी मान्यता है कि राम, कृष्ण, बुद्ध, शंकराचार्य, माँ आनंदमयी और निखिल गुरुदेव, देवरहा बाबा आदि दैवी विभूतियाँ सिद्धाश्रम में सशरीर विद्यमान हैं। यह भी माना

जाता है कि इस ब्रह्मांड में अपने दिव्य कार्यों का निर्वहन करते हुए आध्यात्मिक रूप से सशक्त योगी सिद्धाश्रम के संपर्क में रहते हैं और वे नियमित रूप से यहाँ आते हैं।

प्राचीनकाल में कई बड़े ऋषियों ने ज्ञानगंज में तपस्या की और आध्यात्मिक उत्कर्ष की प्राप्ति की। यह भी मान्यता है कि हिमालय के सिद्धाश्रमों में रहने वाले संन्यासियों की उम्र रुक जाती है। ऐसा ही ज्ञानगंज के बारे में भी कहा जाता है। महान् संत देवरहा बाबा भी ज्ञानगंज की यात्रा कर चुके थे। उनके बारे में प्रसिद्ध था कि वे जब चाहें, स्थूल शरीर से सूक्ष्म शरीर में चले जाते थे। सिद्धि की प्राप्ति के लिए अन्य कई महान् साधकों ने ज्ञानगंज की यात्रा की है।

यह एक पौराणिक घाटी है। यह कितनी पुरानी है, कितनी बड़ी है—कोई नहीं जानता। यह घाटी अद्भुत छटाओं से भरी पड़ी है। यहाँ अनेक योगाश्रमों, सिद्धाश्रमों और तांत्रिक मठों में हजारों की संख्या में निवास करने वाले साधकों, योगियों और तांत्रिकों के निवास हैं। दिव्य अवस्था प्राप्त कुछ योगी ऐसे हैं, जो आकाशचारी भी हैं। कुछ विलक्षण साधक ऐसे भी हैं, जो महाभारत काल के हैं और वहाँ रहकर साधना कर रहे हैं। जो संग्रीला घाटी से परिचित हैं, उनका कहना है कि प्रसिद्ध योगी श्यामाचरण लाहिड़ी के महागुरु अवतारी बाबा हैं, जिन्होंने भगवान् कृष्ण और आदिगुरु शंकराचार्य को भी दीक्षा दी थी, वे भी इस सिद्धाश्रम में निवास करते हैं।

अग्नि का जन्म जल से बताया गया है। जल का मूल तत्त्व पार्थिव है, जो भेषजमय है और जिससे मनुष्य को जीविका भी प्राप्त होती है। इस प्रकार आप: के तीन रूप हो जाते हैं। ये ही गंगा के तीन रूप हैं। देवरहा बाबा कहा करते थे कि पतित पावनी गंगा, यमुना और सरयूमैया के पवित्र जल का पान करो, यह अक्षय पुण्य का सूत्र है। जहाँ तक संभव हो, अनन्य विश्वास और श्रद्धा के साथ अपने दैनिक कर्तव्यों के साथ भगवत भजन आवश्य करो। स्नान करने से शरीर शुद्ध होता है, दान करने से धन की शुद्धि होती है और ध्यान करने से मन की शुद्धि होती है। इस भाव को स्पष्ट करने के लिए गंगा की तीन धाराएँ मानी गई हैं—पाताल गंगा, भागीरथी गंगा और आकाश गंगा। पृथ्वी तत्त्व से जो शक्ति प्राप्य है, वह पाताल गंगा है, जलीय तत्त्व से वहीं शक्ति भागीरथी गंगा है और तेज तत्त्व से वही आकाश गंगा है। जिस प्रकार गायत्री त्रिपक्ष है, उसी प्रकार गंगा भी त्रिधारा है। ऋग्वेद में आप को अंतरिक्ष का देवता कहा गया है और चार सूक्तों में इस दिव्य देवता की स्तुति की गई है। अग्नि अथवा तेज तत्त्व जल में रहने वाला है। ज्ञानगंज ऐसे गूढ़ प्रश्नों

और शंकाओं का निर्मूल करने वाला स्थान है। यहाँ के सिद्धहस्थ मृत्युलोक का भ्रमण समय-समय पर करते रहते हैं। इनका तप, लोक कल्याण के लिए अनवरत जारी रहता है और समय-समय पर ये लोग अपने भक्तों के कल्याण निमित्त सशरीर पृथ्वी पर अवतरित होते रहते हैं।

□

बच्चा जो लोग यहाँ आते हैं, वे सिर्फ यही जानना चाहते हैं, मैं कौन हूँ?

मैं कौन हूँ, यह प्रश्न हर एक व्यक्ति जानना चाहता है। बहुत सारे यह जानना चाहते हैं कि मैं पैदा कहाँ हुआ, मेरी जाति क्या है? और यह भी सत्य है कि कोई मुझे नहीं जानता है। सभी मेरा दर्शन करने यहाँ जन श्रुतियों के आधार पर आते हैं। कोई कहता है—बाबा बनारस के हैं, तो कोई मुझे बस्ती का बताता है। कोई कहता है बाबा मद्रास में पैदा हुए थे, तो कोई कहता है कि बाबा हैदराबाद के रहने वाले हैं। भक्तों के बीच में भिन्न-भिन्न धारणाएँ हैं, परंतु सत्य है कि मुझे कोई नहीं जानता है। जब मैं बदरिका धाम में था, तो भक्तों के बीच में एक धारणा फैल गई कि मैं परकाया में प्रवेश करने वाला हूँ। जब मैं वाराणसी में था, उस दौरान देश के प्रथम राष्ट्रपति राजेंद्र प्रसाद ने नारियल यज्ञ कराया, उस दौरान लोगों ने कहा कि बाबा का शरीर कायस्थ है। कुछ काल के बाद निषादों ने प्रयाग संगम तट पर 'अखिल भारतीय मछुआरा सम्मेलन' मेरे मंच के सामने किया, जिसमें यह प्रस्ताव पारित किया गया कि अब से मछलियों का शिकार नहीं किया जाएगा, फिर लोगों में यह भ्रांति फैली कि बाबा का शरीर निषाद जाति है और यह बात सत्य भी है कि मैं उस भवसागर का निषाद हूँ, जिस सागर को मेरे भक्त पार करना चाहते हैं। कुछ समय पश्चात् मैंने गधों का भंडारा कराया, फिर लोगों ने कहा, बाबा का शरीर जाति का धोबी है तो मैंने उनको यह बताया कि अब बिल्कुल ठीक है, जिस प्रकार धोबी वस्तुओं का मैल साफ करके उसे सुंदर बना देते हैं, उसी प्रकार मैं जीवों के विकार वाली प्रवृत्तियों को साफ करता हूँ। उनके मैल धोते हुए उनकी प्रवृत्ति को परिवर्तित कर देता हूँ। इस प्रकार मैं एक कर्तव्यपरायण धोबी की तरह काम करता हूँ।

फिर एकाएक बाबा शांत होते हुए गंभीर मुद्रा में चले जाते थे। उनकी आवाज अतिशय गंभीर हो जाती और फिर बाबा बोलते, "न मैं मनुष्य हूँ, न ही किन्नर, न

ही गंधर्व, न ही मैं नाग हूँ, न ही दानव अथवा देव हूँ। मैं एक मंचासीन बाबा भी नहीं हूँ, तो फिर मैं कौन हूँ? यह सवाल यदि आप मुझसे पूछते हो तो मैं सिर्फ इतना ही कह सकता हूँ कि मैं ईश्वर का बोध स्वरूप हूँ। मैं इस नीले आकाश की तरह सर्वत्र व्याप्त हूँ। मैं करता नहीं हूँ, मैं कारक भी नहीं हूँ। जब भक्तों ने बाबा से आयु के बारे में प्रश्न किया तो उन्होंने बहुत सटीक जवाब दिया, "बच्चा, संतों से उनकी आयु नहीं, बल्कि उनकी अवस्था पूछी जाती है और जहाँ तक मेरी अवस्था की बात रही तो वह ब्रह्मलीन है। सहजावस्था है। योगी के ईश्वर और ईश्वर में योगी इस प्रकार मेरी अवस्था ईश्वर लीन है। अहम ब्रह्मस्मि का उद्घोष करने वाले मूर्तिमान जीवन जीने वाले अपनी ब्रह्मलीन अवस्था की अधिकारिक घोषणा करने वाले संत इस सृष्टि में विरले हैं। बाबा शास्त्रों के बारे में बातें कम किया करते थे, परंतु शास्त्रों को सुलभ जीते थे, इसलिए बाबा के भक्तों में भोले-भाले किसान से लेकर न्यायाधीश, शिक्षाविद्, कानूनविद्, पुलिस के अधिकारी, राजनीतिज्ञ और हर एक प्रकार के व्यक्ति थे। बाबा का सबके लिए समत्व का भाव था, इसलिए बाबा का प्रसाद जो वे प्रायः अपनी मचान से निकालकर देते थे, सबको बराबर रूप से मिलता था। देश के महान् विभूति डॉ. राजेंद्र प्रसाद, मदनमोहन मालवीय, इंदिरा गांधी, अटल बिहारी वाजपेयी, मुलायम सिंह यादव, वीरबहादुर सिंह, विंदेश्वरी दुबे, जगन्नाथ मिश्र आदि नेताओं सहित प्रशासनिक अधिकारी बाबा का आशीर्वाद लेते थे।

बाबा शास्त्रों के खंडन-मंडन में विश्वास नहीं रखते थे। बाबा को जानने वालों ने उनको अमरत्व का एक रूप समझा। उनका 'सर्वात्म भाव', जिसमें सभी जीव और आत्माएँ एक समान हैं, बाबा उस परंपरा के उद्घोषक थे। उनके परम शिष्य डॉक्टर हरबंस लाल शर्मा ने उन्हें 'सर्वभूतहिते' आचार्य का नाम दिया था। बाबा प्रायः कहते थे कि कोई कुछ भी कहे, मेरा कोई विशिष्ट दर्शन नहीं है या कोई विशिष्ट आचार्य नहीं है, यह सिर्फ भक्तों द्वारा दी गई उपाधियाँ हैं। सर्व शास्त्र मेरे ही हैं। शास्त्रों का उपयोग सीमित है, सम्यक् बोध, ज्ञानबोध, आत्मबोध के लिए शास्त्र सिर्फ साधनमात्र हैं।

□

इंदिरा गांधी और देवरहा बाबा

पंजे से पहले कांग्रेस का चुनाव निशान गाय-बछड़ा था। आपातकाल के दौरान विपक्षी नेताओं को जेलों में भरा जा रहा था। माना जा रहा था कि इंदिरा गांधी के बेटे संजय गांधी प्रधानमंत्री के नाम पर फैसले ले रहे थे। विपक्षी दलों ने इसका खूब प्रचार किया। यहाँ तक कि कांग्रेस के चुनाव निशान को भी लपेटे में ले लिया गया। वरिष्ठ पत्रकार कमलेश त्रिपाठी बताते हैं—"उस समय राजनीति में सक्रिय रहने वाले बताते हैं कि गाय-बछड़े को इंदिरा और संजय का ही प्रतीक बताकर प्रचार किया जा रहा था।" उस बार के चुनाव में जनता पार्टी जीती और इंदिरा की कांग्रेस की हार हुई। इंदिरा गांधी परेशान थीं। सत्ता हाथ से निकल गई थी, कोई रास्ता नहीं सूझ रहा था। उसी दौर में उन्होंने तीन दिन का इलाहाबाद प्रवास किया। इलाहाबाद में गंगा तट पर देवरहा बाबा आए हुए थे। वहाँ किसी ने इंदिरा गांधी को सलाह दी कि वे गंगा तट जाएँ और देवरहा बाबा के दर्शन करें। आम तौर पर गले में रुद्राक्ष की माला पहनने वाली इंदिराजी बाबा के दर्शन के लिए प्रयाग संगम तट पर पहुँच गईं। कहा जाता है कि बाबा ने एकांत में उनसे कुछ बातें कीं। लोकनायक जयप्रकाश नारायण के नेतृत्व वाली जनता पार्टी की सरकार बनी। इंदिरा गांधी को जेल तक जाना पड़ा। हार से मायूस कांग्रेस अध्यक्ष पूर्व प्रधानमंत्री इंदिरा गांधी आत्ममंथन में जुटी थीं। इसी बीच पूर्वांचल के कांग्रेस नेता सी.पी.एन. सिंह व कमलापति त्रिपाठी ने उन्हें देवरिया जिले के मईल में प्रवास कर रहे सिद्ध संत देवरहा बाबा का दर्शन कर आशीर्वाद लेने की सलाह दी। उसके बाद इंदिरा गांधी देवरिया में मईल, जो कि नारियाव गाँव के पास है, तपोस्थली पर भी अपनी उपस्थिति दर्ज कराई। श्रीमती गांधी उनकी सलाह मान तैयार हो गईं और 1978 में वह जिला मुख्यालय से 38 किलोमीटर दूर सरयू तट पर स्थित मईल में योगीराज देवरहा बाबा के दर्शन को तपोस्थली पहुँचीं।

जानकार बताते हैं—"वहीं बाबा ने अभय मुद्रा में हाथ उठाकर आशीर्वाद देते हुए कहा था, "यही तुम्हारा कल्याण करेगा।" श्री त्रिपाठी याद करते हैं—"हम लोगों ने उस तसवीर को देखा, तो जिसमें इंदिरा गांधी मईल आश्रम में गई थीं।" जानकारों के मुताबिक आपातकाल के दौरान विरोधियों के प्रचार को रोकने के लिए इंदिरा गांधी गाय-बछड़े का चुनाव निशान बदलना ही चाहती थीं। लिहाजा उन्हें भी हाथ का पंजा उपयुक्त लगा। वैसे भी इंदिराजी की आस्था बाबा के प्रति बहुत ही प्रबल थी और विरोधियों से घिरी इंदिरा को बाबा पर अटूट विश्वास था।

सन् 1978 में चुनाव निशान बदल गया। इस पंजे में खास बात यह थी कि इसे दिखाने के लिए किसी को कुछ लेकर जाने, चलने की जरूरत नहीं थी। बस पंजा दिखा दिया, जबकि गाय-बछड़ा निशान दिखाना आसान नहीं था। इस निशान को बनाने के लिए कटी हुई स्टेंसिल का प्रयोग करना पड़ता था। जरूरत पड़ी तो तुरंत पंजा छाप दिया। इस तरह से दो बैलों की जोड़ी से शुरू हुआ कांग्रेस का चुनाव चिह्न पंजा हो गया। कुछ लोग पंजे का संबंध शंकराचार्य चंद्रशेखरेंद्र सरस्वती के आशीर्वाद से जोड़ते हैं, लेकिन हिंदी भाषी इलाके में इसे देवरहा बाबा की ही देन माना जाता है। इसी चिह्न पर 1980 में इंदिराजी के नेतृत्व में कांग्रेस ने प्रचंड बहुमत प्राप्त किया और वे देश की प्रधानमंत्री बनीं।

□

रानी मंदिर ऋषिकेश और वृंदावन

दिनांक 1 अप्रैल, 2022 को ऋषिकेश में माँ गंगा के तट पर रानी मंदिर के दर्शन का सौभाग्य प्राप्त हुआ। यह मंदिर महाराजजी के ऋषिकेश प्रवास का साक्षी रहा है। वैसे तो ऋषिकेश में बहुत सारे मंदिर हैं, परंतु यह मंदिर आदिकालीन सभ्यताओं को समेटे हुए स्थापत्य कला का एक अनूठा उदाहरण है। एक तरफ हिमालय की ऊँची चोटियाँ तो दूसरी तरफ माँ गंगा की कल-कल करती जलधारा, रानी मंदिर इन दोनों के मध्य में स्थित है। रानी मंदिर के बगल में भक्त निवास का भी निर्माण कराया गया था, जहाँ बाबा के भक्त आध्यात्मिक प्रवास के लिए प्राय: रुका करते थे। वहीं सामने गौशाला है, जहाँ पर आज भी लगभग 30-35 गाय सेवा के लिए उपस्थित हैं। कभी किसी समय यहाँ गौशाला में गायों की संख्या ज्यादा हुआ करती थी।

इस मंदिर का निर्माण टेकारी के भूमिहर राजाओं की संतति की एक महारानी, जिनका नाम इंद्रजीत कुँवर था, कराया था। टिकारी रानी मंदिर को इसके संस्थापक के कारण राधा इंद्र किशोर के मंदिर के रूप में भी जाना जाता है। गया के पास टिकारी के एक जमींदार श्री हेतरामजी की विधवा रानी इंद्रजीत कुँवर ने यह मंदिर बनवाया था।

200 साल पहले जब टिकारी की रानी वृंदावन की यात्रा के लिए जा रही थीं, तो उन पर कुछ डकैतों ने हमला किया, जो उनका सामान लूटना चाहते थे। रानी इंद्रजीत कुँवर यमुना नदी के किनारे अपने प्राण प्यारे गोपाल की रक्षा करने के लिए भागीं और सुरक्षित यमुना के दूसरे तट पर पहुँच गईं। यह वह स्थान है, जहाँ पर 150 से अधिक वर्षों पहले टिकारी रानी मंदिर का निर्माण हुआ था। मंदिर के निर्माण में लगभग 6 साल का समय लगा और 1871 में यह बनकर पूरा हुआ। मंदिर के शिखर को ताँबे के पंखों से सजाया गया है, जो भारी मात्रा में है। मंदिर एक ऊँचे और समृद्ध चबूतरे पर बना हुआ है तथा मंदिर की पूरी बनावट अपनी असाधारण राजस्थानी वास्तुकला के साथ सरल और सुंदर है। मंदिर में श्रीराधा-कृष्ण राधा राजेंद्र सरकार के रूप में, राधा गोपाल और श्री लड्डू गोपाल के एक छोटे श्रीविग्रह विराजमान हैं। कालांतर में मंदिर को रानी इंद्रजीत कुँवर द्वारा देवरहा बाबा को दान कर दिया गया। अब मंदिर को 'देवरहा बाबा भक्ति धाम' के नाम से भी जाना जाता है।

□

प्रकृति सामंजस्यता और बाबा का त्रिकालदर्शी स्वरूप

चाहे देवरिया स्थित मईल तपोस्थली हो, वृंदावन धाम या बदरिका धाम, बाबा को प्रकृति के सान्निध्य में ही लोगों ने देखा। हर एक जगह पर बाबा वहाँ के जीव-जंतु, पेड़-पौधों से साक्षात्कार करते रहते थे। हिंसक पशु भी बाबा के भक्तों में शामिल थे, जो अपनी हिंसक प्रवृत्ति छोड़कर साधु-संतों की तरह जीवन-यापन करते थे। अकसर बाबा आश्रम के पेड़-पौधों से भी उनका हाल-चाल पूछते रहते थे।

ब्रह्म उस दिव्य प्रकाश का नाम है, जो एक भक्त के शुद्ध, स्पष्ट हृदय की सतह पर उस क्षण प्रकट होता है, जब वह ज्ञान की किरण से भर जाता है। ऐसा ही प्रकाश, जो भक्त के हृदय के स्वर्ग को प्रकाशित करता है, परमात्मा कहलाता है। आप जहाँ भी जाएँ, विचार करें कि आप सम्मानपूर्वक भगवान् के चारों ओर घूमते हैं। आप जो कुछ भी देखते हैं, उस पर विचार करें कि आप भगवान् के विभिन्न रूपों को देख रहे हैं। जब आप खाते हैं, तो सोचें कि आप प्रसाद खा रहे हैं, जिसे भगवान् ने आशीर्वादस्वरूप दिया है। जब आप पानी पीते हैं, तो ध्यान रखें कि आप अमृत पी रहे हैं, जिसने भगवान् के चरण धोए हैं। जब आप सो रहे हों, तो विश्वास करें कि आप भगवान् को प्यार करने की छाती पर टिके हुए हैं। और जब आप जागते हैं तो सोचें कि आप भगवान् के लिए काम करने के लिए नए दिन की शुरुआत कर रहे हैं।

इसी तरह एक बार देवरहा बाबा से मिलने प्रधानमंत्री राजीव गांधी को आना था। आला अफसरों ने हैलीपैड बनाने के लिए वहाँ लगे एक बबूल के पेड़ की डाल काटने के निर्देश दिए। पता लगते ही बाबा ने एक बड़े अफसर को बुलाया और पूछा कि “पेड़ क्यों काटना चाहते हो?” अफसर ने कहा, “प्रधानमंत्री आ

रहे हैं, इसलिए जरूरी है।" बाबा बोले, "तुम यहाँ प्रधानमंत्री को लाओगे, प्रशंसा पाओगे, प्रधानमंत्री का नाम भी होगा। लेकिन दंड तो बेचारे पेड़ को भुगतना पड़ेगा! वह इस बारे में पूछेगा, तो क्या जवाब दूँगा? नहीं, यह पेड़ नहीं काटा जाएगा।" अफसरों ने अपनी मजबूरी बताई, पर बाबा जरा भी राजी नहीं हुए। उनका कहना था कि "यह पेड़ होगा तुम्हारी निगाह में, मेरा तो साथी है, पेड़ नहीं कट सकता।" बाबा ने तसल्ली दी और कहा कि घबराओ मत, प्रधानमंत्री का कार्यक्रम टल जाएगा। दो घंटे बाद ही प्रधानमंत्री कार्यालय से रेडियोग्राम आ गया कि प्रोग्राम स्थगित हो गया है।

अयोध्या आंदोलन में शिलान्यास एक ऐसा कार्यक्रम था, जिसके बिना कुछ भी संभव नहीं था। देवरहा बाबा इसमें मध्यस्थता की भूमिका में थे। प्रधानमंत्री के रूप में राजीवजी के ऊपर काफी दबाव था। सहयोगी दल और विपक्ष दोनों अपने-अपने तरीके से अपनी बात मनवाने पर अडिग थे। प्रधानमंत्री के रूप में आपको जनभावनाओं का ध्यान रखना पड़ता है। राजीव गांधी अपने आस-पड़ोस के लोगों से और परिस्थितियों के दवाब में थे। उनको समझ नहीं आ रहा था कि इस परिस्थिति में क्या किया जाए। उनके सलाहकारों ने उन्हें सुझाव दिया कि आप देवरहा बाबा से मिलें, वे त्रिकालदर्शी हैं। वे आपको सही मार्ग का चुनाव करने में मदद करेंगे। फिर क्या था, राजीव गांधी 6 नवंबर को देवरहा बाबा से वृंदावन में मिले, बाबा ने उन्हें आदेश दिया कि मंदिर बनना चाहिए और उसका स्थान भी परिवर्तित नहीं होना चाहिए। अत: यह भी सत्य है कि बाबा के मध्यस्थ भूमिका में आने के बाद राजीव गांधी ने शिलान्यास में मदद की। श्री अशोक सिंघलजी प्राय: कहा करते थे कि बाबा के मध्यस्थता के बिना शिलान्यास संभव नहीं था। जब भी दिव्य पुरुष किसी अच्छे काम के बारे में सोचता है, प्रकृति भी पूरी तन्मयता के साथ अपना कार्य करती है।

□

जब कोबरा साँप ने बाबा से क्षमा माँगी

श्री बलराम मिश्राजी, जो बाबा के अन्यतम भक्त हैं, ने एक घटना का जिक्र करते हुए बताया कि सन् 1965 के दशक में मईल तपोस्थली पर एक ऐसी घटना हुई, जिसकी चर्चा बाबा के भक्तों के बीच में बहुत सालों तक होती रही। तपोस्थली से कोई 5 या 6 मील दूर सरयू के बँधे के किनारे बसे एक गाँव में कुछ बच्चे खेल रहे थे। इन्हीं बच्चों में से कोई बच्चा सरयू के बँधे से गुजर रहे रास्ते पर पहुँच गया। भौगोलिक रूप से पूर्वांचल में सरयू के तटों पर स्थित गाँवों में जाने के लिए एकमात्र रास्ता बाँधों से होकर ही गुजरता है, जो वहाँ के लोगों के द्वारा उपयोग में लाया जाता है। बच्चा खेलते हुए बँधे के ऊपर से जाते हुए सड़क पर पहुँचा ही था कि उसको एक कोबरा सर्प ने डँस लिया। घर वालों को पता चलते ही चीख-पुकार मच गई। लोग अपने-अपने घरों से निकल उस बच्चे को बचाने के प्रयास में लग गए। सर्प का जहर उस बच्चे के शरीर में फैलने लगा और बच्चा धीरे-धीरे अचेतावस्था में जाने लगा। जिससे जो बना, उसने वे प्रयत्न किए, लेकिन बच्चे की हालत में कोई सुधार नहीं हुआ।

मौत बहुत भयावह होती है और वह भी तब, जब कोई तरुण अभी जीवन को ठीक से देख भी नहीं पाया हो और समझने का तो समय ही न मिला हो। उससे भी भयानक स्थिति उनके परिजनों की, मुख्य रूप से माँ और बाप की होती है, जिनके जीवन का सहारा ही उनके सामने जीवन से दूर जा रहा होता है। किसी के बुढ़ापे की लाठी उसके सामने दम तोड़े, इससे दुखद और क्या हो सकता है? भयंकर करुण-क्रंदन मच गया। लोग रो रहे थे, इन्हीं सब के बीच लगभग रात्रि का पहला पहर आने को हो गया। बच्चे की नाड़ी चलनी लगभग बंद हो गई थी। सुदूर बगीचे में कुछ फक्कड़ साधु अपनी धार्मिक यात्रा के दौरान रात्रि विश्राम में रुके थे। वहीं

से गुजर रहे किसी व्यक्ति से उन्होंने पूछा—ये कैसा रुदन है? क्या हो गया है? लोग ऐसे क्यों रो रहे हैं? दूर जाते व्यक्ति ने सर्प दंश के बारे में साधु-महात्माओं से बताया कि कोई बच्चा जिसको सर्प ने डँस लिया है, उसकी मृत्यु हो चुकी है। ये करुण-क्रंदन वहीं से आ रहा है। संतों की महिमा संत ही जानें! उन लोगों ने उस व्यक्ति को उस बच्चे को तपोस्थली पर ले जाने की सलाह दी। बताया कि परेशान होने की जरूरत नहीं है, बाबा बड़े दयालु हैं और वे साक्षात् श्री हरि के एक रूप हैं। उनकी महिमा अपरंपार है। तुम लोगों को बच्चे को उनके पास ले जाना चाहिए। शायद वे कोई चमत्कार कर दें।

जीवन वापस पाने की लालसा छोड़ चुके माता-पिता को कोई उम्मीद नहीं दिख रही थी, परंतु सब कुछ गँवा चुका व्यक्ति हर एक उम्मीद को आखिरी उम्मीद मान ही लेता है। इस प्रकार गाँव के लोगों के सहयोग से उस बच्चे के शरीर को बैलगाड़ी पर रखकर उन लोगों ने मईल तपोस्थली की तरफ प्रस्थान किया। इन सब प्रक्रियाओं में रात्रि का अंतिम पहर लगभग समाप्ति की ओर था और भोर की किरणें सूरज के रथ पर सवार क्षितिज पर अपनी उपस्थिति धीरे-धीरे दर्ज करा रही थीं। समय बड़ा बलवान होता है, प्रायः हम उसको दो नजरिए से देखते हैं। जिसमें एक सुखांत तो दूसरा दुखांत पक्ष होता है। सुखांत और दुखांत पक्ष के बीच में ही जीवन चलता रहता है। सनातन धर्म में सूर्योदय का बड़ा महत्त्व है। सूर्योदय का मतलब ही होता है नवजीवन। सूर्य असीम ऊर्जा का स्रोत है और नास्तिकों को समझने का एकमात्र साधन कि भगवान् को आप हर समय अपनी आँखों के सामने देख सकते हैं। भगवान् सूर्य मनुष्य की तमाम व्याधियों की दवाई है। एक जीवन जो अवसान की तरफ था, उनके प्रियजनों को अब भी आशा की किरण तपोस्थली पर दिखाई दे रही थी। संसार में विश्वास से बड़ी कोई औषधि नहीं है और जब आप परम ब्रह्म के दरबार में जा रहे हों, तो सारी शंकाएँ छोड़कर बस उसमें विश्वास रखिए, वे आपको कभी निराश नहीं करते। लोगों की भीड़ बच्चे का शरीर लिए तपोस्थली की तरफ जा रही थी।

जैसा कि इस पुस्तक के प्रथम भाग में बाबा के स्नान के बारे में विस्तार से लिखा गया है कि बाबा का प्रथम स्नान ब्रह्म वेला में होता था और उसके बाद अकसर बाबा भक्तों को दर्शन देते थे। बाबा ने स्नान के उपरांत लोगों का हुजूम देख अपने ब्रह्मचारी शिष्य से पूछा, "ये कैसी भीड़ है बच्चा!" ऐसा नहीं था कि उनको पता नहीं था, लेकिन ब्रह्मर्षि हमेशा आम लोगों के बीच आम लोगों की तरह ही व्यवहार करते हैं। ब्रह्मचारी ने बताया कि किसी बच्चे को विषैले सर्प ने डँस लिया

है, जिसके कारण ये लोग आपकी दयादृष्टि के लिए यहाँ पधारे हैं। ये लोग बच्चे को साथ में लाए हैं। अच्छा बच्चा, तो ऐसा करो इन लोगो को बोलो कि ये सभी लोग सरयू के किनारे जाएँ और राम नाम का जप करें तथा बच्चे के पिता को बोलो कि वे बच्चे को सामने लाएं और यहाँ जमीन पर लिटा दें। उनसे बोलो कि वे बच्चे से थोड़ी दूरी पर खड़े रहें। ब्रह्मचारीजी ने बच्चे के पिता को और लोगों को बाबा के संदेश के बारे में बताया और उन्होंने बिल्कुल वैसा ही किया।

कुछ देर बाद बाबा ने कुछ मंत्र बुदबुदाए और बच्चे के पिता से बोले कि इसकी आँख की पटल खोलें। बच्चे के पिता ने ठीक वैसा ही किया। बाबा ने फिर कुछ मंत्र बुदबुदाए और उस सर्प को आदेश दिया कि तुम तुरंत हाजिर हो। सरयू के पानी में थोड़ी हलचल हुई और फिर एक बड़ा सा कोबरा सर्प तपोस्थली की तरफ चल पड़ा। बाबा के आदेशानुसार वह सर्प बालक के शरीर के करीब आकर बैठ गया और फिर शुरू हुआ बाबा का उसके साथ वार्त्तालाप। आप लोग ये सोच रहे होंगे कि बाबा का सर्प के साथ वार्त्तालाप कैसे, तो मैं यहाँ यह बताना चाहता हूँ कि बिल्कुल यही सवाल मैंने बलराम मिश्राजी से पूछा था। वास्तव में बाबा ने सर्प की आत्मा उस बच्चे में कुछ देर के लिए डाल दी और जो भी सवाल बाबा उस सर्प से पूछते, बच्चा उसकी आवाज में जवाब देता। बाबा ने पूछा, "सर्प बच्चा, तुमने इस अबोध बालक को क्यों काटा? इसकी क्या गलती थी?"

सर्प बच्चे की आवाज में बोला, "इस बालक ने मुझे क्षति पहुँचाई, इसने अपना पैर मेरे ऊपर रख दिया, जिसके कारण मुझे गुस्सा आया और मैंने इसे डँस लिया।" बाबा ने पूछा, "सर्प बच्चा तुम कहाँ थे?" सर्प बोला बाबा, "मैं सड़क पर आराम करते हुए वायुपान कर रहा था।" बाबा ने कहा, "लेकिन सर्प बच्चा तुम्हारी जगह तो झाड़ियों में है, तुमको वहाँ अपने घर के आसपास रहकर वायुपान करना चाहिए था, सड़क तो लोगों के चलने के लिए होती है, उसपर बैठकर वायुपान करोगे तो किसी-न-किसी के पैर के नीचे तो आ ही सकते हो। फिर ये बताओ बच्चा, इसमें तो इस बालक की कोई गलती नजर नहीं आ रही है।"

सर्प बाबा के सवाल पर निरुत्तर हो गया। उसको यह नहीं सूझा कि अब वे क्या बोले? चूँकि सर्प की आवाज में बच्चा बोल रहा था, इसलिए बाबा ने उसको आदेश दिया, इसमें बालक की कोई गलती तो नहीं है, फिर इस बच्चे का प्राण तुम कैसे ले सकते हो? 'सर्प बच्चा, इस बालक के प्राण वापस करो और अपना विष इस बालक के शरीर से बाहर निकालो, इसको जीवनदान दो।' इतना सुनते ही सर्प ने अपना काम प्रारंभ कर दिया। उसने बालक के शरीर से अपना विष वापस लिया

और बच्चा आँखें खोल वापस तंद्रा वाली मुद्रा से बाहर निकला। बाबा ने बच्चे को आदेश दिया—"बच्चा राम-राम जपो" और फिर उस सर्प को आशीर्वाद देकर सर्प योनि से मुक्ति का उपाय बता उसकी छुट्टी कर दी। सरयू के किनारे खड़े लोगों तक जब यह खबर पहुँची, तो गगनचुंबी जयकारों के साथ पूरा तपोस्थली और आसपास के गाँव तक आवाज पहुँची। बाबा चमत्कारों में विश्वास नहीं करते थे, परंतु कभी-कभी अपने भक्तों के भले के लिए चमत्कार दिखाने में पीछे भी नहीं रहते थे।

□

जॉर्ज पंचम ने बाबा के दर्शन किए

2 दिसंबर, 1911 को भारत में दिल्ली शहर में एक जश्न मनाया गया। वह जश्न ही याद दिलाता है कि जब दिल्ली को भारत की राजधानी घोषित किया गया था। कलकत्ता से दिल्ली राजधानी लाए जाने का ऐलान करने के लिए खुद इंग्लैंड के किंग जॉर्ज पंचम और महारानी मैरी मौजूद थीं। यों तो 1877 और 1903 में भी दिल्ली में दरबार हुआ था, लेकिन यह इग्लैंड के सम्राट् किंग जॉर्ज पंचम और महारानी मैरी के राज्याभिषेक का उत्सव भी था, जिसे दिल्ली को राजधानी बनाने के ऐलान ने बेहद खास बना दिया था।

इस राज्याभिषेक के समय जॉर्ज पंचम के दिमाग में कुछ और ही चल रहा था। उसको महर्षि देवरहा बाबा के बारे में किसी मातहत, जो भारतीय थे, ने बताया था कि यूनाइटेड प्रोविंस के देवरिया जिले के दक्षिण-पूर्व, सरयू तट पर एक दिव्य संत रहते हैं, जो आप की किसी भी जिज्ञासा का समाधान कर सकते हैं। जॉर्ज पंचम वैसे तो बहुत सारे पॉप और पादरी से मिल चुका था, लेकिन ऐसे संत से मिलने की उसकी इच्छा प्रबल हुई।

प्रिंस फिलिप, जो कि जॉर्ज पंचम के भाई थे, भारत में कई वर्षों तक अंग्रेजी हुकूमत की तरफ से उनके प्रतिनिधि के तौर पर रह चुके थे और उत्तर प्रदेश में कई साल बिता चुके थे। वे देवरहा बाबा की महिमा से वाकिफ थे। बाबा की ख्याति सदियों पूर्व से सकल विश्व में रही है। सन् 1911 में भारत की यात्रा पर आने से पहले ब्रिटिश नरेश जॉर्ज पंचम ने अपने भाई प्रिंस फिलिप से पूछा कि क्या भारत में वास्तव में महान् पुरुषों का वास है? भाई ने बताया कि भारत में वाकई महान् सिद्ध योगी पुरुष रहते हैं, किसी और से मिलो-न-मिलो, देवरिया जिले में दियारा इलाके में देवरहा बाबा से जरूर मिलना। जॉर्ज पंचम जब भारत आया, तो अपने पूरे लाव-लश्कर के साथ उनके दर्शन करने देवरिया जिले के दियरा इलाके में मईल गाँव तक उनके आश्रम तक गया। जॉर्ज पंचम की यह यात्रा तब विश्वयुद्ध

के मंडरा रहे माहौल के चलते भारत के लोगों को ब्रिटिश सरकार के पक्ष में करने के लिए हुई थी। जॉर्ज पंचम से हुई बातचीत के बारे में बाबा ने अपने कुछ शिष्यों को बताया भी था।

जॉर्ज पंचम की स्टील फोटोग्राफी, जब वह 1911 में भारतवर्ष आया था

कुछ शिष्यों के अनुसार, बाबा ने पंचम को आगाह कर दिया था कि भारतवर्ष आजाद होने वाला है। समय और परिस्थितियाँ भारतवर्ष के पक्ष में हैं। आने वाला समय हिंदुस्तान का होगा। आगामी विश्वयुद्ध सिर्फ भारत नहीं, बल्कि पूरे विश्व का राजनैतिक परिदृश्य बदल देगा। जॉर्ज पंचम देवरहा बाबा से काफी प्रभावित हुआ था। बाबा बहुत कम बोलते थे, किंतु मार्गदर्शन माँगे जाने पर अपनी बात बेधड़क कहते थे। बाबा ने निजी मसलों के अलावा सामाजिक और धार्मिक मामलों को भी प्रभावित किया, पर न तो बाबा ने कभी अपने भक्तों को इस बातचीत के बारे में बताया, न ही जॉर्ज पंचम ने कभी अपने किसी दस्तावेज में इस बात का जिक्र किया कि बाबा से उनकी क्या बातें हुईं थीं। बस दोनों की मुलाकात का जिक्र दस्तावेजों में दर्ज है, चूँकि जॉर्ज पंचम जानता था कि बाबा की ख्याति बहुत दूर तक है और इनके भक्तों की संख्या लाखों में है, ऐसा भी माना जाता है कि वे बाबा से विश्वयुद्ध के लिए मदद माँगने भी आया होगा। ऐसा लेखक को वहाँ उस दौरान सेवारत रहे ब्रह्मचारी लोगों से ज्ञात हुआ।

□

पुरुषोत्तम दास टंडन को बाबा का संदेश

राजर्षि पुरुषोत्तम दास टंडन का जन्म इलाहाबाद के एक साधारण परिवार में हुआ था। उनके पिता का नाम सालिगराम था, जो एकाउंटेंट जनरल के दफ्तर में नौकरी किया करते थे। परिस्थितियों से संघर्ष करना उन्होंने राजर्षि को बचपन से सिखाया था। अपने विद्यार्थी जीवन में टंडनजी काफी बुद्धिमान थे। सन् 1905 में उनका राजनैतिक जीवन प्रारंभ हुआ, जब बंगाल विभाजन के विरोध में समूचे देश में आंदोलन हो रहा था। बंग-भंग आंदोलन के दौरान उन्होंने स्वदेशी अपनाने का प्रण किया और विदेशी वस्तुओं का बहिष्कार प्रारंभ किया। अपने विद्यार्थी जीवन में ही सन् 1899 में वे कांग्रेस पार्टी के सदस्य बन गए थे। सन् 1906 में उन्होंने अखिल भारतीय कांग्रेस समिति में इलाहाबाद का प्रतिनिधित्व किया। कांग्रेस पार्टी ने जलियाँवाला बाग कांड की जाँच के लिए जो समिति बनाई थी, उसमें पुरुषोत्तम दास टंडन भी शामिल थे। वे 'लोक सेवक संघ' का भी हिस्सा रहे थे। 1920 और 1930 के दशक में उन्होंने असहयोग आंदोलन व नमक सत्याग्रह में भाग लिया और जेल गए। सन् 1931 में गांधीजी के लंदन गोलमेज सम्मलेन से वापस आने से पहले गिरफ्तार किए गए नेताओं में जवाहरलाल नेहरू के साथ वे भी थे।

पुरुषोत्तम दास टंडन कृषक आंदोलनों से भी जुड़े रहे और सन् 1934 में

बिहार प्रादेशिक किसान सभा के अध्यक्ष भी रहे। वे लाला लाजपत राय द्वारा स्थापित 'लोक सेवा मंडल' के भी अध्यक्ष रहे। वे यूनाइटेड प्रोविंस (आधुनिक उत्तर प्रदेश) के विधान सभा के 13 साल (1937-1950) तक अध्यक्ष रहे। उन्हें सन् 1946 में भारत की संविधान सभा में भी सम्मिलित किया गया। आजादी के बाद सन् 1948 में उन्होंने कांग्रेस अध्यक्ष पद के लिए पट्टाभिसीतारमैया के विरुद्ध चुनाव लड़ा, पर हार गए। सन् 1950 में उन्होंने आचार्य जे.बी. कृपलानी को हराकर कांग्रेस अध्यक्ष पद हासिल किया, पर प्रधानमंत्री जवाहरलाल नेहरू के साथ वैचारिक मतभेद के कारण उन्होंने कांग्रेस अध्यक्ष पद से त्याग-पत्र दे दिया।

पुरुषोत्तमदास टंडनजी के बहुआयामी और प्रतिभाशाली व्यक्तित्व से देवरहा बाबा बड़े प्रसन्न होते थे और बाबा ने उनको संदेश भिजवाया कि वे बाबा से मिलें। संयोग से बाबा उस समय मईल, देवरिया स्थित तपोस्थली पर ध्यानलीन थे। फिर क्या था, जिस कांग्रेस पार्टी के प्रधानमंत्री और उनके सम्माननीय पिताजी बाबा की कृपा से अभिसिंचित थे, उसके निवर्तमान अध्यक्ष को बाबा से मिलना अपने आप में परम सौभाग्य का विषय था। 15 अप्रैल, 1948 की संध्यावेला में सरयू तट पर वैदिक मंत्रोच्चार के साथ महर्षि देवरहा बाबा ने श्री टंडनजी को 'राजर्षि' की उपाधि से अलंकृत किया। बड़ा ही सुखद संयोग था। पूरा प्रशासनिक अमला और क्षेत्र के क्या, पूरे हिंदुस्तान से पधारे भक्तों के सामने एक महर्षि ने एक सहृदय राजनेता को राजर्षि की उपाधि प्रदान की।

कुछ लोगों ने इसे अनुचित ठहराया, पर ज्योतिर्मठ के श्रीशंकराचार्य महाराज श्री ब्रह्मानंद सरस्वतीजी ने इसे शास्त्रसम्मत माना और काशी की पंडित सभा ने 1948 के 'अखिल भारतीय सांस्कृतिक सम्मेलन' के उपाधि वितरण समारोह में इसकी पुष्टि की, तब से यह उपाधि उनके नाम के साथ अविच्छिन्न रूप से जुड़ी हुई स्वयं अलंकृत हो रही है।

महर्षि देवरहा बाबा ने कभी कुरीतियों को प्रश्रय नहीं दिया। भक्तों को उपदेश देते समय वह प्राय: कहा करते थे कि सभी जीव परमात्मा के अंश हैं और समत्व जीवन जीने वाला भगवान् का ही एक अंश है। भारतीय संस्कृति के परम हिमायती और पक्षधर होने पर भी राजर्षि रूढ़ियों तथा अंधविश्वासों के कट्टर विरोधी थे। उन्होंने भारतीय समाज में व्याप्त बुराइयों एवं कुप्रथाओं पर भी अपने दो टूक विचार व्यक्त किए। उनमें एक अद्भुत आत्मबल था, जिससे वे कठिन-से-कठिन कार्य को आसानी से संपन्न कर लेते थे। ऐसे लोगों को बाबा का असीम आशीर्वाद था।

अपने जीवन के अंतिम वर्षों में राजर्षि पुरुषोत्तम दास टंडनजी कांग्रेस से काफी खिन्न हो गए थे और वे बाबा से मिलने प्रयाग पहुँचे, जहाँ बाबा गंगा पार अपनी साधना में लीन थे। बाबा से मिलने के दौरान राजर्षि ने कांग्रेस छोड़ने की इच्छा बाबा के सामने प्रकट की। बाबा तो अंतर्यामी थे; भूत, भविष्य और वर्तमान के ज्ञाता थे, बाबा मुसकराए और बोले, "बच्चा पुरुषोत्तम, यह समय कांग्रेस छोड़ने के लिए उचित नहीं है, तुमने जीवनभर लोगों की सेवा कांग्रेस में रहकर ही की है, इसलिए अभी कुछ और दिन कांग्रेस में रहकर जनता की सेवा करो।" ऐसा लग रहा था, जैसे बाबा उनको कुछ विशेष संदेश दे रहे थे। उसी साल 1 जुलाई, 1962 को राजर्षिजी का देहावसान हुआ। जिस मंतव्य से वे बाबा से मिलने गए थे, शायद यदि बाबा ने उस दिन उनको नहीं रोका होता तो वे कांग्रेस से इस्तीफा दे देते। इस प्रकार जो प्रसिद्धि और सम्मान उनको कांग्रेस में रहते हुए मिला था, इस्तीफा के साथ ही वह कुछ हद तक प्रभावित हो जाता, परंतु बाबा ने उनको रोक दिया।

□

देखो ब्रह्मचारी ये लोग ससुराल में आए हैं

श्री नीलम संजीव रेड्डी और पूर्व मुख्यमंत्री श्री वीरबहादुर सिंहजी का आगमन सन् 1984 के मार्च महीने में तपोस्थली पर होना था। प्रशासनिक अमला पूरे जोर-शोर से तैयारी में जुटा हुआ था। जैसा कि मैंने पहले भी लिखा है कि बाबा के लिए क्या योगी, क्या नेता, क्या आम आदमी, सब समान थे। उस दिन भी पूरी तपोस्थली अपनी दिनचर्या में व्यस्त थी। श्री भागवत मिश्राजी राम भजन में मस्त थे। अकसर श्री भागवत मिश्राजी राम भजन, जो इस प्रकार था—"ये हैं दशरथ के प्यारे, मारे फिरते जग को सारे," को पूरी धुन में गाए जा रहे थे। तोतों का झुंड अपने घोंसलों से निकल तपोस्थली के रमणीय वातावरण के कुटी में लगे फलदार वृक्षों के बीच से अपने आहार का आनंद ले रहा था। कहीं दूर चकवा पक्षी चकवी को रिझाने की कोशिश में मशगूल था। कुछ हंस तपोस्थली के दक्षिण बगीचे में आनंदित हो रहे थे, कुल मिलाकर तपोस्थली में जीवन एक नए सवेरे के साथ अपनी दस्तक दे चुका था।

दिल्ली से लौटते वक्त सत्याग्रह एक्सप्रेस में इत्तेफाक से एक सज्जन, जो तपोस्थली के करीब के गाँव देवसिया के निवासी श्री अनिरुद्ध सिंहजी मेरे साथ गोरखपुर की यात्रा पर थे। उपरोक्त घटना के बारे में श्री सिंहजी ने बड़े विस्तृत तरीके से वर्णन किया। श्री सिंह के अनुसार, बचपन में वे अपने मित्रों के साथ तपोस्थली के करीब गायें चराने जाया करते थे। उन्होंने बताया कि दोपहरी में जब तापमान अधिकतम स्तर पर पहुँच जाता था, तब वे लोग तपोस्थली में जाते और प्रसाद लेकर जल के साथ ग्रहण करते। तपोस्थली में प्रसाद सबको मिलता था, चाहे वह कोई भी हो। श्री अनिरुद्ध सिंहजी इस घटना के गवाह हैं, जहाँ तीन नवयुवक अपने घर से अपने-अपने ससुराल जाने के लिए निकले थे। ये तीनों काफी अच्छे

मित्र थे, जिन्हें अपने-अपने ससुराल आने का निमंत्रण मिला था। ये तीनों अपनी-अपनी साइकिल पर सवार हो यात्रा के लिए निकले। आधे रास्ते में आने के बाद उन्होंने अपनी यात्रा में थोड़ा परिवर्तन किया और तीनों ने विचार कर तपोस्थली जाकर पहले बाबा के दर्शन करने का निर्णय लिया। फिर क्या था, उन्होंने अपनी-अपनी साइकिल तपोस्थली की तरफ मोड़ दीं। वहाँ पहुँचने के बाद उनकी नजरें बाबा को ढूढ़ रही थीं। अचानक बाबा का दर्शन हुआ। बाबा का दर्शन होते ही वे मानो मंत्रमुग्ध बाबा को देखते ही रह गए। बाबा ने उनकी तरफ देखा और वहीं पास में उपस्थित ब्रह्मचारी श्री गोकुलदासजी महाराज को जोर से हँसते हुए बोले, "ब्रह्मचारी, देखो, ई नवयुवक लोग ससुराल आए हैं। इन लोगों का स्वागत दामाद की तरह होना चाहिए। इनको पास बुलाओ।" फिर क्या था, बिचारे नवयुवक तो हतप्रभ थे, यह कौन सी लीला है महाप्रभु की, यह बाबा को कैसे पता है कि हम लोग ससुराल जाने के लिए निकले थे। फिर क्या था, उन तीनों नवयुवकों का स्वागत बिल्कुल ससुराल आए दामादों की तरह हुआ और वहाँ से निकलते हुए उन तीनों नवयुवकों को धोती (जो पीले रंग में रँगी हुई थी, अकसर ससुराल आए दामादों की विदा कपड़े देकर किया जाता है) देकर उनकी विदाई की गई।

श्री अनिरुद्ध सिंहजी ने बताया कि बाबा कभी भी चमत्कारों में भरोसा नहीं करते थे, लेकिन कभी-कभी प्रसन्नता की मुद्रा में वे भक्तों में भी इस तरह की लीलाएँ करके खुशी की लहर भर देते थे।

□

जब बाबा ने गजराज को काबू किया

वर्ष 1962 की घटना है, जब कुंभ मेला अपने पूरे जोरों पर था। इस बार के कुंभ का साक्षी था—देवनगरी हरिद्वार, जहाँ पूरे संसार से भक्त गंगास्नान के लिए आए हुए थे। तमाम अखाड़ों के शाही स्नान का कार्यक्रम चल रहा था। हिमालय के चरणकमल में स्थित, माँ गंगा का मैदानी क्षेत्र में स्वागत करता हरिद्वार किसी सजी हुई दुलहन की तरह दिख रहा था। ऋषिकेश क्षेत्र में उपस्थित हिमालय की पहाड़ियों के शीर्ष पर विराजमान भगवान् नीलकंठ और वहीं कुछ दूर बगल के पवित्र पहाड़ पर विराजमान माता पार्वती, दोनों ऋषिकेश के ऊपर पहाड़ी पर से पूरे हरिद्वार पर अपनी नजर रखते हुए भक्तों का कल्याण करती हैं। आप यों कह सकते हैं कि हरिद्वार के लोगों की रक्षा करती रहती हैं। ऐसे ही रमणीय और धार्मिक आस्थाओं से अलौकिक नगरी हरिद्वार में इस बार के कुंभ का आयोजन किया गया था। श्री बाबा अपने भक्तजनों के साथ इस कुंभ मेले के साक्षी बनने के लिए हरिद्वार पहुँच चुके थे। वैसे तो बाबा हर कुंभ मेले में जाते रहते थे। देश के प्रथम राष्ट्रपति राजेंद्र प्रसादजी ने प्रयागराज कुंभ में राष्ट्रपति पद पर आसीन रहते हुए बाबा का सामूहिक रूप से पूजन किया था। राजेंद्र प्रसाद ने लिखा है कि वह अपनी माताजी के साथ बाबा के दर्शन करने आए थे, तब उनकी उम्र कोई तीन साल रही होगी। मैं किसी और घटना का जिक्र यहाँ नहीं करना चाहता था, लेकिन यह घटना प्रसंगवश बाबा की कृपानुसार यहाँ वर्णित हो गई।

इस साल कुंभ के मेले में रामदुलार पांडे, जिनको संक्षिप्त में ऑडी पांडे के नाम से संबोधित किया जाता था, उत्तर प्रदेश सरकार ने उनको मेला अधिकारी नियुक्त किया था। रामदुलार पांडेजी एक कड़क स्वभाव के पुलिस कप्तान थे।

महाकुंभ जैसे आयोजनों में पुलिस कप्तान रहते हुए हर एक पुलिस अधिकारी का यह दायित्व होता है कि वह मेले को शांतिपूर्वक और सद्भाव से पूरा करवाए। यह अपने आप में एक बड़ी चुनौती होती है और हर मेला अधिकारी यही चाहता है

कि मेला किसी भी हाल में सफल होना चाहिए। जैसा कि सर्वविदित है कि विभिन्न अखाड़ों के संत अपने लाव-लश्कर के साथ मेले में पहुँचते हैं, जिनमें उनके घोड़े-हाथी भी होते हैं। वैष्णो खालसा के महंत का हाथी मेले के दौरान ही मदांध हो गया और मेले को तहस-नहस करने लगा। लोग इधर-उधर भयभीत होकर प्राण रक्षा के लिए भागने लगे। हाथी को काबू में लाना प्रशासन के लिए बहुत बड़ी चुनौती बन गया। यदि हाथी को काबू नहीं किया गया, तो बहुत तबाही हो सकती थी, क्योंकि हाथी को गजानन का एक रूप माना जाता है, इसलिए उस हाथी की हत्या कर देना धार्मिक आस्थाओं के साथ खिलवाड़ करने के जैसा था, परंतु हाथी अपने उग्र रूप में था और ऐसा लग रहा था कि मेले में वह साक्षात् काल रूप धारण किए इधर-उधर दौड़ रहा था। मजबूरन मेला अधिकारी श्री पांडेजी को मेरठ बटालियन से संपर्क स्थापित करना पड़ा, क्योंकि पी.एस.सी. मेरठ बटालियन को इन सब कार्यों का बहुत अच्छा तजुरबा था। मेरठ बटालियन के सूबेदार श्री भँवर सिंह को अगले दिन सुबह हाथी को गोली मार देने का आदेश श्री पांडेयजी द्वारा दिया गया। भँवर सिंह बहुत ही धार्मिक प्रवृत्ति के व्यक्ति थे और यह काम उनके लिए बहुत चुनौती भरा इसलिए नहीं था, क्योंकि वह हाथी को गोली नहीं मार सकते थे। चुनौतीपूर्ण इसलिए था, क्योंकि कुंभ जैसे पावन पर्व के अवसर पर धार्मिक क्षेत्र हरिद्वार जैसे स्थान पर एक हाथी की हत्या का पाप उनके सिर पड़ेगा। सूबेदार भँवर सिंह धर्म संकट में पड़े हुए थे, उसी दौरान किसी ने उनको सलाह दी कि आप क्यों नहीं तत्त्ववेत्ता श्री देवरहा बाबा की शरण में जाते हो और उनसे इसका तात्कालिक उपाय पूछो। भँवर सिंह ने ऐसा ही किया और वह श्री बाबा के चरणों में उपस्थित हुए। बाबा के सामने अपनी व्यथा कहते हुए भँवर सिंहजी लगभग भावुक हो गए। महाराजजी के श्री चरणों में पहुँचते ही भँवर सिंह को लगा कि उनको कोई दिव्य सलाहकार मिल गया। बाबा ने पूछा—बच्चा, तुम किस समस्या से ग्रसित हो। त्रिकालदर्शी बाबा, जिनको आदि-अंत सबका पता था, फिर भी वे भँवर सिंह की समस्या पूछ रहे थे।

बाबा आज मैं एक धर्मसंकट में हूँ। एक तरफ मेरा धर्म, जो मुझे रोक रहा है और दूसरी तरफ मेले में आए हुए श्रद्धालुओं की जान की सुरक्षा, इन दोनों पाटों के बीच में मैं फँस चुका हूँ। हे प्रभु! आप ही मुझे इस धर्मसंकट से बाहर निकाल सकते हैं। कुंभ मेले में एक हाथी मदांध हो गया है और वह मेले को तहस-नहस कर रहा है। मेला अधिकारी वरिष्ठ पुलिस अधीक्षक श्री पांडेजी द्वारा उसे मारने का आदेश जारी कर दिया गया है और यह कार्य मेरे को सौंपा गया है। अब यह समझ में नहीं

आ रहा है कि मुझे इस परिस्थिति में क्या करना चाहिए? कर्तव्य की बात है क्या करूँ, कर्तव्य से विमुख हो जाऊँ या फिर पाप का सहभागी बनूँ। बाबा मुसकराए और बोले, सूबेदार यह हाथी तो एक दिव्य आत्मा है, परंतु अपने पथ से भटक चुका है, चलो कोई बात नहीं, इस दिव्य आत्मा को पुनः उसके पुराने रास्ते पर वापस लाने की कोशिश करता हूँ। बाबा के शब्दों में एक संदेश छुपा होता था, फिर बाबा ने भँवर सिंह को प्रसाद में कुछ फल दिए और बोले, जाओ यह फल अपने पुलिस अधीक्षक को दो और उन्हें यह मेरा संदेश पहुँचाओ कि अभी मैं उनको यहाँ बुला रहा हूँ। यहाँ आकर मेरा दर्शन करें और हाँ, एक कार्य और करो, इसी प्रसाद में से एक हिस्सा उस गजराज को भी खिलाओ और मेरा संदेश गजराज तक भी पहुँचाओ, फिर क्या था सूबेदार और चिंतित हो गए, एक बिगड़ैल हाथी को अपने हाथ से प्रसाद खिलाना कैसे संभव होगा? फिर बाबा ने सूबेदार को आश्वस्त करते हुए बोला, "तुम बेफिक्र होकर गजराज के सामने जाओ। पहले उसे दंडवत् करना, वह तुम्हें आशीर्वाद देगा, उसके बाद तुम उसको बोलना कि मैंने उसके लिए भेजा है, इस प्रसाद को ग्रहण करेगा। तुम बिल्कुल चिंतामुक्त होकर जाओ, मेरी कृपा तुम्हारे साथ रक्षा कवच की तरह है।"

यमुना तट पर गुरुदेव की तपोस्थली

बाबा के आदेशानुसार सूबेदार पहले पुलिस अधीक्षक पांडेयजी के पास पहुँचे और उनको बाबा का संदेश सुनाया। श्री पांडेयजी तुरंत बाबा के दर्शन के लिए निकल पड़े। बाबा ने उनको आश्वस्त किया और बोला, बच्चा बिल्कुल चिंता मत करो, मैं तुम्हारी जिम्मेदारियों को समझता हूँ, मदांध बिगड़ैल हाथी फल खाते

ही शांत हो जाएगा और फिर वह मेले में उत्पात मचाना बंद कर देगा। बाबा के कथनानुसार हाथी के सामने सूबेदार पहुँचे और हाथी को प्रणाम कर बाबा द्वारा दिया गया फल उसकी तरफ बढ़ाया और हाथी बिना कोई प्रतिक्रिया किए उनके हाथों प्रसाद ग्रहण कर बिल्कुल शांत हो गया। फिर क्या था, लोगों ने गजराज और बाबा, दोनों की जयकार लगाई। इस प्रकार बाबा की कृपा से गजराज की जान बच गई।

□

भक्त विक्रम सिंह (पूर्व डी.जी.पी. उत्तर प्रदेश) के अनुसार

"यह मेरा अहोभाग्य रहा है कि मुझे श्री 1008 ब्रह्मर्षि देवरहा बाबा का सान्निध्य और आशीर्वाद बचपन से ही मिलता रहा है। मैं क्या मेरे दादाजी और मेरे पिताजी दोनों लोगों को बाबा के श्री चरणों का आशीर्वाद मिलता रहा है। उनसे पहले मेरे दादाजी भी श्री महाराज के चरणों में हाजिरी लगाते थे। 1954 के कुंभ मेले में एक त्रासदी में सैकड़ों तीर्थयात्रियों ने जान गँवाई थी, उसके पश्चात् मेरे पिताजी मुझे कंधे पर बैठाकर प्रयाग संगम तट पर श्री सद्गुरुदेव से मिलवाने ले गए थे। उसके उपरांत तो जैसे मेरा और बाबा का एक अटूट रिश्ता बन गया है और 1967, इंटर की पढ़ाई, जो प्रयागराज में हुई, उस दौरान बाबा के प्रयाग प्रवास के दौरान जो लगभग 45 दिन का होता था, वहाँ कभी पैदल तो कभी साइकिल, तो कभी स्कूटर से बाबा के दरबार में हाजिरी लगाने का जो सिलसिला शुरू हुआ, वह अनवरत चलता रहा, कदाचित् जो आशीर्वाद मुझे मिला, उसका वर्णन मेरे वश की बात नहीं है। जहाँ तक मेरे दीक्षा लेने की बात है, तो कुंभ के दौरान मैंने लगभग उपस्थित सभी संतों के आशीर्वाद के उपरांत यह निर्णय लिया कि दीक्षा या तो माँ आनंदमयी या देवरहा बाबा से लूँगा। मैं माता आनंदमयी के पास गया, तो उन्होंने बोला कि आपको दीक्षा ब्रह्मर्षि देवरहा बाबा से लेनी है और फिर मैं गुरुदेव महाराज के पास पहुँचा। वहाँ पहुँचने के बाद नीलमणि भगत जी, जो उस समय बाबा के दरबार में सेवा में थे, उन्होंने कहा, अभी जाइए और कल सुबह स्नान के उपरांत यहाँ आइए। यह बात है 1972 की, जब बाबा ने मुझे दीक्षा प्रदान की और उस दीक्षा के उपरांत मैं पुलिस सेवा में आया। मुझे याद है, ऐसा लगता है, जैसे कल की ही बात हो, उस समय मेरी पोस्टिंग नैनीताल में थी और नैनीताल उस समय अविभाजित उत्तर प्रदेश का जिला होता था। आवागमन के साधन आज की तरह

उपलब्ध नहीं थे। बाबा से मुलाकात नहीं हो पाती। उस दौरान बाबा ने एक पत्र मुझे भेजा, जो आपको दे रहा हूँ (पत्र की प्रति इस पुस्तक में सलंग्न है)

श्री विक्रम सिंहजी के अनुसार, "उत्तर प्रदेश के तत्कालीन राज्यपाल श्री गणपतिराव देवजी तापसे का आगमन पूज्य गुरुदेव की तपोस्थली पर जून 1979 को हुआ। तापसेजी बाबा के बहुत ही अनन्य भक्त थे। प्रोटोकॉल ऑफिसर के रूप में श्री विक्रमजी की सुरक्षा में ड्यूटी लगाई गई। जैसा कि मैंने पहले भी लिखा है, जो कुछ भी घटित हो रहा था या होगा, सब श्री गुरुदेव कि कृपा से हो रहा था अन्यथा बहुत सारे पुलिस के अधिकारी थे, किसी की भी ड्यूटी लग सकती थी। तापसे साहब को घुटने और कमर में कुछ समस्या थी, जिसके कारण उनको सहारा लेने की जरूरत पड़ती थी। पदासीन राज्यपाल की अपनी एक अलग गरिमा एवं पहचान होती है। उनका अपना एक विशेष प्रोटोकॉल होता है, परंतु बाबा के दरबार में 'समत्व योग उच्चते', सभी एक समान थे। तापसे महोदय को आशीर्वाद देने के पश्चात् बाबा ने श्री विक्रम सिंह को आवाज लगाई। बाबा की आवाज बहुत बुलंद थी। "बच्चा विक्रम, ई प्रसाद तापसे के सर पर रखो, तापसे बच्चा ये प्रसाद आपने साथ ले जाएँगे।" प्रोटोकॉल अफसर रहते हुए एक लोकतांत्रिक देश के सबसे बड़े प्रदेश के राज्यपाल के सिर पर कुछ रखना, विक्रमजी भी संकुचित पर गुरुदेव की कृपा, कब, कैसे और कहाँ अनायास ही बरस जाए, किसी को कुछ भी नहीं पता होता। वैसे भी तापसेजी के लिए अपना शरीर सँभालना मुश्किल था, उसमें प्रसाद से भरी टोकरी, जिसमें बताशे भरे हुए थे, जिनका वजन लगभग पाँच किलोग्राम के

आसपास था। सद्गुरु महाराज का आदेश तो आदेश था, श्री विक्रमजी के अनुसार उन्होंने प्रसाद का टोकरा उठाया और राज्यपाल महोदय के सिर पर रख दिया। तापसे महोदय प्रसाद लिए अपनी गाड़ी तक ऐसे गए, जैसे कोई नवयुवक और उसके बाद वे कमर से सीधे हो गए। घुटने में जैसे नई जान पैदा हो गई हो। भावुक तापसेजी ने बाबा की मचान की तरफ देखा, जहाँ महाराजजी सिर्फ मुसकरा रहे थे।

बाबा ने श्री तापसेजी की ओर मुसकराते हुए देखा और उन्हें बहुत सी विलक्षण बातें बताईं। साथ ही बाबा ने इस बात पर प्रसन्नता भी व्यक्त की कि एक नेता ऐसा मिला, जिसने अपने लिए कुछ नहीं माँगा, अपितु पूरी जनता के कल्याण के लिए कुछ माँगा। ब्रह्मर्षि ने जोर से ताली बजाई और हँसते हुए कहा कि देखो, किसान का बेटा जा रहा है। बाबा ने श्री तापसेजी की प्रार्थना सुन ली, तुरंत बादल घिरने लगे और जोरों की वर्षा हुई। श्री तापसेजी 14 सितंबर, 1979 को बाबा के दर्शन करने गए थे और यह सारा वृत्तांत 16 सितंबर, 1979 को 'दैनिक जागरण' में छपा था।

मईल तपोस्थली का एक दृश्य

अपने मन में हमें लोगों के कल्याण की भावना रखनी चाहिए। ऐसी भावना संतों की कृपा हम पर करा देगी। हम दूसरों का कल्याण चाहेंगे, तो स्वयं हमारा कल्याण होगा या यों कहें कि तभी हमारा कल्याण होगा। साथ ही हम जब संतों के दर्शन करने जाएँ तो अपने अहंकार को छोड़कर जाना चाहिए। श्री तापसेजी ने राज्यपाल होते हुए जो किया वह दिखाता है कि वे ममता और अहंता छोड़कर संत के पास गए थे और यही तो 'तप' है, यही तो 'यज्ञ' है। इसी में कल्याण निहित है।

श्री तापसेजी ने लिखा है—"आध्यात्मिकता ही मानव जाति की प्रमुख संरक्षक रही है और उसका ह्रास होने के साथ ही समाज में भीषण अंतर्विरोध, हिंसा तथा स्वार्थ का तांडव उपस्थित हो जाता है। आज का जन-जीवन अगर दुःखी है, तो उसका मूल कारण आध्यात्मिकता का ह्रास होना है। देवरहा बाबा आध्यात्मिक शक्ति के ज्वलंत प्रतीक हैं।"

संतों की महिमा अनंत होती है, फिर संत हैं कौन? सत्य को आत्मसात् करने वाले, नम्रतापूर्वक लोगों की बात सुनने वाले, तपस्या के पुंज (तपस्या सांसारिक भी हो सकती है) किसी भी जाति, धर्म, वर्ण, देवता, मनुष्य गंधर्व इत्यादि को संत की श्रेणी में रखा गया है।

□

भगवान् कौन हैं? भगवान् वे हैं, जो सरल, सबल और साहब हैं

बाबा पर शोध की प्रबल इच्छा थी, परंतु यह संभव नहीं है। क्यों? क्योंकि पूज्य गुरुदेव शोध नहीं, बोध के विषय हैं। बोध के विषयों पर शोध करना मुश्किल ही नहीं, असंभव सा है।

उमा कहहु मैं अनुभव अपना,
सत् हरि भजन जगत् सब सपना॥

शोध, बोध, स्थितप्रज्ञ और उसके पश्चात् परमहंस, साधक को सहजावस्था में ले जाता है। इसलिए व्यक्ति का सरल होना कोई सामान्य बात नहीं है। 'स' से सीता, 'र' से राम और 'ल' से लक्ष्मणजी के गुणों का समावेश जिस व्यक्ति के अंदर आ जाए, वही सरल व्यक्तित्व का हो जाता है। इसलिए गुरुदेव कहते हैं—"पढ़िए, फिर उसको ओढ़िए, तत्पश्चात् उसका मनन और चिंतन करिए, जो मिले उसको जीवन में आत्मसात् कर लीजिए।"

सरल व्यक्ति इतना आसान भी नहीं होता है। प्रायः लोग यह समझते हैं कि सरल व्यक्ति को मूर्ख बनाना, छलना बहुत आसान होता है, परंतु वह यह भूल जाते हैं कि जहाँ माता जगत्-जननी सीता, भगवान् राघवेंद्र और शेषनाग के अवतार की उपस्थिति हो, वहाँ श्री हनुमानजी स्वयं सेवा में उपस्थित रहते हैं। हनुमान, वही जो दशानन की सोने की लंका, जहाँ समस्त देवताओं और नवग्रहों को बंदी बना के रखता था, उसकी पूरी लंका को क्षण भर में फूँक दिया था। ऐसे हनुमान का रूप भी सरल व्यक्तित्व के अंदर समाहित होता है।

□

दिव्य भंडारों का आयोजन

ब्रह्मर्षि योगीराज महाराज द्वारा आयोजित भंडारे भी अपने आप में दिव्य होते थे। प्राय: देखा गया है कि समाज के लोग मंदिरों में, गुरुद्वारों में भंडारे और लंगर का आयोजन करते हैं, जिसमें आस-पड़ोस के लोग आमंत्रित होते और प्रसाद ग्रहण करते हैं। बाबा के दरबार में चाहे वह देवरिया जिला स्थित मईल तपोस्थली हो या काशी में गंगा का किनारा हो, प्रयाग स्थित संगमतट हो या वृंदावन स्थित बाबा का आश्रम, कोई भी भक्त कभी खाली पेट नहीं रहता। प्रसाद की भरपूर व्यवस्था रहती थी, परंतु कुछ भंडारे अपने आप में अति विशिष्ट होते थे, जिनका संयोजन बाबा की देख-रेख में होता था। भयंकर अकाल का समय हो या ओलावृष्टि, पवित्र नदियों के किनारे रहने वाले बाबा सब पर एकात्म भाव से दयादृष्टि रखते थे। भक्तगण इन स्थानों पर भंडारे का आयोजन कराते रहते थे।

अष्टांग योग सिद्ध योगी श्री देवरहा बाबा सरकार को जानवरों की भाषा पूरी तरह समझ आती थी। बाबा के अनुसार, जब मनुष्य में अहिंसा पूर्णरूपेण समाहित हो जाए, तो उसके चारों ओर प्रेम का वातावरण पैदा होता है, जो मनुष्य क्या, पशु-पक्षियों और पेड़ों तक को अपनी ओर आकर्षित कर लेता है। एक बार हरिद्वार कुंभ में बाबा ने हाथियों का भंडारा कराया। हरिद्वार एक पवित्र नगर हिमालय के चरण में अवस्थित है, जहाँ ऐसा मानते हैं कि भगवान् विष्णु जब पहली बार धरती पर आए तो उनके चरण हरिद्वार में पहली बार पड़े थे। हरिद्वार में गंगा उस पार नीलधारा घाट पर बाबा का मचान लगा करता था। बाबा का आदेश हुआ कि 15-20 ट्रक गुड़ की व्यवस्था की जाए, जंगल में हाथियों का भंडारा कराया जाएगा। बाबा का आदेश होते ही गुड़ की व्यवस्था की गई और फिर उनको बाबा द्वारा आदेशित, जंगल के बीचोबीच वाले स्थान पर पहुँचाया गया। वहाँ पहुँचने के बाद बाबा ने एक विशेष आवाज निकालना शुरू कर दिया।

आवाज की तीव्रता इतनी थी कि वह पूरे जंगल में गूँज रही थी। श्री देवदासजी महाराज के अनुसार, पूरे जंगल में एक विशेष कंपन महसूस किया जा रहा था। फिर क्या था, पूरे जंगल में हाथियों के स्वर सुनाई देने लगे। पूरा जंगल जैसे हाथियों की आवाज से गूँजने लगा, कुछ समय के बाद सभी दिशाओं से हाथियों का आगमन हुआ। बाबा ने सभी हाथियों को आदेश दिया कि एक क्रम में खड़े हो जाओ, और ऐसा हुआ। सारे गजानन बाबा के आदेश का पालन करते हुए गुड़ का आनंद लेने लगे। एकाध बाबा के साथ अठखेलियाँ करते हुए क्रम तोड़ आगे आने की कोशिश करते, जैसे बाबा के दुलार वाली डाँट के आकांक्षी हों। बाबा कभी उनको डाँटते, तो कभी पुचकारते हुए बच्चे की तरह उनको प्यार करते। हाथियों का यह भंडारा सिर्फ ऐसा नहीं था कि एक ही बार हुआ हो। भंडारे में हाथियों को असीम प्यार और दुलार बाबा के द्वारा दिए जाने के बाद बाबा ने फिर उन सभी हाथियों के बीच अगले भंडारे का ऐलान किया। उसका निश्चित दिनांक और समय हाथियों के बीच में बाबा ने उनकी भाषा में उनको बताया और उनको आदेशित किया गया कि फिर आप लोग उस भंडारे में आइएगा, आप लोगों को गुड़ खाने को मिलेगा।

महर्षि देवरहा बाबा को आहार, निद्रा और भय पर विशेष अधिकार था। जिस प्रकार कैलाश पर बैठे औघड़ दानी भगवान् शंकर अपनी तपस्या में लीन जग कल्याण की कामना करते रहते, उसी प्रकार श्री देवरहा बाबा भी अपने मचान पर बैठे रामनाम का जाप करते हुए जगत्-कल्याण के कार्यों में लीन रहते थे। स्वयं कुछ न खाने वाले महाराजजी जीवों पर असीम दया रखते थे और उनके भोजन के प्रबंध की व्यवस्था अपनी योग शक्तियों के माध्यम से करते थे। बाबा ने सिर्फ हाथियों का ही दिव्य भंडारा नहीं कराया, बल्कि उत्तर प्रदेश के मिर्जापुर जिले में बाबा ने एक बार गधों का भंडारा कराया। कुछ भक्तों से बाबा को यह जानकारी मिली कि मिर्जापुर जिले में गधों की हालत बहुत खराब है और ज्यादातर गधे कुपोषण के शिकार हो गए हैं। इतनी खबर मिलते ही बाबा ने मिर्जापुर में गधों का एक दिव्य भंडारा कराया। हाथियों के अलावा बाबा ने हरिद्वार में कई बार बंदरों का भी भंडारा कराया। सियार जैसे हिंसक जीव भी लोगों की श्रुतियों के अनुसार, मईल तपोस्थली पर, जो कि सरयू नदी के तट पर स्थित है, आकर अहिंसक बन जाते थे। वहाँ के लोगों ने यह बताया कि जब बाबा प्रसाद वितरित करते थे, तो सियार भी प्रसाद के लिए बाबा के मंच के करीब पहुँच जाते थे। वहाँ के लोगों के अनुसार, सियारों को भी लोगों ने सेब

और अमरूद अपने मुँह में दबाए हुए तपोस्थली से बाहर निकलते हुए देखा है, इसलिए बाबा ने एक बार हिंसक पशु सियार के लिए भी एक भंडारा कराया, जिसमें उनको सात्त्विक भोजन परोसा गया। अमरकंटक के जंगलों में बाबा ने शेरों का भंडारा कराया, तो एक बार गुजरात से पधारे एक भक्त ने बाबा को बताया कि गुजरात में कुत्तों की हालत ठीक नहीं है, इस पर बाबा ने उस भक्त को कुत्ताशाला खोलने का आदेश दिया।

□

राम मंदिर का इतिहास

इतिहासकारों के अनुसार, कौशल प्रदेश की प्राचीन राजधानी अवध को कालांतर में अयोध्या और बौद्धकाल में साकेत कहा जाने लगा। अयोध्या मूल रूप से मंदिरों का शहर था, हालाँकि वहाँ आज भी हिंदू, बौद्ध एवं जैन धर्म से जुड़े मंदिरों के अवशेष देखे जा सकते हैं। जैन मत के अनुसार, यहाँ आदिनाथ सहित 5 तीर्थंकरों का जन्म हुआ था। बौद्ध मत के अनुसार, यहाँ भगवान् बुद्ध ने कुछ माह विहार किया था। अयोध्या को भगवान् श्रीराम के पूर्वज विवस्वान (सूर्य) के पुत्र वैवस्वत मनु ने बसाया था, तभी से इस नगरी पर सूर्यवंशी राजाओं का राज महाभारतकाल तक रहा। यहीं पर प्रभु श्रीराम का दशरथ के महल में जन्म हुआ था। महर्षि वाल्मीकि ने भी रामायण में जन्मभूमि की शोभा एवं महत्ता की तुलना दूसरे इंद्रलोक से की है। धन-धान्य व रत्नों से भरी हुई अयोध्या नगरी की अतुलनीय छटा एवं गगनचुंबी इमारतों के अयोध्या नगरी में होने का वर्णन भी वाल्मीकि रामायण में मिलता है। कहते हैं कि भगवान् श्रीराम के जल-समाधि लेने के पश्चात् अयोध्या कुछ काल के लिए उजाड़ सी हो गई थी, लेकिन उनकी जन्मभूमि पर बना महल वैसे का वैसा ही था। भगवान् श्रीराम के पुत्र कुश ने एक बार पुनः राजधानी अयोध्या का पुनर्निर्माण कराया। इस निर्माण के बाद सूर्यवंश की अगली 44 पीढ़ियों तक इसका अस्तित्व आखिरी राजा बृहद्बल तक अपने चरम पर रहा। कौशलराज बृहद्बल की मृत्यु महाभारत युद्ध में अभिमन्यु के हाथों हुई थी। महाभारत के युद्ध के बाद अयोध्या उजाड़ सी हो गई, मगर श्रीराम जन्मभूमि का अस्तित्व फिर भी बना रहा। इसके बाद यह उल्लेख मिलता है कि ईसा के लगभग 100 वर्ष पूर्व उज्जैन के चक्रवर्ती सम्राट् विक्रमादित्य एक दिन आखेट करते-करते अयोध्या पहुँच गए। थकान होने के कारण अयोध्या में सरयू नदी के किनारे एक आम के वृक्ष के नीचे वे अपनी सेना सहित आराम करने लगे। उस समय यहाँ घना जंगल हुआ करता था। कोई बसावट भी यहाँ नहीं थी। महाराज विक्रमादित्य को इस भूमि में कुछ चमत्कार

दिखाई देने लगे, तब उन्होंने खोज आरंभ की और पास के योगी व संतों की कृपा से उन्हें ज्ञात हुआ कि यह श्रीराम की अवध भूमि है। उन संतों के निर्देश से सम्राट् ने यहाँ एक भव्य मंदिर के साथ ही कूप, सरोवर, महल आदि बनवाए। कहते हैं कि उन्होंने श्रीराम जन्मभूमि पर काले रंग के कसौटी पत्थर वाले 84 स्तंभों पर विशाल मंदिर का निर्माण करवाया था। इस मंदिर की भव्यता देखते ही बनती थी। विक्रमादित्य के बाद के राजाओं ने समय-समय पर इस मंदिर की देख-रेख की। उन्हीं में से एक शुंग वंश के प्रथम शासक पुष्यमित्र शुंग ने भी मंदिर का जीर्णोद्धार करवाया था। पुष्यमित्र का एक शिलालेख अयोध्या से प्राप्त हुआ था, जिसमें उसे सेनापति कहा गया है तथा उसके द्वारा दो अश्वमेध यज्ञों के किए जाने का वर्णन है। अनेक अभिलेखों से ज्ञात होता है कि गुप्तवंशीय चंद्रगुप्त द्वितीय के समय और तत्पश्चात् काफी समय तक अयोध्या गुप्त साम्राज्य की राजधानी थी। गुप्तकालीन महाकवि कालिदास ने अयोध्या का रघुवंश में कई बार उल्लेख किया है।

इतिहासकारों के अनुसार, 600 ईसा पूर्व अयोध्या में एक महत्त्वपूर्ण व्यापार केंद्र था। इस स्थान को अंतरराष्ट्रीय पहचान पाँचवीं शताब्दी में ईसा पूर्व के दौरान तब मिली, जब यह एक प्रमुख बौद्ध केंद्र के रूप में विकसित हुआ, तब इसका नाम 'साकेत' था। कहते हैं कि चीनी भिक्षु फाहियान ने यहाँ देखा कि कई बौद्ध मठों का रिकॉर्ड रखा गया है। यहाँ पर सातवीं शताब्दी में चीनी यात्री ह्वेनसांग आया था। उसके अनुसार, यहाँ 20 बौद्ध मंदिर थे तथा 3,000 भिक्षु रहते थे और यहाँ हिंदुओं का एक प्रमुख एवं भव्य मंदिर भी था, जहाँ रोज हजारों की संख्या में लोग दर्शन करने आते थे।

इसके बाद ईसा की 11वीं शताब्दी में कन्नौज नरेश जयचंद आया तो उसने मंदिर पर सम्राट् विक्रमादित्य के प्रशस्ति शिलालेख को उखाड़कर अपना नाम लिखवा दिया। पानीपत के युद्ध के बाद जयचंद का भी अंत हो गया। इसके बाद भारतवर्ष पर आक्रांताओं का आक्रमण और बढ़ गया। आक्रमणकारियों ने काशी, मथुरा के साथ ही अयोध्या में भी लूटपाट की और पुजारियों की हत्या कर मूर्तियाँ तोड़ने का क्रम जारी रखा, लेकिन 14वीं सदी तक वे अयोध्या में राम मंदिर को तोड़ने में सफल नहीं हो पाए।

विभिन्न आक्रमणों के बाद भी सभी झंझावातों को झेलते हुए श्रीराम की जन्मभूमि पर बना भव्य मंदिर 14वीं शताब्दी तक बचा रहा। कहते हैं कि सिकंदर लोदी के शासनकाल के दौरान यहाँ मंदिर मौजूद था। 14वीं शताब्दी में हिंदुस्तान पर मुगलों का अधिकार हो गया और उसके बाद ही राम जन्मभूमि एवं अयोध्या को

नष्ट करने के लिए कई अभियान चलाए गए। अंततः 1527–28 में इस भव्य मंदिर को तोड़ दिया गया और उसकी जगह बाबरी ढाँचा खड़ा किया गया। कहते हैं कि मुगल साम्राज्य के संस्थापक बाबर के एक सेनापति ने बिहार अभियान के समय अयोध्या में श्रीराम के जन्मस्थान पर स्थित प्राचीन और भव्य मंदिर को तोड़कर एक मसजिद बनवाई थी, जो 1992 तक विद्यमान थी।

बाबरनामा के अनुसार, 1528 में अयोध्या पड़ाव के दौरान बाबर ने मसजिद निर्माण का आदेश दिया था। अयोध्या में बनाई गई मसजिद में खुदे दो संदेशों से इसका संकेत भी मिलता है। इसमें एक खासतौर से उल्लेखनीय है। इसका सार है, 'जन्नत तक जिसके न्याय के चर्चे हैं, ऐसे महान् शासक बाबर के आदेश पर दयालु मीर बकी ने फरिश्तों की इस जगह को मुकम्मल रूप दिया।' हालाँकि यह भी कहा जाता है कि अकबर और जहाँगीर के शासनकाल में हिंदुओं को यह भूमि एक चबूतरे के रूप में सौंप दी गई थी, लेकिन क्रूर शासक औरंगजेब ने अपने पूर्वज बाबर के सपने को पूरा करते हुए यहाँ भव्य मसजिद का निर्माण कर उसका नाम बाबरी मसजिद रख दिया था।

बाबा ने राम मंदिर की भविष्यवाणी बहुत पहले ही कर दी थी कि मंदिर का निर्माण आपसी सौहार्द से हो जाएगा, इसमें कोई संशय नहीं होना चाहिए। गुरुदेव, अयोध्या को भगवान् राम की नगरी और पावनधरा के नाम से पुकारते थे।

□

श्रीराम मंदिर निर्माण और देवरहा बाबा

राजीव गांधी 6 नवंबर, 1989 को वृंदावन में बाबा से मिलने गए, तो बाबा ने कहा मंदिर बनना चाहिए। आप शिलान्यास करवाएँ और शिलान्यास की जगह बदली न जाए। कहते हैं, उसी वक्त से राजीव शिलान्यास के लिए प्रयासरत हुए। दूसरे दिन बाबा ने विहिप के नेता श्रीशचंद्र दीक्षित को बुलाया और उनसे कहा, आप निश्चिंत रहें, हमने प्रधानमंत्री से उसी जगह पर शिलान्यास करने को कहा है, जहाँ आप लोगों ने झंडा गाड़ा है। 1989 में पूज्य देवरहा बाबा की मौजूदगी में शिलान्यास पूजन का निर्णय लिया गया और लाखों कारसेवक अयोध्या की ओर कूच कर गए। उसी वर्ष 9 नवंबर को राम मंदिर का शिलान्यास हुआ। इसके साथ ही ऐलान हुआ कि 30 अक्तूबर, 1990 को जन्मभूमि की मुक्ति के लिए कारसेवा होगी, परंतु ऐसा हो नहीं पाया। विश्व हिंदू परिषद् का विशेष अनुरोध था कि बाबा इस मुहिम को अपना आशीर्वाद दें। यही कारण था कि संघ और विश्व हिंदू परिषद् के लोग प्रायः बाबा से मिलने आते रहते थे।

बाबा ऐसे संत थे, जिनके चरणों में प्रधानमंत्री, मुख्यमंत्री भी सिर झुकाते थे। एक बार तत्कालीन मुख्यमंत्री वीरबहादुर सिंह बाबा के दर्शन करने आश्रम आए तो बाबा ने कहा था, भक्त, भगवान् राम सबकी आत्मा में बसते हैं। अयोध्या में भगवान् राम के जन्मस्थान का ताला खुलवा दो। देवरहा बाबा की बातों से प्रभावित होकर एक फरवरी, 1986 को विवादित स्थल राम मंदिर का ताला खुलवा दिया गया।

विश्व हिंदू परिषद् के तत्कालीन अध्यक्ष श्री अशोक सिंहलजी बाबा को विशेष रूप से निमंत्रित करने के लिए गंगा पार झूँसी (प्रयागराज), जहाँ बाबा का मचान लगा हुआ था, पहुँचे, लेकिन बाबा ने अशोक सिंघलजी को यह कहते हुए कि "सुन बच्चा अशोकवा, तू बिल्कुल चिंता मत कर, सनातन का झंडा ऊँचा होगा, सर्वसम्मति से जल्दी ही राम मंदिर का निर्माण होगा, लेकिन बच्चा, मैं कहीं आता-जाता नहीं हूँ। वैसे भी सार्वजनिक जगह योगी के लिए नहीं होती है, वहाँ बड़े-बड़े

वक्ता आएँगे, अपनी-अपनी बात रखेंगे। बच्चा, मैं वहाँ क्या बोलूँगा? उसके बाद एक निश्छल हँसी जो प्राय: बाबा के चेहरे पर होती थी। वैसे भी अशोक बच्चा मेरी उपस्थिति तो हर जगह है, फिर भी तुम मुझे क्यों ले जाना चाहते हो?"

फिर बाबा रामदेवजी ने बाबा से विशेष अनुरोध करते हुए बोला, "बाबा, आप के आशीर्वाद से ही सभा का आरंभ होना है।" उसके बाद अशोक सिंघलजी के आग्रह पर बाबा ने वहाँ जाने की स्वीकृति दे दी। 1989 में प्रयाग के महाकुंभ में संत परिषद् के निमंत्रण पर बाबा उनके कार्यक्रम में आशीर्वाद देने पहुँचे थे। बाबा के आशीर्वाद स्वरूप संबोधन ने उपस्थित संत परिषद् में एक नई जान फूँक दी।

ब्रह्मर्षि, जो एक त्रिकालदर्शी महायोगी हैं, जिन्होंने अपनी दिव्य और सांसारिक दृष्टि से देखा था कि भगवान् राम का जन्म इस स्थान पर हुआ था, बल्कि भगवान् राम का मंदिर त्रेता युग से लाखों वर्षों से चालू है, अर्थात् 864000 वर्षों के पूरे द्वापर युग के दौरान और त्रेता युग के कुछ हजार साल, जब भगवान् राम मनुष्य के रूप में धरती पर प्रकट हुए, चूँकि मानव समाज इन दिव्य तथ्यों को अपनी भौतिक दृष्टि से ही समझ सकता है, इसलिए बाबाजी ने अपनी परावणी में स्पष्ट रूप से घोषित किया था कि मैंने वहाँ खड़े जीर्ण-शीर्ण ढाँचे के नीचे एक मंदिर के अवशेषों का भौतिक अस्तित्व देखा है और एक बार खुदाई हो जाने के बाद सभी साक्ष्य कानून की नजर में मान्य मंदिर के अस्तित्व के लिए उपलब्ध हो जाएगा।

ब्रह्मर्षि श्री देवरहा बाबाजी ने स्पष्ट रूप से कहा था कि रामजन्मभूमि में एक भव्य राम मंदिर का निर्माण भूमि के कानून के माध्यम से और हिंदुओं, मुसलमानों, ईसाइयों, सिखों आदि की सहमति और सहयोग से किया जाएगा। उन्होंने यह भी कहा था कि रामजन्मभूमि में भव्य राममंदिर का निर्माण देश में शांति और समृद्धि तथा वैश्विक शांति के लिए बहुत महत्त्वपूर्ण होगा। बाबाजी के श्रीमुख से निकलने वाली परावणी में उन्होंने स्पष्ट रूप से कहा था कि उन्होंने दिव्य दृष्टि से रामजन्मभूमि के मंदिर को देखा है और पूरी दुनिया विवादित ढाँचे के नीचे और आसपास खुदाई करके इसे देख सकती है। ब्रह्मवेत्ता श्री देवरहा हंस बाबाजी ने नवंबर 2013 में श्री अशोक सिंघल से कहा था कि देवरहा बाबाजी जैसे महान् संतों द्वारा किए गए बयान और संकल्प कभी बेकार नहीं जाएँगे (वृथा न जाए संत की वाणी) और इसलिए समुदायों के बीच सहमति के आधार पर भूमि के कानून के माध्यम से रामजन्मभूमि में भव्य राम मंदिर का निर्माण होना निश्चित है। जब श्री सिंघल ने बाबाजी से पूछा कि इसके लिए भाजपा को संसद् में बहुमत (272 सीट से अधिक) की आवश्यकता होगी, तो बाबाजी ने उनसे कहा था कि सबकुछ

भगवान् राम की इच्छा पर निर्भर करता है। कानून के अधिनियमन के लिए समुदायों के बीच सहमति के माध्यम से मंदिर का निर्माण, देश की शांति और समृद्धि एवं वैश्विक शांति के लिए आवश्यक है। इस संदर्भ में यह ध्यान देने की आवश्यकता है कि 1989 में तत्कालीन प्रधानमंत्री श्री राजीव गांधी ने अपने कई मंत्रियों के साथ ब्रह्मर्षि देवरहा बाबाजी से इस मुद्दे को हल करने के लिए दिव्य मार्गदर्शन लेने के लिए मुलाकात की थी। तत्कालीन सी.जे.आई. श्री रंगनाथ मिश्रा ने भी नवंबर 1989 में बाबाजी से मिलने के लिए तपोस्थली का दौरा किया था (तत्कालीन विपक्ष के सांसद और वर्तमान में केंद्रीय गृहमंत्री श्री राजनाथ सिंह द्वारा दिए गए एक बयान से प्राप्त तथ्य)। बाबाजी की दिव्य परवाणी को पढ़ने की जरूरत है, इसमें निहित समाधान के लिए तत्त्वों की खोज करने के लिए फिर से पढ़ें।

□

जिम्मेदारी देने का तरीका अद्भुत था

मैंने उत्तर प्रदेश के पूर्व राज्यपाल श्री तापसेजी का जिक्र इस पुस्तक में किया है, जब बाबा ने तापसेजी को प्रसाद से भरा हुआ टोकरा उनके सर पर रखवा दिया था और श्री तापसेजी अपनी गाड़ी तक वह टोकरा लेकर कैसे गए थे। जिसके पश्चात् के विहंगम दृश्य का वर्णन मैंने इस पुस्तक में किया है। ठीक इसी प्रकार समाजवादी पार्टी के महासचिव, प्रयागराज विश्वविद्यालय छात्रसंघ के अध्यक्ष रहे, अनेक बार क्षेत्र का संसद् में प्रतिनिधित्व करने वाले, उत्तर प्रदेश सरकार में मंत्री रहे, सरयूसेवक बाबू मोहन सिंह जब तत्कालीन राज्य सरकार के मंत्री थे। उसी दौरान मईल तपोस्थली बाबा के दर्शन के लिए गए थे। उनके काफी करीबी रहे देवरिया जिले के बरहज तहसील में अवस्थित आदर्श ग्राम बिजौली के समाजसेवी बाबू विजेश्वरी सिंह ने एक वार्त्तालाप के दौरान बताया कि हम लोग ट्रैक्टर ट्रॉली पर सवार होकर तपोस्थली गए थे। श्री विजेश्वरी सिंह के साथ उनके बहुत सारे मित्र और शुभचिंतक भी तपोस्थली गए थे। श्री सिंह के अनुसार, मोहन सिंह के तपोस्थली पहुँचने पर बाबा ने कहा, "बच्चा, अब तुम्हारी जिम्मेदारियाँ बहुत बढ़ गई हैं, अब तुम प्रदेश के नेता बन गए हो, तुम्हारे ऊपर अपनी विधानसभा ही नहीं, बल्कि पूरे प्रदेश की जनता के सरोकारों की जिम्मेदारियाँ हैं। जाओ, देश और समाज की सेवा में लग जाओ। जाओ बच्चा, मेरी कृपा बनी रहेगी।" बाबा के तपोस्थली पहुँचने वाले प्रत्येक व्यक्ति को प्रसाद जरूर मिलता था। प्रसाद भी अच्छी-खासी मात्रा में मिलता था। श्री विजेश्वरी सिंहजी के अनुसार, ऐसा आशीर्वाद देते हुए बाबा ने वहाँ उपस्थित ब्रह्मचारी को आदेश दिया कि वहाँ रखा प्रसाद का टोकरा श्री मोहन सिंहजी के सर पर रख दो। प्रसाद का टोकरा काफी भारी था, जिसमें मखाने, बताशे और कुछ फल भरे हुए थे। किसी ने कहा—अरे, यह टोकरा तो काफी भारी है, इसको सँभालना मुश्किल होगा, परंतु बाबा का आदेश तो आदेश था। बाबा ने कहा संभालने दो उसको, अभी तो इससे भी बड़ी जिम्मेदारियाँ सँभालनी हैं। यही

टोकरा तो इनकी क्षमता बढ़ाएगा, ताकि मोहन बच्चा अपने समाज, अपने लोगों के साथ देश की भी सेवा कर सकेंगे। आगे चलकर बाबू मोहन सिंह को 2009 में सर्वोच्च सांसद के सम्मान से संसद् में सम्मानित किया गया। अद्‌भुत था बाबा का जिम्मेदारियाँ देने का तरीका!

□

सिद्धियों का प्रभाव होता है, ढकोसलों का नहीं!

बाबा अपने भक्तों से प्राय: यह कहा करते थे कि बच्चा राम-राम जपो। यह सबसे बड़ा मंत्र है। इसमें ही सारी सिद्धियाँ छुपी हुई हैं। साधना से ही सिद्धियाँ प्राप्त होती हैं और यह कोई भी व्यक्ति प्राप्त कर सकता है, परंतु इसके लिए संयमित होकर जीवन जीना बहुत जरूरी होता है। साधना के संबंध में बाबा ने कहा है, "सारे स्वरूप भगवान् के ही हैं, जिस स्वरूप में भी भागवती वृत्ति हो जाए, उसी को ध्येय बना लेना चाहिए। धीरे-धीरे उसी से प्रकाश आने लगेगा। ध्येय कोई भगवत स्वरूप भी हो सकता है। भगवत चिंतन में नाम और रूप दोनों का महत्त्व होता है। नाम का चिंतन करते-करते रूप का चिंतन स्वयं हो जाता है। भगवान् के नाम का जाप, सभी प्रकार के कष्टों का निवारण करता है, साथ-ही-साथ किसी भी तरह के अमंगल का नाश करने वाला होता है।

अपनी पुस्तक 'सिद्ध संत और योगी' में श्री शंभू रत्न त्रिपाठीजी लिखते हैं कि इंग्लैंड की श्रीमती एड्ना प्यट्रीका टम लिनसन एक प्रेतात्मा से बहुत पीड़ित थी। उनको किसी ने बताया कि इस व्याधि से मुक्ति भारत के मशहूर जादूगर पी.सी. सरकार द्वारा की जा सकती है। जब वे इंडिया पधारी तो उन्हें पता चला कि जादूगर पी.सी. सरकारजी जापान चले गए हैं। यह संयोग कहें या बाबा की कृपा, उनकी मुलाकात कलकत्ता हाई कोर्ट के जज प्रशांत बिहारी मुखोपाध्याय से हुई। उन्होंने उस महिला को एक पत्र देकर देवरहा बाबा के पास भेज दिया। बाबा उन दिनों प्रयागराज (झूँसी) में गंगा तट पर प्रवास कर रहे थे। बाबा के एक भक्त के माध्यम से वह विदेशी महिला शाम को लगभग 7 बजे के आसपास बाबा के पास पहुँची। बाबा ने उसको उसके घर के आसपास का बहुत सारा विवरण स्वयं ही बता दिया। वास्तव में उसकी माँ प्रेत विद्या जानती थी। बाबा के अनुसार, माँ ने ही अपनी बेटी

के पीछे एक प्रेतात्मा लगा दी थी, जो उसको बड़ा कष्ट दे रही थी। बाबा ने प्रेतात्मा को प्रेत-योनि से मुक्ति दिला दी। वह महिला पूर्ण रूप से ठीक होकर विदेश वापस चली गई। बाबा ने उसे मंत्र दीक्षा भी दी थी, जिससे कि वह भविष्य में अपनी माँ के प्रेत विद्या के चक्कर में न पड़े।

एक और घटना जिसका जिक्र मैं पाठकों के लिए लिखना चाहता हूँ, जो कि लेखन के दौरान मुझे डॉ. ए.के. सिंह ने बताई, जो कि सेवानिवृत्त पुलिस महानिदेशक रह चुके हैं। यह घटना सन् 1986 की है, जब श्री सिंह देवरिया जिले के कप्तान थे। श्री सिंहजी से मेरी मुलाकात श्री विजेश्वरी सिंहजी के माध्यम से हुई, जिसके लिए मैं श्री विजेश्वरी सिंहजी का आभारी रहूँगा। देवरिया के कप्तान रहते हुए श्री सिंह ने अपनी बड़ी बिटिया की शादी तय की, जिसमें तमाम तरह की अड़चनों, जिसमें आर्थिक अड़चन मुख्य कारण था। आप इस शब्द का मतलब यह समझ सकते हैं कि श्री सिंह कितने ईमानदार प्रवृत्ति के व्यक्ति हैं अन्यथा एक पुलिस कप्तान के पास आर्थिक तंगी, कितना विरोधाभास है, परंतु ऐसा था। 1994 में देवरिया से अलग होकर जिला कुशीनगर बना था, परंतु जिस घटना का जिक्र मैं करने जा रहा हूँ, वह 1986 में घटित हुई। घटना के दौरान कुशीनगर जिला देवरिया का ही हिस्सा होता था। कसया, देवरिया जिले का एक कस्बा हुआ करता था। जब व्यक्ति परेशान हो जाता है, निकलने का कोई मार्ग दिखाई नहीं देता, तो वह हर एक व्यक्ति, घटना और किंवदंतियों पर विश्वास करना शुरू कर देता है। कप्तान साहब को किसी ने बताया कि प्रेम मिश्रा नाम के एक तांत्रिक हैं, जो आपकी समस्याओं को दूर कर सकते हैं। वैसे भी पूर्वी उत्तर प्रदेश तांत्रिकों का गढ़ माना जाता है, जिसका मुख्य कारण है नेपाल का तराई क्षेत्र और शिक्षा का अभाव। आज भी आप को हर गाँव में तांत्रिक मिल जाएँगे, जो लोगों को उनकी समस्या के समाधान बताने के क्रम में अपनी दुकान चला रहे हैं। प्रेम मिश्रा की मुलाकात कप्तान साहब के साथ तय हुई और फिर इस तांत्रिक ने तमाम तरह से कप्तान साहब (डॉ. ए.के. सिंह) को अपने जाल में फँसाने की कोशिश की। श्री सिंह के अनुसार, वे भी उसके झाँसे में पूरी तरह आ चुके थे। मिश्रा ने कुछ ऐसी चामत्कारिक घटनाओं का प्रदर्शन किया, जिससे मैं पूरी तरह उसके ऊपर विश्वास करने लगा था।

मुझे लगने लगा था कि मेरी समस्याओं का निदान यहीं से मिलने वाला है। श्री सिंहजी के अनुसार, तांत्रिक मिश्रा ने एक बड़ा-सा सूटकेस मँगवाया और उसको नोटों से भर दिया। वहाँ उपस्थित हर एक व्यक्ति मेरे साथ अचंभित था। यह अपने आप में एक बड़ा चमत्कार था, लेकिन उससे भी बड़ा चमत्कार हुआ। ब्रह्मर्षि की

नजरों से ब्रह्मांड के अंदर घट रही हर एक घटना गुजर रही होती है, और वह तब और महत्त्वपूर्ण हो जाती है, जब वह उनके किसी शिष्य के साथ घटित हो रही हो। अंतर्यामी गुरुदेव कप्तान साहब को बहुत प्यार करते थे। वैसे तो गुरुदेव अपने सभी शिष्यों के साथ समभाव रखते थे, परंतु सबको यही लगता था, गुरुदेव उन्हें ज्यादा प्यार करते हैं। यह भी बाबा की एक विशेष महिमा थी।

तांत्रिक मिश्रा के जाने के अगले ही दिन बाबा का विशेष संदेश लेकर श्री भागवत मिश्राजी कप्तान साहब के ऑफिस पहुँचे। श्री भागवत मिश्राजी ने कप्तान साहब को बाबा का संदेश देते हुए शीघ्र मिलने का बोल तपोस्थली वापस चले गए। शीघ्र मिलने का मतलब, कुछ तो महत्त्वपूर्ण है। गुरुदेव का आदेश मिलते ही अगले दिन पुलिस कप्तान साहब अपनी पत्नी, अर्दली और ड्राइवर को लेकर बाबा के दर्शन के लिए मईल देवरिया के लिए प्रस्थान कर गए। बाबा अपनी मचान पर बैठे कुछ दर्शनार्थियों को दर्शन दे रहे थे। कप्तान साहब बाबा के करीब पहुँच सपत्नीक उनका आशीर्वाद प्राप्त करने के लिए साक्षात् दंडवत हुए ही थे कि बाबा की दिव्य आवाज गूँजी—बच्चा, कहाँ मदारी के चक्कर में फँस गए हो। यदि इतनी ही शक्ति है तो बोलो नोट बनाने से अच्छा कोई पुल या कोई हॉस्पिटल बनवा दे। चमत्कार नहीं करना चाहिए बच्चा, चमत्कार से किसी को भ्रमित करना प्रकृति संगत नहीं है।

कप्तान साहब ने कहा, "प्रभु, मैं परेशान था और उसी परेशानी के चक्कर में विस्मृत हो गया था और तांत्रिक के फेरे में फँस गया था। महाराज, आप तो अंतर्यामी हैं, मार्ग दिखाइए प्रभु।" प्रभु जोर से हँसे, जैसा कि प्राय: वे अपने भक्तों को खुश करने के लिए किया करते थे, चमत्कार देखेगा बच्चा, आओ तुमको चमत्कार दिखाते हैं। (वैसे बाबा ने कभी चमत्कार को बढ़ावा नहीं दिया, न भक्तों को चमत्कार के लिए प्रेरित करते थे, मैंने पहले भी पुस्तक में इसका जिक्र किया है)। आज तुमसे लघुशंका में आग लगवाते हैं। (पूर्वांचल में इसको आग मूतना कहते हैं और प्राय: लोग इसको मुहावरे में प्रयोग करते हैं)

बाबा ने वहीं अपने समीप खड़े ब्रह्मचारी को आवाज लगाई—बच्चा, वह मिट्टी का मटका जिसमें सरयू जल था उसको यहाँ ले आओ। ब्रह्मचारीजी के मटके को पास लाने के बाद बाबा ने कप्तान साहब को आदेश दिया कि इसमें भरा हुआ सारा जलपान करो। आज तुमको चमत्कार दिखाते हैं। कप्तान साहब ने अचंभित सदृश बाबा की दिव्य आभा को निहारते हुए उनके आदेश का पालन करते हुए सारा जल एक साँस में पी लिया। फिर जैसे कि बाबा ने आदेश दिया कि बच्चा, जाओ तुम्हारी छुट्टी करता हूँ, परंतु एक बात का ध्यान रखना, यह मटका अपने

साथ रखना और रास्ते में लघुशंका के दौरान मूत्र इस मटके में इकट्ठा करना। जहाँ पर मूत्र विसर्जित करना, वहीं इस मटके में आग लगा देना। आग लगाते वक्त मटके से दूरी बनाए रखना। कप्तान साहब बाबा की बात अक्षरशः ध्यान से सुन रहे थे। अभी भी उनको कुछ समझ नहीं आ रहा था, परंतु उनको इस बात का ज्ञान था कि यह भी बाबा की कोई लीला है। उन्होंने मटका उठाया और बाबा से विदाई लेते हुए अपनी कार की तरफ प्रस्थान कर गए।

लेखक से वार्त्ता के दौरान श्री ए.के. सिंहजी ने बताया कि वह वाकई में बहुत अचंभित थे। यह बाबा की कौन सी अद्भुत लीला है। मईल (देवरिया) तपोस्थली से उनकी कार जब निकली, तब वे गहन सोच में डूबे हुए थे। ड्राइवर कार को एक सामान्य वेग में दौड़ाए जा रहा था। बगल में कप्तान साहब की पत्नी और आगे की सीट पर उनका अर्दली बैठा हुआ था। गाड़ी सरपट अपने वेग में जिला मुख्यालय की तरफ दौड़ रही थी, परंतु कप्तान साहब के मन में तमाम सवाल भी उसी रफ्तार में दौड़ रहे थे। पूर्वी उत्तर प्रदेश में सड़कों की हालत आज भी बहुत अच्छी नहीं है, उस दौरान सड़कों की हालत और भी जर्जर थी। कुछ आधे घंटे या 45 मिनट कार चलने के पश्चात् कप्तान साहब को जोर की लघुशंका महसूस हुई। एकाएक उन्हें बाबा के कहे हुए वचन याद आए।

श्री सिंहजी की स्मृतियों को आधार मानें तो ऐसा लगता है कि वह स्थान देवरिया–सलेमपुर राजमार्ग पर मुसैला और खुखुंदू चौराहे के मध्य का कोई स्थान रहा होगा। बाबा ने जैसा कि कप्तान साहब को आदेश दिया था कि लघुशंका इस मटके के अंदर इकट्ठा करना और उसमें आग लगा दें। श्री सिंहजी ने ड्राइवर को आदेश दिया कि सड़क के किनारे कहीं निर्जन स्थान देखकर गाड़ी को रोक दो। गाड़ी रुकते ही सबसे पहले गाड़ी से अर्दली उतरा और गाड़ी का दरवाजा खोल दिया। कप्तान साहब मटका हाथ में लिए गाड़ी से उतरे और सड़क से नीचे एक निर्जन स्थान पर पहुँचे। उन्होंने बाबा के आदेशानुसार मटके के अंदर लघुशंका का निवारण किया। अब बाबा के आदेशानुसार उस मटके में आग लगाने की बारी थी, परंतु माचिस का प्रबंध करना इतना आसान नहीं था। किसी के पास भी माचिस का न होना एक समस्या उत्पन्न कर सकता था। श्री सिंह ने अपने ड्राइवर से पूछा, क्या तुम्हारे पास माचिस है ? साहब के डर के मारे उसने माचिस न होने के बारे में बताया, जबकि उनका ड्राइवर बीड़ी पीता था। कप्तान साहब ने फिर अर्दली के तरफ मुखातिब होते हुए बोला, कहीं से माचिस का इंतजाम करो। अर्दली जानता था कि ड्राइवर बीड़ी पीता है और उसके पास माचिस जरूर

होगी। अर्दली ने जब ड्राइवर को डाँटा तो उसने अपने पास से माचिस निकालकर अर्दली को दी।

श्री सिंह के अनुसार, बाबा की बातें उनको याद थीं, इसलिए उन्होंने दूर से तीली जलाकर मटके के ऊपर फेंकी। यह एक डरावना अनुभव था, जब मटके में स्थित लघुशंका के अंश में आग पहुँची तो जोरदार धमाके के साथ मटका फूटा। ऐसा लगा, जैसे कोई विस्फोट हुआ। पुलिस कप्तान साहब, जिनके ऊपर पूरे जिले की सुरक्षा का दारोमदार था, वे भी हतप्रभ रह गए। बाबा के इस चामत्कारिक संदेश को वे समझ नहीं सके। उलटे फिर वे वहाँ से बाबा के दरबार मईल तपोस्थली की तरफ भागे। दरबार में पहुँचे तो उनको देख बाबा ने मुसकान के साथ पूछा, "क्या हुआ बच्चा, चमत्कार हुआ या नहीं, मदारियों के चक्कर से दूर रहो", और सुनो, उसको भी जीने दो। उसे क्षमा कर दो। अपनी मदारी लीला दिखाकर अपनी रोटी-पानी की व्यवस्था करता है।

बाबा को पता था कि एक पुलिस कप्तान किसी गलत कार्य के लिए चाहे तो उस तांत्रिक के साथ किस तरह का व्यवहार कर सकता है, परंतु बाबा थे तो दया की प्रतिमूर्ति और वे कभी नहीं चाहते कि किसी का भी कोई नुकसान हो। संत हमेशा अपने शिष्यों पर दया रखता है और अपने जानते हुए उनका कोई बुरा नहीं होने देता है।

□

बच्चा, जाना तो सबको है एक दिन

बाबा अकसर कहा करते थे कि मेरी अवस्था ईश्वरलीन है, बहुत सारे भक्त आज भी नहीं समझ पाते हैं कि ईश्वरलीन अवस्था क्या होती है? बाबा ने अपने एक इंटरव्यू, जो यूट्यूब पर है, उसमें बोला है, योगी में ईश्वर और ईश्वर में योगी यही होती है ईश्वर लीन अवस्था। डॉ. के. सिंहज़ी के साक्षात्कार के दौरान एक और घटना का जिक्र मिला, जिसमें उन्होंने बताया कि देवरिया पुलिस कप्तान रहने के दौरान एक दिन गुजरात से एक भक्त उनसे मिलने आए और उनको बताया कि बाबा सपने में मुझे आदेश किए थे कि बच्चा, आ जाओ और दर्शन कर लो। मैंने बाबा से पूछा कि देवरिया तक तो मैं रेलगाड़ी से पहुँच जाऊँगा, लेकिन आगे का रास्ता मुझे नहीं पता, वहाँ कैसे आऊँगा? तब बाबा ने सपने में ही उन भक्त को मेरे ऑफिस का रास्ता बताया और फिर मैं उनको लेकर बाबा के तपोस्थली मईल पहुँचा। बाबा के जितने भक्त थे (सबका नाम नहीं लिख सकता, जगह कम पड़ जाएगी), सब बाबा से प्यार में अपनी बात कहते हुए ऐसे लगता, जैसे लड़ रहे हों और बाबा सिर्फ मुसकराते रहते थे।

उसी दौरान बाबा ने कहा, जो आया है, उसको जाना है, कुछ जा के भी नहीं जाते हैं, क्योंकि उनको लोक कल्याण के बहुत सारे काम करने होते हैं। अब मेरा भी समय आ गया है, इहलीला का सँवरण करना पड़ेगा। इस पर कप्तान साहब भावुक हो गए और बोले, आप ऐसी बात मत किया करिए, यह हमें दु:खी कर देता है। तब बाबा ने कहा—बच्चा चिंता मत कर, तुम भी वहीं रहोगे। जैसा कि मैंने पूर्व में भी लिखा है कि बाबा तो अंतर्यामी थे, उन्हें देश-विदेश कहीं भी किसी तरह की घटना जो घट रही हो, उसकी पूरी जानकारी और उस पर नजर रहती थी।

इत्तेफाक कहें या बाबा की कोई लीला, जब बाबा ने शरीर त्यागा (स्थूल) तो

कप्तान साहब मथुरा में पी.एस.सी. के कमांडेंट थे। कप्तान साहब इस घटना को याद करते हुए बार-बार भावुक हुए जा रहे थे, लेकिन एक बात पर उनका विशेष जोर था कि जो भी उद्गार अपने भक्तों के लिए व्यक्त करते थे, सारे-के-सारे अक्षरशः फलीभूत हुए।

□

जब प्रसाद सबको मिला

1 जनवरी, 2023 को तपोस्थली के करीब के गाँवों से लगभग 400 युवाओं की टोली, जिसका नेतृत्व श्री प्रमोद सिंह, उमेश तिवारी और निशिकांत दीक्षित के हाथों में था। इन लोगों ने नए वर्ष के आगाज पर सुंदरकांड का पाठ और विशेष भंडारे का आयोजन तपोस्थली पर कराया, जिसमें देवरिया और आसपास के जिलों से बाबा के भक्तों का आगमन हुआ। कार्यक्रम की भव्यता देखने लायक थी, क्योंकि आधुनिकता के इस दौर में जहाँ लोग पंचसितारा संस्कृति के साथ रच-बस चुके हैं, वहाँ युवाओं का तपोस्थली पर आना और अपनी आध्यात्मिक थाती पर इतराना तथा उसका सम्मान करना बाबा के आशीर्वाद स्वरूप ही संभव है। बाबा कहते थे—बच्चा, भारतवर्ष उत्सवधर्मी देश है, उत्सव होते रहने चाहिए। इससे लोगों में नवचेतना का संचार होता है। लोग अपनी नियमित दिनचर्या से बाहर निकल अपने अंदर ईश्वर के वास की अनुभूति करते हैं। हर एक व्यक्ति में ईश्वर है, जब लोग एक-दूसरे से मिलते हैं, बातें करते हैं, तो इसका मतलब है, कहीं-न-कहीं वे ईश्वर से साक्षात्कार कर रहे होते हैं।

इसी क्रम में राधाकृष्ण मंदिर, जहाँ कायाकल्प भवन भी है, (जिसका वर्णन मैंने इस पुस्तक के पूरवर्ती अध्यायों में किया है), वहाँ सेवानिवृत्त पुलिस उपाधीक्षक श्री बलराम मिश्राजी (जिनकी देख-रेख और उनके बाबा के साथ रहते हुए घटित दिनचर्या के संस्मरण पर आधारित यह पुस्तक लेखन संभव हो रहा है) के साथ जाने का सौभाग्य प्राप्त हुआ। वैसे तो उस स्थान पर जाने का सौभाग्य कई बार प्राप्त हुआ है, लेकिन उस दिन बाबा की कृपा से एक ऐसे सज्जन व्यक्ति से मुलाकात हुई, जिनकी तीन पीढ़ियों को बाबा का अनवरत आशीर्वाद प्राप्त हुआ। पूजनीय गुरुदेव की इच्छा के बगैर कोई भी घटना घटित नहीं हो सकती। ये सज्जन हैं डॉ. केशवधर द्विवेदी, जो देवरिया जिले के माने-जाने चिकित्सक हैं। डॉ. साहब का पैतृक निवास बजरातार, महुअवा गढ़रामपुर, जिला देवरिया में

है, लेकिन वर्तमान में डॉ. साहब न्यू कॉलोनी, देवरिया में निवास करते हैं। डॉ. साहब बहुत ही सज्जन व्यक्तित्व के धनी, जिनके चेहरे और व्यक्तित्व में उनके बौद्धिक परिवार के संस्कार दृष्टिगोचर होते हैं। इस औपचारिक मुलाकात में ही उनसे गुरुदेव से संबंधित स्मृतियों का आदान-प्रदान प्रारंभ हुआ।

डॉ. साहब के पिताजी श्री चंद्रभूषण धर द्विवेदीजी आई.ए.एस. अफसर थे, जो कई जिलों के डिस्ट्रिक्ट मजिस्ट्रेट रह चुके थे। चंद्रभूषण द्विवेदीजी 'सरयूपारीण ब्राह्मण महासंघ' वाराणसी के अध्यक्ष भी रहे और बाबा के अन्यतम भक्तों में एक थे, जिनको बाबा का भरपूर सान्निध्य मिला। डॉ. केशवधर द्विवेदीजी ने '60 के दशक की एक घटना का जिक्र करते हुए बताया कि मेरे पिताजी फतेहपुर के डिस्ट्रिक्ट मजिस्ट्रेट थे और वहाँ के प्रशासन ने एक शिक्षण प्रशिक्षण भवन का निर्माण कराया। जिससे कि आगंतुक नव कर्मचारियों को प्रशिक्षण प्रदान किया जा सके। मजिस्ट्रेट साहब ने बाबा से अनुनय किया कि हमारी इच्छा है कि आप इस नए भवन का लोकार्पण करें। बाबा सार्वजनिक सभाओं और स्थानों पर जाने से प्राय: मना कर देते थे, लेकिन जब कोई अन्यतम भक्त अनुनय करता था, गुरुदेव ने उनको कभी निराश नहीं किया।

जब गुरुदेव कहीं जाते, सामान्यत: उस कार्यक्रम को गुप्त रखा जाता था, लेकिन बाबा के सान्निध्य के लिए भक्तगण कहीं भी किसी हद तक जाने को तैयार रहते थे। मजिस्ट्रेट साहब बाबा के आगमन की प्रतीक्षा में और स्वागत तैयारियों में व्यस्त थे। उनके मातहत बाकी की व्यवस्था में लगे हुए थे। चारों तरफ उल्लास व आनंद का माहौल था, हर कोई अधीर हुआ बाबा के आगमन की प्रतीक्षा कर रहा था। बाबा पहुँचे और लोगों का हुजूम बढ़ने लगा। लोगों को प्रसाद के रूप में मीठी रोटियाँ मिलनी थीं, जिसकी व्यवस्था प्रशासन ने अपने स्तर पर अच्छी मात्रा में कराई थी। बाबा आए और उस नवनिर्मित भवन का उद्‌घाटन हुआ। अब समय था प्रसादम वितरित करने का, जिस पर हर भक्त का अधिकार था। लोग उस हॉल में इकट्ठा थे। बाँस की टोकरी में रोटियाँ आनी और बँटनी शुरू हुईं। प्रसाद के लिए सभी भक्त क्रमश: आते रहे और बाबा का आशीर्वाद मिलता रहा। साथ में ही बाँस की टोकरी में रखी हुई रोटियों का प्रसादम भी लोगों को मिल रहा था। लोगों की भीड़ बाबा के दर्शन और प्रसादम के लिए बढ़ती जा रही थी। उधर भीड़ और इधर व्यवस्थापकों की धड़कनें, दोनों एक क्रम में बढ़ रही थीं कि कहीं रोटियाँ कम न पड़ जाएँ।

बाबा तो ठहरे अंतर्यामी, अपने भक्तों की मनोदशा को पलभर में समझ जाने

वाले कृपालु बाबा ने स्वयं अपने हाथों से प्रसादम (रोटियाँ) बाँटनी शुरू कीं और द्विवेदीजी बताते हैं कि फिर वे रोटियाँ खत्म ही नहीं हो रही थीं। रोटियों को फिर से भरने की जरूरत ही नहीं पड़ी, यह द्विवेदीजी की आँखों के सामने की घटना है। बाबा चमत्कारों को नहीं मानते थे, लेकिन जब भक्त किसी संशय या कष्ट में होते, तो फिर बाबा उन्हें निराश भी नहीं करते थे।

□

यह सच है कि बंदा खुदा नहीं है, पर यह भी सच है कि खुदा से जुदा भी नहीं है

डॉ. द्विवेदीजी ने एक और घटना का जिक्र करते हुए लेखक को बताया कि फतेहपुर के बाद पिताजी का ट्रांसफर बस्ती और गोंडा जिलों को मिलाकर समादेशक (कमिश्नर) गंडक नहर परियोजना के पद पर हो गया। श्री चंद्रभूषण धर द्विवेदीजी बहुत ही मिलनसार प्रवृत्ति के व्यक्ति थे। जो भी उनके संपर्क में आता था, वह उनका होकर रह जाता था। कमिश्नर श्री द्विवेदीजी के सहयोगी चीफ इंजीनियर थे श्री अहमद हसनजी, जिनकी पोस्टिंग भी उसी कमिश्नरी में थी। इसलाम के सच्चे अनुयायी श्री हसनजी बहुत ही सरल व्यक्तित्व के धनी, लेकिन अपने धर्म के प्रति सच्ची श्रद्धा। पाँच वक्त के नमाजी और काफी आरक्षित रहने वाले व्यक्ति थे। चूँकि कमिश्नर साहब ओहदे में बड़े थे, इसलिए भी उनका झुकाव श्री द्विवेदीजी की तरफ ज्यादा था।

एक बार श्री चंद्रभूषण धर द्विवेदीजी (कमिश्नर साहब) ने श्री अहमद हसनजी को बोला, चलो, मैं तुम्हें अपने गुरुदेव (अध्यात्म तत्त्ववेद ब्रह्मर्षि देवरहा बाबा) के पास ले चलता हूँ, तुम्हें हमारे गुरुदेव से मिलकर बहुत प्रसन्नता का अनुभव होगा। चूँकि पाँच टाइम के नमाजी श्री अहमद हसनजी मानसिक रूप से इस बात के लिए तैयार भी नहीं थे और वे कमिश्नर साहब के साथ जाना भी नहीं चाहते थे, परंतु विवशता वश कहें या अपने कमिश्नर के सम्मान में उन्होंने तपोस्थली जाने के लिए हामी भर दी। फिर क्या था, अगले ही दिन कमिश्नर साहब के साथ अहमद हसनजी तपोस्थली की तरफ प्रस्थान कर गए। हर एक घटना, जो इस संसार में घटित होती है, सब पर भगवान् की नजर रहती है और ये सारी घटनाएँ आपके प्रारब्ध से जुड़ी होती हैं। हर उदय का अवसान होना निश्चित है, उसी प्रकार हर समस्या का समाधान भी निश्चित है।

अहमद हसनजी जा तो रहे थे, लेकिन उनके दिम्माग में एक द्वंद्व चल रहा था। द्वंद्व यह भी था कि मैं किससे और क्यों मिलने जा रहा हूँ? मानसिक द्वंद्व समानांतर सोच के साथ हसनजी बाबा की तपोस्थली पर पहुँचे। बाबा से मिलने वालों की संख्या देख वे हतप्रभ थे और वे सोच रहे थे कि ऐसी कौन सी बात इस संत में है, जो इतने लोग दर्शन के लिए लालायित हैं? लेकिन कुछ सवाल थे उनके दिमाग में, जिसका उत्तर वे भी चाहते थे। बाबा से मिलने के लिए कमिश्नर साहब की आतुरता देखकर भी हसन साहब का संशय दूर नहीं हो रहा था। बाबा का असीम दुलार और प्यार अपने भक्तों में रोमांच का संचार करता रहता था और भक्तों की आकुलता यह बताने के लिए काफी थी कि सम्मान और प्यार दोनों तरफ से समान था।

ब्रह्मर्षि पवित्र सरयू में स्नान करके लौटे और अपनी मचान पर भक्तों को दर्शन देने के लिए अवस्थित हुए, जैसा कि बाबा प्राय: किया करते थे। बाबा के दर्शन हुए, जैसा कि बाबा अपने भक्तों को 'बच्चा' कहकर संबोधित करते थे, बाबा ने कहा, "आओ बच्चा चंद्रभूषण, आशीर्वाद ग्रहण करो, बच्चा कल्याण हो।" उसके बाद कमिश्नर साहब ने हसन साहब का परिचय बाबा से कराया। बाबा ने हसन को देखते ही बोला, "बच्चा तुम्हारे मन में कुछ जिज्ञासा है, पूछो क्या पूछना चाहते हो?"

अहमद हसन साब बाबा को एकटक देखते रह गए, शायद वे बाबा के आभामंडल में खो गए थे। आभामंडल से बाहर निकलते हुए अहमद हसनजी सँभले और बिल्कुल गंभीर होते हुए पूछा, 'क्या आप खुदा हैं?' बाबा की चिर-परिचित मुसकान चेहरे पर तैर गई और बाबा बहुत ही शांत व गंभीर अवस्था में जाते हुए बोले—यह सच है कि बंदा खुदा नहीं है।

पर यह भी सच है कि खुदा से जुदा भी नहीं है।।

फिर क्या था, इतना सुनते ही अहमद हसनजी भावुक हो गए और उस दिन के बाद वे प्राय: बाबा के दर्शन के लिए जाने लगे। हसनजी ने बताया कि मेरा सारा संशय एक लाइन में कहे हुए उस देववाणी के शब्द और उसकी सार्वभौमिकता ने दूर कर दिया तथा थोड़े समय के लिए मैं चेतनाशून्य हो गया था।

□

जब चौधरी चरण सिंह को बाबा का आशीर्वाद मिला

श्री विपिन गुप्ताजी, जो राजधानी दिल्ली में प्रवास करते हैं, जहाँ पर उनके अपने प्रतिष्ठान हैं और पूज्य संत देवरहा बाबा के ऊपर एक पत्रिका तथा राजधानी से एक प्रतिष्ठित अखबार का संपादन करते हैं। श्री विपिन गुप्ताजी से मुलाकात के दौरान उन्होंने अपनी याददाश्त के पिटारे से कुछ घटनाएँ, वैसे तो घटना शब्द नहीं लिखना चाहता हूँ, पर यहाँ मैं इसे श्री विपिन गुप्ताजी का ब्रह्मर्षि के साथ बिताए हुए पलों का जिक्र कर रहा हूँ, जो उन्होंने उनसे मुलाकात के दौरान लेखक को बताए। श्री विपिन गुप्ताजी बाबा के अप्रतिम भक्त और प्रिय हैं, जिन पर बाबा की विशेष कृपा है। श्री गुप्ताजी माननीय श्री लोकनायक जयप्रकाश नारायण के कार्यालय सचिव थे, जो बाद में पूर्व प्रधानमंत्री और दुनिया के सबसे बड़े किसान नेता श्री चौधरी चरण सिंह के कंस्टीटूशन क्लब के करीब विट्टल भाई पटेल हाउस, जहाँ किसान मोर्चा का ऑफिस था, उसके कार्यालय सचिव बने, जो चौधरी साहब के ऑफिस का कार्यभार देखते थे। 1 जनवरी को श्री गुप्ताजी का जन्मदिन होता है, उस पर प्रायः गुप्ताजी आशीर्वाद लेने चौधरीजी के पास जाते थे। 1978 के 01 जनवरी को अपने जन्मदिन पर आशीर्वाद लेने के लिए श्री गुप्ताजी चौधरीजी के कार्यालय पहुँचे। वहाँ पर बिहार के कद्दावर नेता श्री श्याम नंदन मिश्राजी (श्याम नंदन मिश्रा ने भारतीय स्वतंत्रता आंदोलन में सक्रिय भाग लिया और 1942-1943 के दौरान भारत छोड़ो आंदोलन के सिलसिले में जेल गए। श्यामा नंदन मिश्रा ने 1980 से 1986 तक भारतीय संसद् के ऊपरी सदन राज्यसभा के सदस्य के रूप में कार्य किया। वह 1957 से 1962 तक बिहार विधानसभा के सदस्य भी थे। भारतीय राष्ट्रीय कांग्रेस और पार्टी के भीतर विभिन्न पदों पर रहे। वह विभिन्न सामाजिक और राजनैतिक संगठनों से जुड़े थे। (वह लिबरेटर और बिहार वैभव प्रकाशनों के

संपादक भी थे) वे उस समय चौधरी साहब के पास बैठे हुए थे। 12 तुगलक रोड पर उस समय चौधरी चरण सिंहजी का ऑफिस था।

श्री विपिन गुप्ताजी चौधरी चरण सिंहजी का आशीर्वाद लेने के पश्चात् वृंदावन तपोभूमि प्रस्थान करने की तैयारी में थे, जहाँ वे बाबा के दर्शन के लिए अति उत्सुक थे। गुप्ताजी ने वात्सल्य भाव से चौधरीजी को बोला, चौधरी साहब, आप को भी तत्त्ववेद ब्रह्मर्षि देवरहा बाबा का दर्शन कर आशीर्वाद लेना चाहिए। चौधरी साहब ने गुप्ताजी से यह सुनने के पश्चात् अपनी भंगिमा परिवर्तित करते हुए बोला, "सुना है, देवरहा बाबा लात से मारते हैं! और उनके आशीर्वाद देने का तरीका बड़ा विचित्र होता है।" इस पर गुप्ताजी बताते हैं कि राजेंद्र बाबू भी बहुत बड़े भक्त रहे हैं और उनको तो बाबा श्री ने बचपन में ही आशीर्वाद दिया था कि यह बालक एक दिन राजा बनेगा।

एक बात और मैं यहाँ पर पाठकों को बताना जरूरी समझता हूँ कि श्री चौधरी चरण सिंहजी आर्यसमाजी थे, वे सनातन का सम्मान करते थे, परंतु सनातन पद्धति को मानते नहीं थे, इसलिए वे बाबा के दर्शन से बच रहे थे। श्री श्यामानंदन मिश्राजी ने चौधरी साहब की शंका के समाधान के लिए उनसे पूछा, "चौधरी साहब, जब आपकी शादी हुई तो ससुराल में आपका पैर पूजा गया या अँगूठा?" चौधरी साहब ने कहा, यह कैसा प्रश्न है, इससे इसका क्या अभिप्राय है? श्री श्यामानंदनजी ने कहा, इस सवाल के उत्तर में ही आपकी शंका का समाधान छिपा हुआ है। चौधरी साहब का जवाब था, "पैर नहीं अँगूठा।" फिर श्यामा चरणजी ने चौधरी साहब को बताया कि मनुष्य के अँगूठे में उसकी शक्तियाँ सन्निहित होती हैं, इसलिए सिद्धों के पैर के अँगूठे का पूजन किया जाता है और प्रायः सिद्ध अपने पैर के अँगूठे से ही आशीर्वाद प्रदान करते हैं। पूज्य गुरुदेव के अँगूठे में ही भक्तों का स्वर्ग है, इसलिए अँगूठे के स्पर्श से ही प्रायः मनुष्य का जीवन परिवर्तन हो जाता है, इसलिए आपकी शंका निर्मूल है, बाबा अँगूठे से अपने भक्तों को आशीर्वाद प्रदान करते हैं।

उनके शंका समाधान के उपरांत चौधरी साहब का मन बाबा के दर्शन के लिए लालायित हो गया, लेकिन चौधरी साहब की अपनी एक अलग ही उच्च पद की गरिमा थी। चिंता इस बात की भी थी कि एक आर्यसमाजी किसी सनातनी से आशीर्वाद लेने कैसे जाएगा। इसलिए यह तय हुआ कि चौधरी साहब गुप्त रूप से बाबा के दर्शन के लिए जाएँगे और इस बात की कोई चर्चा नहीं की जाएगी। पूरा कार्यक्रम गुप्त रखा जाएगा, परंतु चौधरी साहब देश के बड़े नेताओ में शुमार थे, हो ही नहीं सकता कि लोगों को जानकारी न हो और चौधरी साहब किसी ऐसे स्थान

से वापस लौट आएँ, जो उनके प्रभाव क्षेत्र का केंद्र हो। वैसे भी पाठकों को बताना चाहेंगे कि पश्चिमी उत्तर प्रदेश जहाँ ब्रह्मर्षि का तपोस्थली स्थित है, वह सारा क्षेत्र ही जाट बाहुल्य है और ऐसा संभव नहीं था कि जाटों का सबसे बड़ा नेता उस परिक्षेत्र में रहे और लोगों को खबर न हो।

इसलिए यह दारोमदार वहाँ के निवर्तमान सांसद श्री महेंद्र प्रताप सिंहजी को दिया गया। वहाँ के कुछ विश्वस्त कार्यकर्ताओं की सलाह पर मथुरा में पार्टी के चिंतन शिविर के आयोजन का प्रस्ताव रखा गया। जिससे किसी को यह पता न चले कि चौधरी साहब की बाबा से मुलाकात प्रस्तावित है। चिंतन शिविर के आयोजन की तिथि निश्चित की गई, जो सनातन धर्म में सूर्य के मकर राशि में प्रवेश वाले दिन को पड़ती थी, जब पूरा हिंदुस्तान मकर संक्रांति मना रहा था। चिंतन शिविर के बाद रात्रि में लगभग दस बजे के आसपास चौधरी साहब अपने कुछ विश्वासपात्र साथियों, जिसमें सर्वश्री श्यामानंद मिश्रा, श्री दिगंबर सिंह, श्री नरसिंह यादव, श्री राजनारायणजी और निवर्तमान लोकसभा के स्पीकर श्री रवि रेजी के साथ बाबा की तपोस्थली वृंदावन पहुँचे। तपोस्थली की आभा देखकर ही चौधरी साहब अचंभित थे। कुछ देर इंतजार के बाद मचान से बाबा ने दर्शन दिया। बाबा ने चौधरी साहब को देखते ही बोला, "चौधरी तू आया नहीं है, तू तो लाया गया है, चलो दर्शन कर लो। अच्छा चरण बच्चा सुन, जो तेरी इच्छा है, वह पूरी हो जाएगी, मेरा आशीर्वाद है, लेकिन तुम्हारा कार्यकाल लांछित रहेगा बच्चा। जाओ तुम्हारी छुट्टी करता हूँ, तुम्हारा कल्याण हो बच्चा," समयचक्र घूमा, चौधरी चरण सिंहजी उसी वर्ष 28 जुलाई, 1979 को भारत के प्रधानमंत्री बने। हालाँकि प्रधानमंत्री के रूप में उनका कार्यकाल अल्पकालिक था और उनकी सरकार के लोकसभा (निचले सदन) में विश्वास मत हारने के बाद उन्होंने 14 जनवरी, 1980 को इस्तीफा दे दिया। इत्तेफाक ब्रह्मर्षि से पहली मुलाकात भी 14 जनवरी, 1979 को हुई और एक वर्ष बाद चौधरीजी का इस्तीफा, यह सिर्फ इत्तेफाक नहीं हो सकता है, बल्कि इसमें कहीं-न-कहीं बाबा के शब्दों का प्रभाव रहा।

□

जब बाबा ने विद्रोही दिमाग को अधिकारी बनने की प्रेरणा दी

हमारे (लेखक) अभिभावक स्वरूप श्री ऋषिकेश पांडेयजी, जो इस समय उत्तर प्रदेश सरकार में 'उप महानिरीक्षक, स्टांप' के पद को सुशोभित कर रहे हैं, पूज्य बाबा सरकार के शिष्य हैं। जब ये नवयुवक थे, इनके अनुसार, इनके ऊपर 'पूर्वांचल की हवा' का पूरा प्रभाव पड़ चुका था। इनके पिताजी एक सरकारी शिक्षक थे और इनके आचरण से दु:खी थे। पिताजी को अब बाबा से ही आस थी। पिताजी ने इनसे कहा कि ये बाबा के दर्शन कर आएँ। उस समय ये घोर नास्तिक थे।

भगवान् और देवी-देवताओं में इनका बिल्कुल विश्वास नहीं था तो फिर ये बाबा को क्या मानते? पर पिताजी के कहने पर इन्होंने कह दिया कि जिस दिन बाबा इन्हें जल्दी उठा देंगे, उस दिन ये चले जाएँगे। उस समय ये 10-11 बजे के पहले नहीं उठते थे। दूसरे दिन इनकी नींद सुबह 3 बजे ही खुल गई और ये नहा-धोकर तैयार भी हो गए।

ये बताते हैं कि यहाँ भी इन्होंने बाबा की परीक्षा लेने की सोची और अपने साथ एक भी पैसा नहीं रखा। दो जगह गाड़ी बदलनी थी। आश्चर्य कि दोनों जगह गाड़ी इनके सामने आकर रुकी और गाड़ीचालक ने बिना पैसे लिए यात्रा भी करवा दी। मगर इन्हें यही लगा कि इनके भय के कारण ऐसा हुआ है, क्योंकि उस समय 'इनका भय भी चला करता था'। ये आश्रम पर पहुँचकर बाबा की मचान की ओर बढ़े। काफी भीड़ थी। सुरक्षाकर्मी भी लगे हुए थे। एक सिपाही ने इनको देखकर इन्हें आगे जाने से रोक दिया। इन्होंने मन-ही-मन सोचा कि यहाँ भी बड़े लोग ही बाबा तक पहुँच सकते हैं। ये एक पेड़ के नीचे बैठ गए।

तभी इन्हें बाबा की बहुत तेज आवाज सुनाई पड़ी। बाबा इन्हें नाम लेकर

पुकार रहे थे। आवाज सुनते ही इनकी सोचने की शक्ति चली गई और ये यंत्रवत् मचान की ओर चलने लगे। इनको बाबा की आवाज के अलावा कुछ सुनाई ही नहीं पड़ रहा था। सिपाही ने फिर रोका। इन्होंने कहा कि बाबा बुला रहे हैं। सिपाही ने कहा कि उसने तो बाबा की आवाज नहीं सुनी। तभी बाबा ने सिपाही को संबोधित करते हुए कहा, 'इसको बुला रहे हैं तो तुम काहे सुनोगे।' जहाँ यह सब घटना घट रही थी, वह जगह बाबा की मचान से काफी दूर थी, जहाँ से बाबा के ही स्पष्ट दर्शन नहीं हो पा रहे थे, इसलिए आवाज का स्पष्ट सुनाई देना भी आश्चर्य ही था।

जब ये बाबा के मचान के पास पहुँचे, तो बाबा ने कहा, 'का बच्चा, बाबा की परीक्षा लेवे आए हो।' मगर अब इनकी स्थिति बिल्कुल बदल चुकी थी। ये हाथ जोड़े खड़े थे और इनकी आँखों से आँसू बह रहे थे। इन्हें हर तरफ ईश्वर स्वरूप बाबा ही नजर आ रहे थे। बाबा ने पूछा, पढ़ाई करते हो। इन्होंने कहा कि पढ़ाई छोड़ दी। बाबा ने कहा, 'जाओ, तुम्हें सरकारी अधिकारी बना दिया।' इन्होंने कहा, 'पर बाबा पढ़ाई तो छोड़ दी। बाबा ने कहा, 'पर बच्चा, हमने तो अधिकारी बना दिया।' बाबा ने इन्हें प्रसाद दिया और इनकी छुट्टी कर दी।

ये अंजुली में मखाने का प्रसाद लिए हुए घर की ओर पैदल चल पड़े। इनके मन में बाबा के वही शब्द गूँज रहे थे कि इन्हें अधिकारी बनना है। ये सोच रहे थे कि यह सब असंभव है, क्योंकि इनकी पढ़ने में रुचि ही नहीं थी। उस समय इनके पिताजी को एक झूठे मुकदमे में फँसाया गया था, जहाँ से छूट पाना भी असंभव ही था। इन्होंने सोचा कि यदि बाबा इनके पिताजी को आरोपमुक्त सिद्ध करवा दें, तब ये मान जाएँगे कि बाबा ही इन्हें अधिकारी भी बना देंगे।

दूसरे दिन अचानक ही इनके वकील इनके घर पर आए और बोले, मिठाई खिलाइए। सबने कारण पूछा तो पता चला कि इनके पिताजी मुकदमा जीत गए हैं। यह भी चमत्कार ही था। अब इनकी बाबा के प्रति श्रद्धा उपज गई। इनका स्वभाव भी बदल गया। इन्होंने फिर पढ़ाई शुरू की, पर बहुत मेहनत के बावजूद ज्यादा कुछ समझ नहीं आता था। फिर भी धीमे-धीमे परीक्षाएँ उत्तीर्ण करते हुए इन्होंने प्रतियोगी परीक्षा में भी हिस्सा लिया। श्री ऋषिकेश पांडेयजी आज एक पी.सी.एस. अधिकारी हैं। पूज्य बाबा ने इनको गौ-सेवा करने की आज्ञा दी थी। आज ये स्वयं भी गौ माता की सेवा कर रहे हैं और दूसरों को भी प्रेरणा दे रहे हैं। इन्होंने लखनऊ में 'नंदनी गौशाला' के नाम से एक विशाल गौशाला स्थापित की है, जहाँ बड़े ही व्यापक रूप में गौ माता की सेवा हो रही है। साथ ही इनके कई मित्र इनसे प्रेरणा लेकर अनेक विशाल गौ-शालाओं का संचालन कर रहे हैं। □

जब शादी का सारा सामान नदी की रेत से निकला

यह वाकया बाबा के एक शिष्य, जो अपनी सेवा तपोस्थली में देते थे, उनके साथ घटित हुई। उनकी कन्या जिनका नाम लोना देवी था, उनका परिणय संस्कार होना तय हुआ। उनकी शादी गोपालगंज जिले के आज के राष्ट्रीय राजमार्ग संख्या 24 के करीब कुचायकोट बाजार से दक्षिण उचकागाँव में तय हुई थी। प्रत्येक पिता का यह कर्तव्य होता है कि वह अपनी कन्या की शादी धूमधाम से करे और अपने पिता होने का धर्म निर्वाह करे। हमारे यहाँ हर पिता अपनी क्षमता के अनुसार वर पक्ष को भेंट और कन्या के दैनिक उपयोग आने वाले सामान कन्या की विदाई के समय उसको देते हैं। ठीक उसी प्रकार पंडितजी भी अपनी कन्या के शादी का सपना सँजोए हुए थे। समस्या यह थी कि पूरे समय तो वे तपोस्थली और अपने पूज्य गुरुदेव की सेवा में लगे रहते थे, इसलिए धनाभाव चरम पर था। इसी सोच में डूबे पंडितजी ने अपनी व्यथा दरबार में रख दी। पूज्य गुरुदेव पहले तो मुसकराए और फिर बोले, यह तो मुझे पता था बच्चा, लेकिन भगवान् में विश्वास रखो, वे कोई रास्ता जरूर निकालेंगे। इस घटना के बारे में जानकारी लेखक को उनके पौत्र श्री वैद्यनाथ पांडे और श्री हरिनाथ पांडेय के द्वारा हुई। इन दोनों लोगों ने बताया कि जब शादी की तिथि करीब आ गई और इनके नानाजी अपने गाँव, जो देवरिया से सटे बिहार प्रांत के विजयीपुर के करीब था, वहाँ जाने को तैयार हुए। यात्रा प्रारंभ करने के पूर्व वे श्रीगुरुदेव का आशीर्वाद लेने मचान के करीब पहुँचे ही थे कि गुरुदेव मुसकराए और बोले, "बच्चा, बेटी की शादी करने जा रहे हो और विदाई का सामान यहीं छोड़ के जा रहे हो!"

पंडितजी अचंभित हो बाबा की तरफ देख रहे थे। यह कौन सी लीला है गुरुदेव की, यहाँ तो कोई सामान आसपास दिखाई नहीं दे रहा है और गुरुदेव कह

रहे हैं कि शादी का सारा सामान यहीं छोड़ कर जा रहे हो, परंतु पंडितजी को गुरुदेव के शब्दों पर कोई संशय नहीं था। यह भी गुरुदेव की महिमा हो सकती है।

फिर ब्रह्मर्षि ने कहा, "जा बच्चा, सरयू माई के रेत में तुम्हारी बेटी के विवाह में कार्य आने वाला सारा सामान पड़ा हुआ है। रेत हटाओ, सब कुछ वहीं मिल जाएगा। लोग बताते हैं कि शादी का सारा सामान उसी रेत में से निकला। जिस-जिस वस्तु की जरूरत एक सामान्य विवाह में होती है, वे सारी वस्तुएँ एक बैलगाड़ी पर लादकर पंडितजी अपने पैतृक गाँव को प्रस्थान कर गए और फिर गुरुदेव की कृपा से विवाह सकुशल संपन्न हुआ।

□

प्रसाद की तो जैसे बरसात होती थी

श्री कमलेश सिंहजी, जो राप्ती नदी के तट पर स्थित गाँव पवहरिया, जो जिला गोरखपुर के अंतर्गत आता है, के निवासी हैं। चूँकि बाबा को जल अत्यधिक प्रिय था, इसलिए मैं यहाँ फिर एक बार इस बात का जिक्र करना चाहूँगा कि यह वही राप्ती नदी है, जो आगे चलकर देवरिया और गोरखपुर की सीमा पर सरयू में समाहित होते हुए वहाँ पर संगम बनाती है। पूर्वांचल के इस अंचल में छोटी-बड़ी लगभग पंद्रह नदियाँ बहती हैं और हर एक नदी का एक समृद्धिशाली इतिहास रहा है। राप्ती को 'अचिरावती' के नाम से भी जाना जाता है और शायद विश्व की यह एकमात्र ऐसी नदी है, जिसके तट पर आज तक कोई सांप्रदायिक क्लेश नहीं हुआ है। ऐसे शानदार परिवेश में श्री कमलेशजी की परवरिश हुई और बाद में वे उत्तर प्रदेश पुलिस में सिपाही पद पर चयनित हुए। पिता श्री विशेश्वर नाथ सिंहजी को अपने पुत्र की इस उपलब्धि पर गर्व हुआ करता था।

सन् 1980 में उत्तर प्रदेश पुलिस सेवा के दौरान ही श्री कमलेशजी की पोस्टिंग लार थाना अंतर्गत मईल पुलिस चौकी पर थी (आज मईल खुद एक पुलिस थाना है)। श्री विश्वंभर सिंहजी की बड़ी इच्छा थी कि पूज्य चरणों के दर्शन किए जाएँ और उनका आशीर्वाद प्राप्त करें। उन्होंने अपनी इच्छा श्री कमलेशजी के सामने रखी। श्री कमलेशजी उस समय तपोस्थली में ही अपनी सेवाएँ दे रहे थे (आप सोच सकते हैं कि तपोस्थली में पुलिस का क्या कार्य, तो मैं यह सुधी पाठकों को बताना चाहता हूँ कि जब पूज्य चरण की उपस्थिति तपोस्थली पर होती थी, उस दौरान औसत पाँच से छह हजार लोग प्रतिदिन तपोस्थली पर श्री चरणों के दर्शन हेतु पहुँचते थे)। श्री कमलेशजी पिताजी की इच्छा अनुसार उन्हें तपोस्थली पर लेकर गए। जैसा कि पहले इस कृति में लिखा गया है कि पूज्य-चरण के हर एक स्नान का समय होता था और सौभाग्य से उस समय वे सरयू की धारा से अपना दूसरा स्नान कर के अपने मचान की तरफ वापस लौट रहे थे

कि श्री कमलेशजी ने श्री गुरुदेव से अपने पिताजी को आशीर्वाद और दर्शन देने के लिए आग्रह किया।

श्री कमलेशजी बताते हैं कि पूज्य गुरुदेव के चरण भक्तों को आशीर्वाद देते समय ऐसा लगता था कि उनकी लंबाई अपने आप बढ़ जाती थी और यह प्रक्रिया कुछ सेकंड में ही हो जाती थी, जो लगभग अदृश्य रहती थी। अन्यथा मचान की ऊँचाई लगभग 12 फुट से ज्यादा होती थी और जिन भक्तों पर विशेष कृपा होती थी, उनको ही चरण रज का स्पर्श मिलता था। मेरी आँखों के सामने ही गुरुदेव ने अपना पैर मचान से निकाल पिताजी और श्री गोबरी सिंहजी के सर के ऊपर रख दिया।

यह प्रक्रिया इतने कम समय में हुई कि मैं स्वयं आश्चर्यचकित था। प्रसाद के रूप में गुरुदेव के हाथ में फल कहाँ से आते थे, यह भी एक रहस्य था। प्रसाद में जो भी फल मिलता, उसका स्वाद दिव्य होता था। जब गुरुदेव मचान से प्रसाद भक्तों की तरफ उछालते थे, तो ऐसा लगता था, जैसे फलों की बरसात हो रही हो। इतने सारे फल एक साथ कहाँ से आते थे, यह तो सिर्फ गुरुदेव को ही पता होगा। मैं तपोस्थली पर अपनी ड्यूटी के दौरान लगभग रोज नए-नए अनुभव करता था। दयामय गुरुदेव की अपने हर आने वाले भक्त पर अहेतुकी कृपा होती थी। उनका अवतार भारतवर्ष के कल्याण के लिए हुआ था और प्रायः वे अपने उपदेश में इसका जिक्र करते थे।

□

गुरुदेव का स्पर्श चेतना-शून्य कर देता था

श्री बलराम मिश्र, श्री राजेश सिंह दयाल, श्री पंकज दुबे और बहुत सारे भक्तों ने अपने अनुभव साझा करते हुए बताया है कि गुरुदेव का स्पर्श अलौकिक था। उनके श्रीचरणों का स्पर्श जब किसी भी भक्त के सर पर होता था, एक दिव्यता का अनुभव होता था। राजेश दयालजी ने दिल्ली में मुलाकात पर लेखक को बताया कि "गुरुदेव ने कैसे उनके दोनों हाथों को एक विशेष मुद्रा में करवाते हुए जब उन पर शंख रख प्रदक्षिणा दिया, उस समय ऐसा लगा कि वे ब्रह्मांड में विचरण कर रहे हैं।" कुछ ऐसा ही संस्मरण श्री पंकज दुबे ने बताया कि "मेरा उपनयन श्रीचरणों के सान्निध्य में हुआ। केश के कट जाने और उसके बाद जब बाबा के श्रीचरणों का स्पर्श मेरे सिर पर हुआ, ऐसा लगा, जैसे पूरा शरीर ठंडा पड़ गया। एक दिव्यता का अनुभव हुआ। उस दिन के बाद जैसे पूरा संसार मुझे एक अलग दृष्टि से दिखाई देने लगा था।" कुछ ऐसा ही अनुभव श्री ऋषिकेश पांडेय ने लेखक से मईल तपोस्थली पर मुलाकात के दौरान साझा किया, जिसमें उन्होंने बताया कि "एक दिन प्रयाग विश्वविद्यालय में फिजिक्स के एक प्रोफेसर साहब उनसे मिलने उनके कार्यालय आए। बातचीत के दौरान चर्चा आकाशगंगा और उसके वैज्ञानिक विश्लेषण पर छिड़ी। प्रोफेसर साहब ने कहा, ब्रह्मांड में 10 हजार करोड़ आकाशगंगाएँ हैं और लगभग इतनी और हो सकती हैं, जिनका वैज्ञानिक विश्लेषण जारी है। गुरुदेव कहा करते थे कि बच्चा 14 लोक हैं, सात उच्च लोक जो धरती के ऊपर और सात निचले लोक, जिन्हें पाताल लोक भी कहते हैं। पृथ्वी मध्य में स्थित है। पृथ्वी के ऊपर भू, भुवस, स्वर, महस, जनस, तपस और सत्य और पृथ्वी के नीचे अतल, महत्त्वपूर्ण, सुतल, रसातल, तलातल, महातल, पाताल और नरक लोक स्थित हैं। हर लोक का एक स्वामी होता है और उन सबके स्वामी श्री हरि विष्णुजी हैं, जो भक्तों के

कल्याण हेतु कभी राम, तो कभी योगीराज कृष्ण के रूप में मृत्युलोक में अवतार लेते हैं। बच्चा वे लोग सबसे बड़े योगी हैं और हर योगी जगत् कल्याण के लिए अवतरित होता है। प्रोफेसर साहब अपने वैज्ञानिक साक्ष्य से मुझे प्रभावित करने की कोशिश कर रहे थे, लेकिन मैं कहीं कुछ और ढूँढ़ने की कोशिश में लगा हुआ था। मैं प्रोफेसर साहब को सुनते हुए गुरुदेव का स्मरण कर रहा था। अचानक मुझे लगा, मैं मूर्च्छित हुआ और सद्गुरुदेव ने मेरा हाथ पकड़ा तथा बड़े वेग में मैं चार लोक पार कर गया। फिर मैंने गुरुदेव से विनती की, 'हे गुरुदेव बस करिए, इससे ऊपर मैं नहीं जा सकता, और जब मेरी तंद्रा भंग हुई तो देखा, प्रोफेसर साहब अभी भी उसी विषय पर लगे हुए हैं।

नेपाल के एक भक्त, जिन्होंने अपना नाम नहीं लिखने की हिदायत दी है, ने बताया कि "तपोस्थली पर गुरुदेव अपने भक्तों की जिज्ञासाओं का समाधान इतने सरलतम तरीके से करते थे, जिसका कोई जवाब नहीं था। मेरे जिद रूपी आग्रह पर उन्होंने मुझे कहा, तू बहुत जिद्दी है, लेकिन मेरा प्यारा भक्त है और फिर उन्होंने मेरे मन की व्यथा समझते हुए मुझ पर ऐसी कृपा की, जिसके कारण मेरा पूरा जीवन बदल गया। उनके चरण-स्पर्श में इतनी ऊर्जा थी कि उसका बखान शब्दों में नहीं हो सकता। चरणरज से तमाम समस्याएँ अपने आप दूर हो जाती थीं। गुरुदेव कहते थे—चरणों में ही तीर्थ है।

□

जब बाबा ने राम दयाल सिंहजी पर कृपा की

तपोस्थली के ही निकट सरयू नदी के तट पर स्थित ग्राम देवसिया, जिस पर गुरुदेव की असीम कृपा रही है। श्री राम दयाल सिंहजी इसी गाँव के निवासी हैं।

श्री राम दयाल सिंह के बड़े भाई श्री रामआश्रय सिंहजी, जो उत्तर प्रदेश पुलिस से सेवानिवृत्त पुलिस उपाधीक्षक रहे हैं, उनसे वार्त्तालाप के दौरान उन्होंने बताया कि श्री राम दयाल सिंह बचपन में बहुत ही शरारती थे और उनका ज्यादातर समय तपोस्थली के आसपास ही गुजरता था। जैसा कि मैंने इस पुस्तक में जिक्र किया है कि इस परिवार पर गुरुदेव की महती कृपा थी।

बात सन् 1965 की है, उस समय बरहज पुलिस थाना पर बिहार से संबंध रखने वाले श्री तारा प्रसाद सिंहजी थानेदार बनकर आए। बरहज थाना देवरिया जिले में स्थित है, जो बिल्कुल पवित्र सरयू नदी के तट पर स्थित है। सरयू नदी देवरिया और मऊ जिले की सीमा का निर्धारण करती है। जैसा कि मैंने पहले भी बताया है कि बाबा और माँ सरयू का बड़ा ही अटूट रिश्ता था। ऐसा लगता था, जैसे कुछ सूचनाएँ बाबा माँ सरयू के द्वारा भी प्रसारित कर देते थे। श्री तारा प्रसाद सिंहजी को बरहज थाने पर अपनी तैनाती के दौरान ही बाबा से मिलने की प्रबल इच्छा हुई। उनके मातहतों ने उन्हें बताया कि बाबा मन की बात जान लेते हैं और यदि भक्त किसी दुविधा या समस्या में होते हैं, तो उनका समाधान भी वहीं तपस्थली पर हो जाता है। श्री तारा प्रसाद सिंहजी बड़ी श्रद्धा के साथ तपोस्थली बाबा के दर्शन हेतु पहुँचे। मन में कुछ दुविधाएँ थीं, जो उनको परेशान कर रही थीं, परंतु उनको ऐसा लग रहा था कि आज मेरी दुविधाओं का समाधान जरूर होगा। इसी विश्वास के साथ श्री तारा प्रसाद सिंहजी गुरुदेव के श्रीचरणों में उपस्थित हुए। गुरुदेव ने तारा

प्रसादजी के मन को पढ़ लिया और बोले, "बच्चा, जिस दुविधा के समाधान के लिए तुम यहाँ आए हो, उसका निवारण यहीं उपस्थित है।"

दरअसल, श्री तारा प्रसादजी अपनी सुपुत्री के लिए किसी योग्य वर की तलाश में थे और उनकी तलाश पूरी नहीं हो पा रही थी। बाबा ठहरे अंतर्यामी, उनकी तलाश को समाप्त करते हुए गुरुदेव ने बोला, "बच्चा आपकी सुपुत्री के लिए वर इसी तपोस्थली के आसपास ही है।" उसके बाद गुरुदेव ने श्री रामाश्रय सिंहजी को बुलवाकर बोला कि रामदयाल का रिश्ता इनकी पुत्री के साथ तय करिए। लेखक से वार्त्तालाप के दौरान श्री रामाश्रयजी ने बताया कि बाबा का आदेश था, उसका पालन करना ही था, क्योंकि वह तो मेरे परिवार के लिए इस रूप में एक अद्वितीय आशीर्वाद था। इस प्रकार रामदयाल की शादी श्री गुरुदेव के आशीर्वाद से तय हुई।

□

गुरुदेव का महाप्रयाण

योगी कभी महाप्रयाण पर नहीं जाते हैं। जो साक्षात् परब्रह्म हों, वे सिर्फ अपनी स्थूल काया को छोड़ अनंत में विचरण करने के लिए स्वतंत्र हो जाते हैं। हिमालय में ध्यानमग्न एक संत ने गुरुदेव को डोली में सवार एक मधुर ध्वनि के संगीत के साथ हिमालयी क्षेत्र में जाते हुए देखा और यह वही समय था, जब बाबा का महाप्रयाण हुआ था। श्री संत महोदय ने बताया कि हिमालय जाने के पहले उन्होंने श्री गुरुदेव से आशीर्वाद लेकर यात्रा प्रारंभ की थी। गुरुदेव ने आशीर्वाद देते हुए संतजी को दर्शन देने का वचन दिया था। उक्त संत ने बताया कि मैंने बाबा को जुलूस के साथ मधुर ध्वनि बजाते हुए डोली में सवार हुए हिमालय की तरफ जब जा रहे थे, उनकी डोली मेरे से थोड़ी दूर पर रुकी, गुरुदेव ने दर्शन देते हुए अपना हाथ उठाया और आशीर्वाद दिया, फिर उनका जुलूस आगे हिमालय की ऊँचाई वाले क्षेत्र की तरफ निकल गया।

आजीवन स्वस्थ तथा मजबूत रहे गुरुदेव देह त्यागने के कुछ पूर्व कमर से आधा झुककर चलने लगे थे। बाबा नित्य ही बिना नागा भक्तों को मचान से दर्शन देते थे, किंतु 11 जून, 1990 से अचानक बाबा ने दर्शन देना बंद कर दिया। 15 जून, 1990 में योगिनी एकादशी का दिन, घनघोर बादल छाए थे।

विलक्षण बात यह दिखी कि 14 जून को यमुनाजी का जलस्तर सामान्य था। मध्यम हवाएँ चल रही थीं, परंतु अगले दिन 15 जून को सुबह से बहुत गरमी थी। एकाएक मौसम बदला, यमुनाजी के ऊपर काले बादलों ने डेरा जमा लिया, ऐसा लगा, प्रकृति कुपित हो रही है और घनघोर जलावृष्टि होने लगी। यमुनाजी की धारा वेगवान हो गई। ऐसा लगा, जैसे प्रकृति भी ब्रह्मर्षि के प्रयाण पर दु:खी हो रही थी और हो भी क्यों नहीं, प्रकृति और मानव के बीच सामंजस्य को गुरुदेव आध्यात्मिक हिंदुस्तान का प्रतिरूप कहते थे। गुरुदेव तो प्रकृति के ही रूप थे।

उस दिन की शाम को बाबा ने इहलीला का सँवरण किया और ब्रह्मलीन हो गए। दो दिन तक उनके शरीर को यमुना किनारे भक्तों के दर्शन के लिए रखा गया था। बाबा के ब्रह्मलीन होने की खबर देश-देशांतर में फैली और हजारों लोग उन्हें विदा देने के लिए उमड़ पड़े। उन दिनों संचार और संपर्क के तीव्र साधन आज की तरह सुलभ नहीं थे, फिर भी सूचना पाकर भारत के अलावा यूरोपीय देशों से भी श्रद्धालु उनके अंतिम दर्शनों के लिए आए। बहुत सारे गण्यमान्य व्यक्ति पूरे संसार से यह खबर सुनने के बाद वृंदावन की तरफ दौड़ पड़े। पूर्व प्रधानमंत्री श्री अटल बिहारी वाजपेयी, श्री रेवतीरमन सिंह, श्री अशोक सिंहल, डॉ. विक्रम सिंह, श्री शिरीशचंद्र दीक्षित, श्री शैलजाकांत मिश्रा, डॉ. ए.के. सिंह और तमाम गण्यमान्य व्यक्ति उस यात्रा में शामिल होने के लिए वृंदावन पहुँचने लगे। श्री अयोध्याजी से पधारे संत श्री नृत्यगोपालदासजी महाराज, प्रतिवादी भयंकराचार्यजी महाराज अपने तमाम शिष्यों के साथ गुरुदेव की महायात्रा में शामिल होने के लिए पहुँचे। अखंड राम ज्योति जो पूज्य गुरुदेव ने अयोध्या में प्रज्वलित करवाई थी, उसके संरक्षक स्वामी पुरुषोत्तमाचार्यजी महाराज, चरणपादुका वृंदावन से स्वामी राम प्रपन्नाचार्यजी महाराज अपने शिष्यों की मंडली के साथ महायात्रा में शामिल होने के लिए पहुँचे।

उन्हें मचान के पास ही यमुना की पवित्र धारा में जल-समाधि दी गई।

□

क्षमा-याचना

भक्तों और गुरुदेव का संबंध पिता-पुत्र जैसा होता है। जिस प्रकार पिता सूर्य की तरह अपनी ऊष्मा से अपने बच्चों को ऊर्जा प्रदान करता है और उसको समाज में खड़ा होने योग्य तैयार करता है तथा कभी-कभी पुत्र को ऐसा लगने लगता है कि मेरे पिता मुझे नाहक डाँट रहे हैं, लेकिन उस डाँट में भी प्यार रूपी गंगा का निश्छल जल होता है, जो मन और शरीर के सारे दुर्गुणों को साफ करके समाज का एक सफल व्यक्ति और व्यक्तित्व का निर्माण करने में मदद करता है। ठीक उसी प्रकार गुरुदेव का अपने भक्तों पर असीम दया और प्यार था, जो अवर्चनीय है। अपने भक्तों को सही राह दिखाना और राह से किंचित् भटकने पर अपने पास बुला लेना, बुलाकर डाँटना, फिर दुलारना, उसमें भी अद्भुत आनंद मिलता था। पुलिस उपमहानिदेशक डॉ. ए.के. सिंहजी से साक्षात्कार के दौरान जब वे पूज्य गुरुदेव की स्मृतियों में गए, तो उनका भावुक हो जाना, डी.जी.पी. डॉ. विक्रम सिंहजी की स्मृतियों को सहेजना, फिर श्री बलराम मिश्राजी को गुरुदेव द्वारा पालतू कुत्ता का संबोधन, या श्री रामदयाल सिंहजी के ऊपर बाबा द्वारा लहर में कही गई बातें इन सारी स्मृतियों को सहेजने में इस दासानुदास लेखक से त्रुटियाँ संभावित हैं। श्री बलराम मिश्राजी के अनुसार, "गुरुदेव तो दया के सागर हैं और जब भी मैं गुरुदेव से वाद करता, तो मुसकराते हुए जब उनकी डाँट पड़ती, तो ऐसा लगता था जैसे सहस्र रश्मियों का प्रभाव उनके चेहरे पर झलकता हो। उनके आभामंडल में तपोस्थली पधारे भक्त विस्मित हो उनको देखते रहते थे।

पुस्तक लेखन में कुछ त्रुटियाँ संभावित हैं, इसका मुख्य कारण है, पूज्य गुरुदेव के भक्तों के साक्षात्कार के दौरान उनका अपने गुरुदेव की लहर में बह जाने की क्रिया। अकसर पूज्य गुरुदेव कहते थे—बच्चा, सब लहर है, और पुस्तक लेखन के दौरान मैं भी भक्तिभावना में अकिंचन बह जाता था, इसलिए यदि कोई त्रुटि हुई, तो ब्रह्मर्षि से दया के लिए क्षमा-याचना करता हूँ।

ब्रह्मर्षि आप तो दया के सागर हैं, आप कभी अपने भक्तों पर नाराज नहीं होते हैं। हमेशा आप अपने भटके हुए भक्तों को सही रास्ता दिखाते हैं। आपकी वाणी से सदैव गंगा–यमुना और पंच नदियों से भी शीतल आशीर्वाद की धारा निकलती थी। आप ही तो कहते थे कि चरणों में सारे तीर्थ होते हैं और आपके चरण कमलों में तो चारों तीरथ मिल जाते थे, इसलिए जिसको भी आपके चरणों का स्पर्श मिला, उसकी तो पूरी दुनिया ही बदल गई। हे दयानिधि, दयासागर, मेरी भी विनती स्वीकार करते हुए पुस्तक के दौरान कोई त्रुटि हुई हो, तो बालक समझ मुझे क्षमा करेंगे।

आपका चरणकमल

किंकर

□

गुरुभक्त श्री बलराम मिश्राजी की कलम से

ऐसे है मेरे सतगुरु देव भगवान्—

श्रीगुरु चरण सरोज रज वंदत हौ कर जोरि।
विघ्न मिटे प्रगटै विभव, होय विमल पति मोर॥
गुरु को कीजै दंडवत, कोटि-कोटि प्रणाम।
भृंग न जाने कीट गति, कर ले आप समान॥
गुरु को सिर पर राखिए, चलिए आज्ञा माहिं।
कह कबीर ता दास को तीन लोक डर नाहिं॥
सात समुंदर मसि करूँ, लेखनी सब बनराय।
सब धरती कागद करूँ, गुरु गुन लिखा न जाय॥

जहाँ तक मुझे स्मरण है, दियारा में सरयू नदी की गोद में, निष्कंटक बबूल के घने वन चारों तरफ झाऊ के झाड़ वगैरह में श्री सदगुरुदेव भगवान् का काठ के खंभों के सहारे ढोढ के घास की झोंपड़ी उत्तर-दक्षिण की लंबाई में और प्रवेश द्वार पूरब दिशा की ओर निर्मित रहा। जहाँ केला, अमरूद, मौसमी, आँवला, बेल आदि के फलदार वृक्षों के बीच महाराज श्रीचरणों का निवास रहा। मंच के उत्तर दिशा में बाँस का घेरा बनाकर नीचे बालू और ढोढ घास पर बैठने का स्थान रहा, जहाँ उन दिनों श्री चंद्रभान गुप्ताजी उत्तर प्रदेश सरकार के मुख्यमंत्री रहे और स्थानीय विधायक श्री बदरी नारायण मिश्राजी, जो बगहा ग्राम के निवासी थे, प्रायः बाबा के दर्शन को आया करते थे। मंच से करीब 7-8 किलोमीटर पूरब दिशा में लार रोड नामक स्टेशन पूर्वोत्तर रेलवे वाराणसी मंडल का एक छोटा स्टेशन था, जो महाराज की कृपा से अब काफी बड़ा और मुख्य स्टेशन बन चुका है। यहाँ अब लगभग सभी मेल और एक्सप्रेस गाड़ियों का ठहराव स्थल है, जहाँ पूरे भारतवर्ष से भक्त

मंच तक सदगुरुदेव के दर्शन के लिए पहुँचते थे। कालांतर में मंच तक सड़क का निर्माण हो चुका है। मंच पर जाने से पहले ही सड़क के पश्चिम दिशा में करीब आधे किलोमीटर की दूरी पर श्रीराधेश्यामजी का मंदिर है, जिसकी स्थापना महाराजजी के कर-कमलों से हुई थी। इसके अलावा गौशाला, भक्त निवास, लक्ष्मीनारायण मंदिर, कायाकल्प भवन, वाचनालय इत्यादि का निर्माण कार्य हुआ, जिसको आश्रम नाम से जाना जाता है। इस स्थान की देखभाल श्री निरंजन दास महंतजी करते थे।

इसी स्थान पर यज्ञ आदि का आयोजन होता रहा है। यहाँ पर सीमेंट निर्मित एक मंच भी मौजूद है, जिसके आप दर्शन कर सकते हैं। इस स्थान से पश्चिम दिशा में गुफा नामक स्थान है, जहाँ श्रीराम-लक्ष्मण-जानकी, श्रीपंचमुखी हनुमानजी का दिव्य मंदिर है। जिस प्राचीन गुफा की बात मैं कर रहा हूँ, वहीं पर श्री महाराजजी का पूर्वांचल में प्रथम अवतरण हुआ था। जो भक्तों के लिए दर्शनीय है। यह सभी स्थान श्री द्वारकाधीश मंदिर, अस्सी घाट वाराणसी के ट्रस्ट के अधीन हैं। श्री महाराजजी ने यज्ञ के दौरान 1973 में श्रीराधेश्याम मंदिर के प्रांगण में स्वयं की अति सुंदर प्रतिमा, जो संगमरमर की बनी है, उसको स्थापित किया था। उस दौरान वेद के मर्मज्ञ प्रोफेसर डॉक्टर हरबंस लाल शर्मा अलीगढ़ विश्वविद्यालय से, श्री सरदारी लालजी देहरादून से पधारे। अनन्य भक्तों की मौजूदगी में इस प्रतिमा को स्थापित किया गया। तपोस्थली पर जाते समय ग्राम नरियाव के मोड़ पर कबीर मठ धर्मशाला, बाढ़ नियंत्रण केंद्र आदि रमणीय स्थान और बहुत सारी खाली जमीन भी रही है। श्रीराधे श्यामजी मंदिर आश्रम तथा श्री पंचमुखी हनुमान मंदिर में अनेकानेक विशाल यज्ञों का आयोजन हुआ, जिसमें श्री विंध्याचल आश्रम के सिद्ध संत श्री देवरहाहंस बाबा, श्री अयोध्याधाम, श्री वृंदावन धाम, श्री सवाई माधवधाम राजस्थान, जालंधर आदि जगहों से बहुत सारे संतों का आगमन होता रहा, जिसमें स्वामी नित्यानंद महाराज जी, श्री कन्हैया दासजी इत्यादि का अभूतपूर्व सहयोग रहा।

तपोस्थली मंच पर प्रसाद वितरण व्यवस्था में लगे कृपापात्र गृहस्थ सेवक एवं संत सर्वश्री बड़े ब्रह्मचारी रामयादव दास, रंगदास, गिरधर दास, गोकुलदास, उपेंद्र दास, रामशरणदास, रामसकल दास, रामबालकदास, हंसराजजी, महंत निरंजन दास, देव दासजी संप्रति श्री वृंदा धाम मार्ग स्थित मंच बावन दासजी पुरुषोत्तम आचार्यजी वगैरह। ये सारे ब्रह्मचारी बाबा की सेवा में लगे हुए थे। महाराजजी दिन रात में 5 बार स्नान करते थे, जिसका विस्तृत विवरण डॉ. अमित कुमार पांडेय ने इस पुस्तक में लिखा है। गृहस्थ सेवकों में सर्वश्री राम इकबाल सिंह, श्री दलपत सिंह, डॉ. रामाश्रय सिंह, राम दयाल सिंह, राम अवतार सिंह, डॉक्टर श्याम नारायण

सिंह, श्री बाबूराम सिंह वगैरह, जो देवसिया और निकटस्थ गावों के निवासी थे। भागलपुर से श्री सत्यदेव मिश्रा, भागवत मिश्रा, नरियाव के श्री रामजी मिश्रा (इन सबका जिक्र डॉ. पांडेय ने इस पुस्तक में किया है) छोटे बाबू, सिपाही रामप्रीत कुशवाहा, डॉक्टर चतुर्वेदीजी, डॉक्टर द्विवेदी जी, इत्यादि ज्यादातर समय पूज्य गुरुदेव की सेवा में व्यतीत करते थे। रंगीलाल मल्लाह अकसर अपनी नाव लेकर नदी के बीच धारा में बाबा की सेवा के लिए लालायित रहते थे। बाबा ने उसको अपने प्यारे बच्चे की संज्ञा से नवाजा था।

श्री सदगुरुदेव भगवान् की असीम अहेतुकी कृपा इस चरणरज, इस दासानुदास पर संप्रति अनवरत बरसती रहती है। इसमें लेशमात्र भी संशय की गुँजाइश नहीं है कि यह दास श्री महाराजजी का दरबारी कुत्ता है और प्राय: मुझे इसी नाम से श्रीचरण संबोधित करते हैं। श्री महाराजजी भक्तों को 'ओम नमो भगवते वासुदेवाय हरये परमात्मने, प्रणत: कलेशनाशाय गोविन्दाय नमो नम:' तथा 'कृष्णाय वासुदेवाय हरए परमात्मने, प्रणत: कलेशनाशाय गोविन्दाय नमो नम:' महामंत्र का जाप करवाते थे। श्री सदगुरुदेव भगवान् जब लहर में आते थे, तो भक्तों से अकसर बुलवाते थे कि बोलो, "मैं भगवान् के सम्मुख हूँ, संसार पीछे छूट गया, नेत्र बंद करके श्रीराम, जानकी, लक्ष्मण और श्री हनुमानजी के स्वरूप का ध्यान करते हुए मन-ही-मन, न होंठ हिले न जिह्वा हिले, रामनाम का जाप करते रहो, और जब मैं 'हरि ॐ तत्सत्', ऐसे शब्द का उच्चारण करूँ, तब नेत्र खोलना है और महाराजजी स्वयं झोंपड़ी के अंदर चले जाते थे। इसमें भी विशेष रहस्य था। ब्रिटेन में श्री श्यामा माँ के आश्रम वाली बात (जिसका जिक्र डॉ. पांडेय ने इस पुस्तक में विस्तार से किया है और वे स्वयं उस स्थान का दर्शन करके आए हैं) अनेक प्रकरण में श्री सद्गुरुदेव भगवान् अकसर लहर में कहा करते थे कि बच्चा, मैं वास्तव में ईश्वर का अंश चैतन्य आत्मा मात्र हूँ। जिज्ञासुजन, भक्त आदि जानना चाहते हैं कि बाबा की अवस्था क्या है, तो बच्चा उनको बता देना कि बाबा की अवस्था ईश्वर लीन है, जहाँ ईश्वर में योगी और योगी में ईश्वर है, बस यही मेरी अवस्था है।

इसी जगह पर सन् 2004 में एक नवीन मंदिर का निर्माण हुआ, जिस के उपलक्ष्य में सवा महीने तक अखंड हरिकीर्तन, 108 भागवत कथा, रामायण पाठ और विशाल भंडारे का आयोजन हुआ। भागवत कथा रामजीलाल, जो भागवत के मूर्धन्य विद्वान् थे, उनकी देख-रेख में हुई। इस कार्यक्रम में श्री कृपालुजी महाराज, श्री दामोदर दास सातवलेकर, बरहज आश्रम के पीठाधीश्वर, श्री पवहारी महाराज पैकौली, साहित्यकार निरन जी, श्री दुर्गाप्रसाद मिश्रा, डॉ. भोला मिश्रा, श्री शैलेंद्रमणि

त्रिपाठी और उनकी पूरी टीम तथा जिले के बहुत सारे संभ्रांत विद्वान् और पत्रकार उपस्थित रहे। दिनांक 02/02/2004 दिन सोमवार को अति सुंदर राम-जानकीजी की प्रतिमा की प्राण-प्रतिष्ठा भी सिद्ध संतों की उपस्थिति में श्रीसद्गुरु महाराज की अहेतुकी कृपा से ही इन सब प्रसंगों की चर्चा डॉ. अमित कुमार पांडेय, जो कि प्रबंधन के प्रोफेसर हैं, से हुई और उनको सद्गुरुदेव की कृपा से इस पर एक पुस्तक लिखने की प्रेरणा मिली। इस पुस्तक में मैं निमित्त मात्र हूँ, जो डॉ. अमित कुमार पांडेय से प्राय: इन सुंदर घटनाओं और दृश्यों का वर्णन करता रहा, जिसको उन्होंने संकलित कर गुरुदेव की कृपा से एक पुस्तक का रूप देने का प्रयास किया है। संस्मरण तो इतने हैं कि शायद पुस्तक में स्थान कम पड़ जाए, परंतु एक संस्मरण और याद आता है, जब प्रयाग के कुंभ के दौरान दो डॉक्टर बंधुओं को लेकर मैं बाबा के दर्शन के लिए वहाँ पहुँचा था। इस कहानी का भी जिक्र डॉक्टर पांडे ने इस पुस्तक में किया है। डॉक्टर बंधुओं की तो छुट्टी हो गई, परंतु बाबा का आदेश था कि "बलराम तू ही तो मेरा कुत्ता है और कुत्ता मालिक को कैसे छोड़कर जा सकता है, बच्चा तू रुक, तू बाद में जाना।" जैसा कि इस पुस्तक में लिखा गया है। मैं जब श्रद्धेय गुरुदेव के मंच के नीचे खड़ा होकर उनकी सेवा में उनके प्रवचनों को सुन रहा था, उसी दौरान कुछ देर के लिए वहाँ शांति छा गई। झोंपड़ी से खटपट और बाबा की आवाज आनी सहसा बंद हो गई। अमावस्या की रात्रि थी, गंगा और यमुना का जल कलरव किए जा रहा था। नीम शांति में दूर शहर में कहीं लाइट जगमगा रहा थी। ठंडी हवा चल रही थी, परंतु बाबा की आवाज नहीं आ रही थी। कुछ देर बाद मैंने बाबा से मन-ही-मन विनती की, प्रभु कहाँ हो? सहसा बाबा की आवाज आई—बलराम बच्चा मैं यहीं हूँ। अश्वत्थामा मिलने आए थे, मिलकर चले गए। मैं नीचे खड़ा मंच के इस बात से बिल्कुल हतप्रभ नहीं था, क्योंकि सदगुरुदेव की उपस्थिति मेरे लिए बड़ी उपलब्धि थी।

स्वयं में अहंकार का अभाव ही वास्तविक दासत्व है। श्री महाराजजी प्रकृति के अभिन्न अंग थे। जिनकी भाषा प्रकृति की भाषा रही है, तभी तो जीव-जंतु, पशु-पक्षी, यहाँ तक कि पेड़ों की भी भाषा श्रीगुरुदेव समझते थे। अपने प्रिय शिष्य बबूल के वृक्ष के एक टहनी काटने की बात पर प्रधानमंत्री राजीव गांधीजी की यात्रा को स्थगित करने वाले पूज्य महाराजजी 'समत्व योग उच्चते' को अपने भक्तों में देखते थे। दु:ख तो तब होता है, जब आज विकास के नाम पर सड़कों का चौड़ीकरण किया जा रहा है, जिसमें लाखों की संख्या में बरगद, नीम, पाकड़, पीपल, आम, महुआ, शिरीष, सागौन इत्यादि छायादार वृक्ष और प्राणवायु के मूल स्रोत पर्यावरण

संतुलन के अग्रगामी, पशु-पक्षी आदि के जीवन व शरणस्थली को सुंदरीकरण आदि के उद्देश्य से समूल नष्ट किए जा रहे हैं। हजारों छोटे वृक्ष रोपित किए जा रहे हैं, जो लगाने के साथ ही मुरझाकर खत्म हो रहे हैं, सिर्फ आँकड़ों में दिखाए जा रहे हैं, जो कहीं से भी प्रकृति के बचाव के लिए तर्कसंगत नहीं है। पूज्य महाराजजी का स्पष्ट आदेश रहा है कि गोरक्षा से भारत की गरीबी आदि सभी समस्याओं का समाधान हो जाएगा, इसमें तनिक संदेह नहीं होना चाहिए। इस देश में गोरक्षा एक संकल्प की तरह लागू करनी चाहिए।

हर जाति, धर्म और संप्रदाय के लोग पूज्य गुरुदेव के दर्शन के लिए तपोस्थली आते थे। जाकिर हुसैन साहब को तो बाबा प्रायः 'जाकर बच्चा' कह के संबोधित करते थे। वे जाकिर साहब को बहुत प्यार करते थे। चाहे मईल तपोस्थली हो या वृंदावन गुरुदेव का मचान, जाकिर साहब अपनी समस्त व्यस्तताओं के बावजूद गुरुदेव के दर्शन के लिए जरूर पहुँचते थे। इसी प्रकार श्री बूटा सिंहजी पर भी गुरुदेव की असीम दया और कृपा थी। बूटा सिंहजी को गुरुदेव 'पागड़ बच्चा' कहकर संबोधित करते थे। श्रीमान राजीव गांधीजी को 'प्यारा आत्मा राजीव' शब्द से संबोधित करते थे।

श्री पूज्य चरण से संबंधित संस्मरण कभी खत्म नहीं हो सकते। इतने संस्मरण हैं कि मैंने उनमें से कुछ ही हिस्सा डॉ. अमित कुमार पांडेय, जो प्रभु चरणों के दास और गुरुदेव चरण अनुरागी हैं, से साझा कर पाया हूँ। मुझे अति प्रसन्नता है कि डॉ. अमित ने बहुत ही सरल भाषा में इस संस्मरण रूपी कृति को तैयार करने की कोशिश की है। डॉ. अमित का यह प्रयास आने वाली पीढ़ियों को ब्रह्मर्षि के दया और उनके आशीर्वाद स्वरूप लोक कल्याण के कार्यों से अवगत कराने की एक अच्छी पहल है। दियारा क्षेत्र के युवा अपनी आध्यात्मिक थाती को समझेंगे और इस पर गर्व करेंगे।

□

धन्यवाद ज्ञापन

कल्पांत योगी : ब्रह्मर्षि देवरहा बाबा, यह सिर्फ एक पुस्तक नहीं, बल्कि बाबा के भक्तों की भावनाओं का संग्रह है। इसको लिखना मेरे जैसे विद्रोही मानसिकता के व्यक्ति के लिए संभव नहीं था। लेखन के दौरान गुरुदेव महाराज की कृपा मेरे ऊपर अनवरत बनी रही, जिसके परिणामस्वरूप बाबा के शिष्यों और तमाम भक्तों का साक्षात्कार कर पाना और उनके संस्मरणों को इस कृति में एकत्र कर पाना संभव हो सका। श्री बलराम मिश्राजी का योगदान बिल्कुल उसी प्रकार था, जैसे तुलसीदासजी महाराज को साक्षात् प्रभु हनुमान मार्गदर्शित कर रहे थे, वैसे ही श्री मिश्राजी ने मुझे मार्गदर्शित करते हुए इस कृति के संस्मरणों को एकत्रित करने में अपने सहयोग रूपी आशीर्वाद का प्रवाह जारी रखा। इसमें उनका सहयोग ऐसे है, जैसे शब्द उनके हैं और लेखनी मेरी है।

तपोस्थली मईल देवरिया के महंत आचार्य श्यामसुंदर दासजी महाराज, गुरुदेव से दीक्षित उनके शिष्य और देवरहा आश्रम विंध्याचलजी के अध्यक्ष एवं ब्रह्मर्षि देवरहा हंस बाबा, वृंदावन स्थित गुरुदेव के आश्रम के अध्यक्ष देवदासजी महाराज (बड़े सरकार), बरहज स्थित अनंत महाप्रभु आश्रम के अनंतपीठ के पीठाधीश्वर आंजनेय दासजी महाराज और तमाम संत, जिनका आशीर्वाद प्रत्यक्ष या अप्रत्यक्ष रूप से मुझे मिला, उसके लिए मैं उनका आभार व्यक्त करता हूँ।

श्री मिश्राजी की सलाह पर मैं बाबा के अप्रतिम भक्त डॉ. विक्रम सिंहजी तक पहुँच पाया अन्यथा मुझे तो बाबा के इतने सारे भक्तों के बारे में पता भी नहीं था। तदुपरांत जिस प्रकार एक पिता अपने पुत्र के लिए समस्त ज्ञान का सागर उँड़ेल देता है, ठीक उसी प्रकार डॉ. विक्रम सिंहजी ने मुझे मार्गदर्शित करते हुए बाबा के साथ के अपने संस्मरण, बाबा से जुड़ी यादें, वार्त्तालाप, यहाँ तक कि बाबा द्वारा उनकी मंगल कामना में हस्तलिखित हस्ताक्षरित पत्र की प्रतिलिपि उपलब्ध कराते हुए इस संस्मरण रूपी कृति को आगे बढ़ाने में सहयोग प्रदान

किया। पूर्व पुलिस अधिकारी डॉ. ए.के. सिंहजी द्वारा बाबा के साथ बिताए पलों को भी मेरे साथ साझा करते हुए इस यात्रा को आगे बढ़ाने में मदद की। मैं श्री सिंहजी का अपना संस्मरण साझा करने को भी पूज्य गुरुदेव का आशीर्वाद मानता हूँ। इसी क्रम में डॉ. रामाश्रय सिंह और श्री राम दयाल सिंहजी का विशेष रूप से आभारी हूँ, जिन्होंने पूज्य गुरुदेव के आशीर्वचनों की छाँव तले, जो भी संस्मरण उन्हें याद रहा, उसका विवरण दोनों महापुरुषों ने मुझसे साझा किया। इन्हीं दोनों की अगली पीढ़ी के प्रसिद्ध उद्यमी और समाजसेवी श्री राजेश सिंह दयालजी का भी संस्मरणों को साझा करने और हर एक पायदान पर मेरे साथ इस पुस्तक को पूरा करने में सहयोग दिया। श्री राजेश सिंह दयाल की इस लेखन में एक सलाहकार और अभिभावक वाली भूमिका अद्वितीय रही है, जिसके लिए मैं उनका आभार व्यक्त करता हूँ।

श्री जय प्रकाश नारायण के संपूर्ण क्रांति के आह्वान के समय उनके कार्यालय सचिव और बाद में प्रधानमंत्री श्री चौधरी चरण सिंहजी के कार्यालय सचिव तथा देश की राजधानी में पत्रकारिता क्षेत्र में अपना परचम फहरा रहे श्री विपिन गुप्ताजी (संस्थापक और संपादक, नेशनल एक्सप्रेस प्रकाशन समूह, न्यू दिल्ली), जिनसे लगातार वार्त्तालाप चलता रहा और उनसे गुरुदेव से संबंधित विशेष संस्मरण एवं मार्गदर्शन मिलता रहा, जिसके लिए मैं श्री गुप्ताजी का आभार व्यक्त करता हूँ। श्री राजीव गुप्ता जी, जो पूर्व प्रशासनिक अधिकारी रहे हैं, देहरादून में प्रवास करते हैं, श्री गुप्ताजी का संकल्पित सहयोग और हर पल उनसे संस्मरण आदान-प्रदान इस कृति को पूरा करने में मार्गदर्शित करता रहा।

नेपाल से संबंध रखने वाले एक भक्त, जो बाबा के बहुत ही प्रिय रहे हैं (बाबा के हर भक्त को यही लगता था कि बाबा उनको सबसे ज्यादा प्यार करते हैं और हो क्यों न! भगवान् तो सबको समान रूप से प्यार करते हैं), उन्होंने अपने संस्मरण इस शर्त पर साझा किए कि मैं उनके नाम का जिक्र कहीं भी नहीं करूँगा। मैं उनको दिए गए वचनों से बँधा हूँ, बिना उनका नाम लिखे मैं उनको भी विशेष धन्यवाद प्रेषित करता हूँ।

बाबा के अप्रतिम भक्त और उत्तर प्रदेश पुलिस के भूतपूर्व अधिकारी श्री शैलजाकांत मिश्राजी और उनके भाई श्री पंकज दुबे को मैं हृदय तल से धन्यवाद देता हूँ, जिन्होंने पूज्य गुरुदेव के साथ अपने बिताए हुए पल और गुरुदेव के सान्निध्य में रहते हुए, जो भी संस्मरण उन्हें याद आया, उन्होंने मेरे साथ साझा किया।

उत्तर प्रदेश प्रशासन के वर्तमान डी.आई.जी. स्टांप और हमारे अभिभावक श्री ऋषिकेश पांडेयजी, जिन्होंने बाबा के आदेशानुसार उत्तर प्रदेश के कई सारे गौशालाओं का पुनरुद्धार और नए गौशाला बनवाए तथा आज भी गौ सेवा में अपना योगदान दे रहे हैं, आपको भी धन्यवाद प्रेषित करता हूँ। श्री पांडेयजी ने गुरुदेव से संबंधित बहुत सारे संस्मरण मुझसे साझा किए। श्री पांडेयजी के आदेशानुसार काशी यात्रा की, जहाँ अस्सी-घाट स्थित श्री द्वारिकाधीश मंदिर धर्मार्थ ट्रस्ट पर गुरुदेव के ब्रह्मचारी शिष्य श्री रामबालक दासजी महाराज के दर्शन कर उनसे बाबा से संबधित संस्मरण रूपी अमृतपान करने का सौभाग्य प्राप्त हुआ।

देवरिया के यशस्वी विधायक श्री शलभमणि त्रिपाठी, जिनके ऊपर बाबा की विशेष कृपा रही, उनको भी विशेष रूप से धन्यवाद देता हूँ, जिन्होंने लेखन के दौरान एक बड़े भाई की भूमिका में सदैव साथ रहते हुए मुझे प्रेरित किया। देवरिया के जाने-माने चिकित्सक डॉ. केशवधर द्विवेदी जी, जिनकी तीन पीढ़ियाँ गुरुदेव की सेवा में लगी रहीं, से मेरी मुलाकात तपोस्थली पर 1 जनवरी, 2023 को हुई। इस आत्मीय मुलाकात के दौरान डॉ. साहब ने गुरुदेव से संबंधित बहुत सारे संस्मरणों को साझा किया और उसके उपरांत भी पुस्तक लेखन में मैं उनका मार्गदर्शन लेता रहा। डॉ. साहब ने अपनी व्यस्ततम दिनचर्या के बाद भी काफी समय मेरी पुस्तक को समर्पित किया, जिसके लिए मैं इस पूरे परिवार का आभारी रहूँगा।

पिता सूर्य की तरह होता है और उसी की ऊर्जा का एक पुंज पुत्र में होता है। लेखन के दौरान मेरे पिता डॉ. कृष्ण बिहारी पांडेयजी ने हर कदम पर मुझे बाबा के सामीप्य का अहसास कराया। साथ ही मेरी माताजी श्रीमती पद्मावती देवी का आशीर्वाद मेरी पुस्तक को सहयोग देता रहा। मेरे भानजे माधवेंद्र कुमार और रजत कुमार, दोनों की जिज्ञासाएँ इस पुस्तक को लेकर सर्वोपरि रहीं, समय-समय पर जिनके समाधान की कोशिश की गई। मेरे पुत्र अभिनव कृष्ण और पुत्री स्वस्तिका, दोनों को तपोस्थली हमेशा आकर्षित करती है, ये दोनों बच्चे जब बरहज, देवरिया, अपने जन्मभूमि पर होते हैं, तपोस्थली जाने की जिद जरूर करते हैं। इस पुस्तक में उनका भी योगदान रहा है। मेरे अमरीकावासी अनुज राहुल कुमार पांडेय, हमारे परिवार की छोटी बहू चंद्रकिरण और मेरे प्यारे बच्चे रायना, आन्या और बालकृष्ण अक्षज को उनकी शुभकामनाओं के लिए धन्यवाद।

गुरुदेव प्रायः एक शब्द प्रयोग में लाते थे, जिसको वे बोलते थे—"बच्चा सब लहर है।" संस्मरणों का भी संकलन एक अदृश्य लहर के साथ ही हुआ है। लहर में मात्रा और शब्दों के सटीक उपयोग में त्रुटियाँ संभावित थीं। शाब्दिक और मात्रिक

त्रुटियों को पहचानकर उसे शुद्ध करने का कार्य मेरी भार्या भूमिका पांडेय ने किया और हर समय एक आलोचक की तरह मुझे शब्दों को परिवर्तित करने की सलाह देती रहीं। उनको लगता था कि मेरे शब्द पुस्तक में हलके हैं, इसमें और सुधार की जरूरत है। मैं उनको हर बार यही समझाता रहा कि यह लहर में लिखी हुई पुस्तक की भाषा मेरी नहीं, बल्कि बाबा के लाखों भक्तों की भाषा है, इसलिए आप एक मँजे हुए लेखक की पुस्तक की भाषा की उम्मीद इस कृति में नहीं कर सकतीं। उनकी इस सलाह और सहयोग के लिए उनको धन्यवाद देता हूँ।

इस पुस्तक को पूरा करने में मानसिक रूप से मुझे संबल प्रदान करने वाले मेरे मार्गदर्शक और कार्यक्षेत्र में मेरे अभिभावक प्रोफेसर डॉ. संजीव बंसल को हृदय तल की अंतस गहराइयों से धन्यवाद देता हूँ, जिन्होंने इस पुस्तक को संपूर्णता की तरफ ले जाने के लिए लगभग हर दिन प्रेरित किया।

तपोस्थली की ऊष्मा से सिंचित पूर्वांचल के दियारा में शिक्षा क्षेत्र में अलख जगाने वाले श्री बाबा राघव दासजी महाराज और आज बरहज बाजार में उनके नाम पर स्थित पोस्ट-ग्रेजुएट विद्यालय के पूर्व छात्र संघ अध्यक्ष तथा समाजसेवी श्री निशिकांत दीक्षितजी को मैं धन्यवाद देता हूँ, जिन्होंने बाबा से संबंधित सूचनाओं को एकत्र करने में सहयोग प्रदान किया। श्री चरण का आशीर्वाद श्री निशिकांत को अनवरत रूप से मिलता रहे, मैं इसकी कामना करता हूँ। साथ ही युवा व्यवसायी, लेखक और युवाओं को मार्गदर्शित करने वाले मेरे प्रिय श्री विकास त्रिपाठी को उनके अप्रतिम सहयोग के लिए धन्यवाद देता हूँ। इसी क्रम में मुझे याद है, जेठ की तपती दोपहरी में बाबा का बुलावा आने पर हम लोग तपोस्थली पहुँचे, जहाँ पर तीन युवा बाबा के दर्शनों के लिए पधारे हुए थे, उनसे मिलने का मौका मिला। ये तीनों नवयुवक तपोस्थली के सेवक और बाबा के आस्थावान भक्त थे, जो क्रमशः आशुतोष पांडेय, अंकित सिंह माही और श्रीयांश सिंह, जो समीप के गाँवों के रहने वाले हैं, जिनको श्री तपोस्थली की सेवा का संस्कार इनके पूर्वजों से मिला है। इस पुस्तक में उनके सहयोग के लिए धन्यवाद देता हूँ।

बाबा के अप्रतिम भक्त श्री शशिकांत मिश्र (दैनिक हिंदुस्तान, देवरिया), श्री विवेकानंद शुक्ला (जी.एस.टी कमिश्नर गाजियाबाद), डॉ. विजय कुमार द्विवेदी (प्रोफेसर मदनमोहन मालवीय यूनिवर्सिटी गोरखपुर), डॉ. श्रीप्रकाश मिश्रा (जी. एम. अकादेमी गोरखपुर), प्रो. (डॉ.) अजीतपाल सिंह जी, श्री राजन जायसवाल (उद्यमी और युवा जनसेवक मैरवा, सिवान, बिहार), श्री अजित जायसवाल, श्री श्याम जायसवाल, श्री निखिल सिंह, श्री प्रमोद सिंह, श्री मणींद्र सिंह, डॉ. अमित

कुमार राय, जितेंद्र भारत, शुभम निषाद और मेरे प्रिय मित्रगण सर्वश्री अजीत त्रिपाठी, कन्हैया चौबे, श्री बालेश्वर मणि त्रिपाठी, रत्नाकर मिश्रा, ब्रजेश मिश्रा, रामप्रताप सिंह, डॉ. प्रमोद तिवारी, श्री नगेंद्र नाथ तिवारी, डॉ. छत्रेश दुबे, श्री रंजीत चौबे, डॉ. रवि जायसवाल, श्री गौरव तिवारी, श्री पीयूष जायसवाल, श्री भोले शंकर और तरुनेंद्र तिवारी को उनके सहयोग के लिए विशेष रूप से धन्यवाद देता हूँ।

देवरहा बाबा के तप से सिंचित इस तपोभूमि देवरिया के हर एक व्यक्ति को मैं नमन करता हूँ। हम लोग सौभाग्यशाली हैं, जिनकी पहचान पूज्य गुरुदेव के नाम से आज पूरे विश्व में होती है। मैं देवरिया जिले में रहने वाले गुरुदेव के हर एक भक्त का आभार व्यक्त करता हूँ।

□

यात्रा जारी है...

पुस्तक की यह यात्रा पूज्य गुरुदेव के आशीर्वाद से अनवरत जारी रहेगी। कुछ तथ्य जिनके बारे में जानकारी संपूर्ण रूप से उपलब्ध नहीं है, उसको एकत्र करने का प्रयास जारी है। गुरुदेव के भक्त पूरे विश्व में अपने-अपने क्षेत्र के महारत हासिल लोग हैं, जिनसे लगातार संपर्क करने की कोशिश जारी है और कुछ जानकारियाँ लगभग रोज मिल रही हैं, जिनको आगे पुस्तक में समाहित किया जाएगा। कुछ अपुष्ट सूत्रों से लेखक को यह भी जानकारी मिली कि गुरुदेव ने महात्मा गांधीजी को जनवरी में दिल्ली से दूर रहने की सूचना भेजी थी और एक कंबल भी बापू को भेजा था। बापू के लिए पूज्य गुरुदेव का आदेश था कि कंबल सुरक्षा की दृष्टि से सदैव अपने साथ रखें, क्योंकि समय आपके साथ नहीं है। आपके प्राणों को खतरा है। इसकी कोई पुष्ट जानकारी उपलब्ध नहीं है, जिसके ऊपर अन्वेषण जारी है।

इसी तरह एक और अपुष्ट जानकारी सोशल मीडिया के माध्यम से मिलती है कि गुरुदेव ने पूर्व प्रधानमंत्री श्री राजीव गांधीजी (जिनको बाबा पुण्य आत्मा के नाम से संबोधित करते थे) को आदेश दिया था कि मई के महीने में दक्षिण की यात्रा से बचें। दक्षिण की यात्रा आपके पक्ष में नहीं है, परंतु इसके बारे में भी कोई साहित्य या विशेष जानकारी उपलब्ध नहीं है।

एक लेखक के तौर पर मैं सुधी पाठकों से अनुरोध करूँगा कि यदि आपको गुरुदेव से संबंधित कोई भी जानकारी मिलती है, तो कृपया सूचनाओं को साझा करके लेखक की मदद करेंगे और आप भी इस यात्रा के सहभागी बनेंगे।

'हरि व्यापक सर्वत्र समाना।'

□

संदर्भ

- https://jivani.org/Biography/302/biography-of-purushottam-das-tandon-in-hindi-jivani
- https://www.viralfactsindia.com/putra-par-sanskritshlok-hindi-arth-sahit/
- https://hindi.webdunia.com/sanatan-dharma-history/history-of-ancient-ram-janmabhoomi-mandir-118111400063_1.html.